元奴隷ですが、鬼の奴隷を買ってみたら精力が強すぎるので捨てたい……

moto dorei desuga oni no dorei wo katte mitara seiryoku ga tsuyosugiru node sutetai……

天晴にこ

イラスト 斎藤岬

「……ラ、……ま……ソ……」

「んん……」

「ソラ様、起きてください」

「…………ん？」

遠くでぼやけた声が聞こえて、ゆるゆると眠りの淵から這い上がる。その声が急にクリアに響き、そしてポタリと頬に水滴が当たりソラは目を開けた。

「ごめんなさい！　そんな拗ねてないで、ギルドに行こう！」
「ほんっとソラって自由だよね」
「ははっ、照れる」
「褒めてないけどねぇ」

元奴隷ですが、鬼の奴隷を買ってみたら精力が強すぎるので捨てたい……

moto dorei desuga oni no dorei wo katte mitara seiryoku ga tsuyosugiru node sutetai……

天晴にこ

イラスト　斎藤岬

目次
CONTENTS

001　中二病、それは魅惑の響き！

（あ、もう少しで……私の番だ）

女性ばかりが連なる列に並びながら、ぼんやりと前方を見て、もう三、四人で自分の順番が回って来ることを少女は把握する。脳に霞《かすみ》がかかったように、ぼうっとしていた。

一人、また処置が終わって横に捌《は》ける。隊列を崩すと、きっと酷《ひど》く叱られてしまうので、重い足を引いて一人分前に進んだ。

（眠い眠い眠い眠い眠い眠い眠い眠い）

いかにも役所という響きの似合う、必要最低限の調度。明るい茶色の長いカウンターテーブルが、空間を仕切る形で真ん中に設置され、職員と来客を隔てる役割を果たしていた。

カウンターテーブルは簡易なパーテーションで分割され、来客は用途に応じてそれぞれの窓口に並ぶ。職員は皆同じ制服を着ており、一貫して事務的な態度を崩さない。機械的で、冷たく見えるほどの態度だが、役所仕事なんてそんなものだろう。

対する来客は様々な服装で、明らかに金持ちと分かる者やボロを纏《まと》った者。商人や町娘、冒険者らしき者まで、多種多様である。

そんな沢山《たくさん》ある列の一角に、あまり目立たずひっそりと並ぶ少女。少女は昨夜《ゆうべ》、一睡も出来なかった。

昨日、日もとっぷりと落ち込んだ頃に、新しく主《あるじ》になって貰《もら》えるかもしれないお客様が現れた。

ひととおり奴隷たちを検分してから、少女のところへ戻って対面し、じっくりと品定めされた。しかし、よりにもよってその一番大切な時に疲労でフラついて転んでしまったのだ。足腰の弱い者は要《い》らない、とお客様が帰られ、そのことで酷く憤慨した奴隷商人の男に「そんなに弱い足腰なら鍛えねぇとなぁ！」と、一晩寝ずに立っていろと命じられたから。

命じられれば、やるしかない。誰かに買われるまでは、少女の主人は奴隷商人の男だ。奴隷なのだから、意思など必要ないのだと教え込まれている。命に背けば、首にかけられた輪に激しい電流が流れる。

犯罪奴隷ではないので肉を焦がすほどの電流ではないが、それでも体が引《ひ》き攣《つ》り、痛みを伴うあの刺激は忌避の対象だ。

首輪は鈍色《にびいろ》の光沢《こうたく》を放ち、模様が刻まれている簡素な造り。その刻まれた模様が魔法で電流を放つのだと奴隷仲間が言っていたが、少女には、魔法ってなんのことだか、仕組みも原理もサッパリ理解出来ない。逃げようとしたり、命令に背いたり、主人を瞞着《まんちゃく》したりしようとすると容赦なく電流が走る。

ともかく、一晩寝ずに立っていろ、と魔力を帯びた声で命令されれば、従うしかない。

奴隷仲間が次々と横になって眠りに就く中、少女だけが暗闇で立ち続ける。日付が変わった頃、立ちっぱなしでまず痛んだのは、足裏。次が脹脛《ふくらはぎ》で、そのあとに太腿《ふともも》を通り越して腰。

下半身の疲労感に、明け方も近くなろうかという頃に思わずうとうとして、バチッ！　と首輪に一発お見舞いされた。いぎゃあ！　と可愛《かわい》くない声を上げるのはお手の物で、奴隷仲間を起こさないように慌てて口を押さえた。なんとか、頭をふりふりしながら眠気を飛ばして一晩中寝ずに立っていたのだ。そしてそのツケが、今になって回って来ていた。

（そんな輪廻《りんね》、いらない……）

胸中で独りごちるも、この眠気はなくならない。しかもこの列に並ぶのは一番避けたかった選択肢であるのに、結果としてここに並んでしまっている現状に頭痛まで伴い始めていた。

「ソラ・オーノ、こちらへ」

「…………」

ああ、もう、本当に。昨日のお客様に買って貰えてさえいれば、こんなことにならずに済んだのに。

前に並んでいた女性の処置が終わったらしく、目の前に一人分のスペースがぽっかりと空いている。名前を呼ばれたのだと気付き、絶望的な気分に浸りながら、少女はそっと一歩前に踏み出した。

処置を担当する役人は、眼鏡《めがね》をかけた気難しそうな雰囲気のまだ若い男で、役所仕事というだけあって制服も上等だ。紺を基調とした清潔な制服に身を包んだ男の胸にネームプレートらしき札が付けられているが、文字の読めない少女――ソラにはなんと書いてあるのか分からない。……まぁ、分かる必要もないが。

男はソラの姿を見て一瞬眉を寄せて不快そうな、そして驚きの混じった表情を浮かべる。この汚らしい小娘が！　と言われているのではないかと錯覚してしまうほど、鋭い眼光だ。

しかし、この窓口の担当ならば奴隷は見慣れているはず。それなのに、なぜこんな表情を浮かべられなくてはならないのか。

男はその神経質そうな顔を顰《しか》めたまま、手元にある書類へと視線を移し、なにかを確認している。

それからソラの首にかかる輪にも目線をやり、「間違いない、のか……」と誰に聞かせるでもなくぽそりと呟《つぶや》くと、少しズレていた眼鏡をそっと押し上げた。

眼鏡を押し上げた手をそのまま滑らせるようにして前に差し出すと、手の平を下に向けたままなにかをボソボソと唱え始める。光が満ちなんたらとか、解呪の印をとか、理《ことわり》の主から今なんたら、とか。そんな中二病満載な台詞《せりふ》が耳朶《じだ》を打ち、ソラは誰にも気付かれないようにこそりと嘲笑する。

唱え終わった瞬間に、その下に向けられた手の平からぷつぷつと光が湧き出てきた。うっすらと青を纏った光の粒たちは、男の手から次々と湧き出し、二十センチほど宙を漂ってからすぅ、と消えていく。

美しい光だ。だが、その幻想的な光はソラを縛る鎖でしかない。

何度か受けたことのある処置も慣れたもので、そっと首を傾けてアシストしてやる。

男は手から光をばら撒《ま》き散らしやがりながら、触れるのも嫌そうに首輪へと手を伸ばした。

そんなに嫌なら役所仕事なんてやめちまえ！

というか、普段《ふだん》処置をされる時の光は、青じゃなくて赤みを帯びていたような……？

ふと、そう脳裏を過《よ》ぎるが、そんな些末《さまつ》なことよりも、このあとに来るビリリとした痛みのほうが怖い。注射をされる前の子供のように目を閉じて、ソラは身を固くする。

だが予想に反して、首輪に触れられた感覚はあったのに、強張《こわば》らせた体に刺激は一向に訪れない。


――カシャン。


不思議に思って目を開こうとした時、聞き慣れない金属音が響いて首への締め付けが緩む。

「……え？」

ぱっと瞼を開き、その双眸《そうぼう》を瞬《しばた》かせながら首を傾《かし》げると、なにかが首から転がり落ちそうになり、慌てて手の平で受け止める。ソラは手の中に落ちて来たものを見るが、一瞬それがなんなのか理解出来なかった。

手の中で鈍色の光沢を放つそれは、ソラの首に相棒よろしく七年間居座っていたはずの首輪。首を囲む円が二つにぱっくりと分かれて、既に首輪としての効力を失《な》くしてしまっている。

「それではお疲れ様でした」

「え？　あ、はい、どうも」

「不用品でしたらこちらで回収いたしますが」

「いえ、お気遣いなく……」

「お帰りはあちらです」

「ああ、これはどうも、ご丁寧に……」

義務的に告げられた言葉に、咄嗟《とっさ》にぺこぺこと頭を下げながら返事をした。再び不快そうな表情になった男は、もう用はないとばかりに視線をソラの後方へ流し「次の方、こちらへ」と言った。

ソラにはゴミを見るような目を向けて来たくせに（偏見）、次の奴隷にはにこやかに対応している。

なんだこいつ、腹立つぅ！

ムカムカとしながら、あちら、と言われたほうを見ると、入って来た扉よりも小さくて薄い扉があった。言われたとおりにその扉へとペチペチ歩いて行く。

ドアノブに手をかけて押すと、外の光が眩《まぶ》しく差し込んできてソラは目を細めた。


体を外に滑り出させて、役所の壁沿いを左へと十歩ほど歩く。そしてピタリと立ち止まると、壁に背をつけて、握り締めていた手を開く。

手の中でぬめりとした光沢を放つ首輪。ずっと首にあったものが、今は手の中にある。

七年ぶりに外気に触れた首筋がいやにすぅすぅとした。

「…………え」

眠気でぼんやりとしていた頭が急に冴《さ》え始める。

たった今起こったことがなんなのか、ぎゅるぎゅると記憶を思い起こしながら考えるが、全く分からない。

意識は明瞭なのに、眠気も飛んだのに。なぜこうなったのかが全く分からなかった。

ただ一つ分かるのは、これだけ。

「ええええぇぇぇっ!?　私、奴隷じゃなくなったのおおぉ!?」

００２　最期の言葉はラーメン、アーメン

（まて、まて、落ち着け）

首輪だった欠片《かけら》を握る手に動揺からじっとりと汗が滲《にじ》む。恐らく今、自分は恐ろしいほど顔色が悪いだろうと思う。

赤茶色のレンガ造りの役所の壁に凭《もた》れたまま、なぜこうなったのかをじっくり思い出す。


そもそも今日役所を訪れたのは、ソラの奴隷区分の変更のためだ。同じ年頃の女の子三名と男の子一名で役所に連れて来られた。

奴隷商人の男は受付で必要事項を記入すると、待合の椅子に腰かけた。ソラたちは役人に促されるまま、列に並んだのである。

この世界では、十八歳から成人として扱われる。その歳《とし》を境に正式な主人のいない女性のほとんどが、労働奴隷から愛玩奴隷へと落とされる。時々、見目の非常にいい男性も。

下卑《げび》た表情で腹を揺らしながら『労働奴隷から愛玩奴隷へ変えて値段を釣り上げるんだよ！　てめぇみたいな貧相なのでも、愛玩奴隷ならそれなりの値段付くからなぁ！』などと宣《のたま》い笑っていた奴隷商人を思い出し、ソラはげんなりと地面を見詰めた。

俯《うつむ》くと、元が何色だったのかも思い出せないほどに薄汚れた服が目に入った。

ともかく、今日は愛玩奴隷デビュー（笑）するはずだったのに、なにかの手違いで奴隷から解放されることになったようだ。

よくよく思い出してみれば、呼ばれるままに列に並んだが、そもそもそこからして間違っていたのかもしれない。役所の書類がどう管理されているのかソラは知らないが……。しかし、なにかの拍子で奴隷区分変更の窓口ではなく、奴隷解放の窓口に書類が渡ったのだろう。

そう考えてみれば、役人の男がソラを見て怪訝《けげん》そうな顔をしていたのも納得出来る。

奴隷の身分から解放してやろうと思われるほど、主人から寵愛《ちょうあい》を受けた者が。或いは自分の身分を買い上げられるだけの給金を貰う技術を持った者が。

（こんなボロボロの服着てるわけないもんねぇ）

ソラは自嘲気味に眉尻を下げて、もう一度手の中の首輪を見る。

「なーにが、『間違いない、のか……』だよ！　めっちゃ間違ってたよ役人のお兄さん！」

先程対応した役人の男のモノマネをして巫山戯《ふざけ》ると、少し考えがクリアになった。

「まぁ、せっかく解放されたんだし。……またあのオッサンに捕まる前に逃げよう！」

前向きにそう宣言すると、昨日の客に買われなくてよかったとすら思えてくる。

恐らくまだ、奴隷商人の男は待合の椅子に座っているのだろう。それならば、一刻も早くここから離れようと、ソラは粗末な服のポケットに金属片を乱暴に突っ込み、役所に背を向けて駆け出した。

＊＊＊

「アカーン!!」

意気揚々と駆け出したはいいものの、ソラは役所からたった百メートルほどしか離れていない大通りで立ち止まって、大声で叫んだ。

大きな荷物を抱える兎《うさぎ》っぽい亜人のお兄さんと、木製の荷車をごろごろと引く商人が、その声に驚いてこちらを見ている。

「だめ、だめだ、これは駄目……」

ぶつぶつと呟く様子を見て気が狂《ふ》れた人だと思ったのか、触らぬ神に祟《たた》りなしとばかりに、周りの人たちがソラを避けて歩く。だが、ソラはそれどころではなく、足裏の痛みと戦っていた。

「痛い痛い、裸足《はだし》で走ったら駄目だ。これは、まじで、だめ」

前屈《まえかが》みになりながら足の裏を確認すると、所々皮膚が擦れて血が滲んでいる。黄土色の土が踏み固められた地面には、大小様々な小石や砂利《じゃり》が転がっており、中には鋭利な形状の砂利もあったようだ。

「これ以上、全力疾走は出来ないなー。というか、意気揚々と逃げ出したけど、これからどうしたらいいんだろう」

痛む足を下ろして、ソラはとぼとぼとあてどなく歩き始める。兎《と》に角《かく》一歩でも。奴隷商人の男から離れるために。

＊＊＊

それから丸四日、ソラは歩き続けた。

日が傾き、辺りは薄暗い。西の空は茜色《あかねいろ》に染まっており、浮かぶ雲にもその色が映りなんとも美しい。

「もう無理……歩けない……」

どこまで歩いて来たのか分からないが、歩けるだけひたすら移動して来た。

ここまで来れば、もう奴隷商人が追って来ることもないだろう。逃げた小娘一人を取り戻すのにかける時間と労力が、金銭に見合わないはずだ。あの狡賢《ずるがしこ》い奴隷商人がそこまでするはずはないと踏む。

中心部と呼べそうなほど、人で賑《にぎ》わっていた役所の周りとは違い、今見えるのは総じて木製で平屋の建物ばかり。娯楽とは縁のなさそうな田舎《いなか》のようだ。手入れのされていない道は荒れて凸凹《でこぼこ》で、道の左右には大小様々な畑が広がっている。農業で生計を立てている小さな村なのだろうか。

身を隠すため、平屋と平屋の間の路地に滑り込む。なるべく人の手の入った道を選んで歩いて来たが、魔物や魔獣と出会《でくわ》さなかったのは非常に運がいいと思う。まだ見たこともないけれど、警戒するに越したことはない。

「……あー、水が飲みたい。スナック菓子が食べたい……、ハンバーガーも……」

ほぼ飲まず食わずでここまで来たため、ソラの発育不良な体は既に限界だった。

膝から崩れ落ちるようにして、パタリと地面に倒れ込んだ。砂が顔や髪に付いて汚いが、今更である。

満身&創痍《そうい》、疲労&困憊《こんぱい》の体は、これ以上ソラの言うことを聞いてくれそうにない。

足には何箇所もマメが出来ていて、そのうちいくつかは潰れている。一度なにかの破片を踏んだようでザックリと切れている箇所もある。昨日までは酷使し過ぎた全身が震えていたが、今は一周回って震えも止まっている。

こんな時に思い出すのは元の世界の食べ物で、我ながら未練がましいなと苦笑した。七年間の労働奴隷時代には、元の世界の食べ物なんて一度も思い出さなかったのに。

あれ？　急に思い出すってこれ、走馬灯とかいうやつ？　走馬灯なのに食べ物オンリー？　私死ぬ？　こんな終わり方嫌だ、クーリングオフしたい。

胃が捻《ねじ》れるように熱を持ち、ぎゅるると音を立てた。乾燥した唇からはぁと呼気を吐き出すと、口の直ぐ傍で砂埃《すなぼこり》が小さく舞う。砂埃が目に入らないよう、そっと瞼を閉じた。

(大丈夫、疲れたから目を閉じるわけじゃない。砂埃が入るのが嫌だから。私は疲れていない)

気持ちを気丈に保とうと、心の中で繰り返しそう思う。

しかし意志とは裏腹に、徐々に意識がフェードアウトしていく。

「畜生……ここまでか……」

昔見たことのあるアニメの台詞を真似《まね》して言ってみるが、反応してくれる人は誰もおらず、悲しい結果となる。

指先を少し動かすと砂を搔《か》いてじゃり、と音が鳴った。そのまま握り込むと、頭皮が引っ張られる感覚があったので、恐らく長い黒髪と砂を一緒に握ったのだろう。

「……らーめん」

最後にそう呟いて、ソラは意識を完全に沈み込ませた。

それ故、小さな影が近付いて来たことには気付かなかった。

きっと、元の世界の食べ物のことを考えていたからだ。

こんな懐かしい夢を見てしまったのは。

００３　近所のお姉さんの名付けセンスに脱帽

（あ、この世界に来る前の……。小学五年生の、私、だ。）

食卓に座ってうとうとしながら朝食を取る少女が目の前に現れ、その既視感で瞬間的に過去の映像だと感じ取る。

第三者の視点で見る感覚の気持ち悪さに、酔ったように映像が揺れた。

リビングとダイニングキッチンが繋《つな》がった、三十畳近い広さのＬＤＫで、亡くなった母が拘《こだわ》って選んだ分譲マンション。家族の団欒《だんらん》を広いリビングでしたい、とかなり吟味し、不動産屋と父を困らせたと聞いている。

母が存命中はモデルルームのように綺麗《きれい》に、そして清潔に保たれていたが、今は見る影もなく散らかっている。脱いだコートはハンガーにかけられることなくソファの背に鎮座し、洗濯物のワイシャツは無残にも床に打ち捨てられている。大きな六十インチのテレビの横には、クリーニングから帰って来た洋服が、クローゼットに仕舞われることなく積み上げられていた。金属製のローテーブルの上には雑誌、コップ、爪切りなどが雑然と載っていて、肝心のテレビのリモコンは行方不明という始末。キッチンに積まれた食器は未洗浄のままだ。散らかっているのは今見えている場所だけではなく、寝室や子供部屋も同じような有様《ありさま》だった。

（でも、部屋が汚くても不満なんてなかった）

『ん、ああ、空《そら》。おはよう』

『……とーさん、おはよ』

奥の寝室から細身のスーツを着こなした優しげな顔付きの男が出て来ると、少女はその眠たげな瞼をぐりぐりと手の甲で擦《こす》りながら挨拶をする。

『まだ眠いのか？　あーまったく、今日も空は可愛いなぁっ！　本当に、僕の天使だよ！』

（父さんこの台詞よく言ってたけど、恥ずかしいからホントは止《や》めて欲しかったんだよね）

まだ男盛りであろう顔をくしゃりと歪《ゆが》めて笑うと、その童顔に年相応の皺《しわ》が生まれた。

男はツカツカと少女に歩み寄ると破顔したまま、少女の後頭部にスリスリと頬を寄せた。

『とーさん、暑い』

『ふふ、僕の朝食はこれ？　作ってくれたの？』

口では文句を言っている娘が、実は満更《まんざら》でもないのが分かっているのか、男はダメージを受けた様子もなく少女の向かいに座る。焦げた目玉焼きの載ったトーストを見て嬉《うれ》しげに口角を上げた男は、これまた苦味の強過ぎるコーヒーに口を付ける。

『……ごめんね、失敗したの』

『空、いいんだよ。美味《おい》しそうじゃないか。むしろごめんね。僕、料理は得意なのに朝弱くて、中々起きて来られなくて……』

（あぁ、今ならちゃんとした朝食くらい作れるのに。作ってあげたら、きっと泣いて喜ぶんだろうなあ。……でも、料理覚えたのは奴隷してたからなんだよねって言ったら、父さん半狂乱になりそう）

少女は明らかに失敗と分かる朝食を出してしまったことを恥じるが、男がそれ以上に落ち込むのを見て慌て出す。

『違《ちが》っ……！　とーさんはいつも仕事頑張ってるんだから！　私がもっと、しっかりすれば……』

トーストを食《は》む手を止めてそう告げると、男はどこか嬉しそうな、そして申し訳なさそうな顔をして少女を見た。

『……ごめんね、父さんがもっとしっかりしなきゃいけないんだよ。空に苦労をかけているのは分かってるんだ。部屋も中々片付けられないし……。空、僕今日は十九時には帰って来られるんだ。今夜は父さんがオムライスを作ってあげる』

『うん……』

（オムライス食べたかった）

『そうだ、次の日曜日は朝から部屋の片付けをしよう！　父さんは掃除が苦手だから、空も手伝《てつだ》ってくれる？』

『……うん』

（掃除、結局一人でさせちゃったかな）

『掃除が終わったら、サンドイッチを作るから、それを持って公園に行こうか！』

『…………うん』

（サンドイッチも食べたかったな）

『……空、新しい学校で友達は出来た？』

『うん、出来たよ』

（嘘吐《うそつ》いて、ごめんね）

『……そっか、よかった。あ、やばい、もうこんな時間だ！』

男は返答を聞くとチラリと時計を見て俄《にわか》に焦り始めた。トーストを口に詰め込み、それを苦いコーヒーでぐっと流し込むと、仕事用の鞄《かばん》を摑んで立ち上がる。

『じゃあ空、いってくるよ！　空も学校、遅刻しないようにね』

男は空いた手で少女の頭をぐりぐりと撫《な》で、目を糸のように細めて笑い、バタバタと忙《せわ》しなく出て行った。

『いってきます！』

玄関から声が聞こえたあと、扉が軋《きし》む音が聞こえる。完全に扉が閉まり、鍵をかける金属音が聞こえてから、少女はぽつりと呟いた。

『いってらっしゃい』

（最後だったのに、聞こえるように言えなくて、ごめん）

＊＊＊

少女は時計をじっと見詰める。時計の針は学校の始業時間が迫る頃を指して、チッチッと機械的な音を弾ませていた。

時計から視線を外した少女は一瞬悩む素振りを見せてから、ランドセルを背負わずに立ち上がった。玄関に足を運び、シューズボックスの上に置いてあった紐《ひも》のついた鍵を首から提げて、スニーカーを履く。

去年亡くなった母が買ってくれたこのスニーカーは、成長期の少女の足にはもうキツい。それでも無理矢理《むりやり》に足を捩《ね》じ込むと、誰に言うでもなくいってきますと呟いて扉を開いた。

父親に黙って、学校をサボるなんて、初めてだった。


『あ、ベアトリーチェ！』

『……ワンッ！』

学校へは向かわずに近所の公園を訪れた少女は、視界の端に映った影を見てブランコから飛び降りる。

名前を呼ばれた犬は耳と尻尾《しっぽ》をピンと立てて、茶色の毛並みを震わせながら少女に駆け寄った。

少女は小さな体軀《たいく》でその犬を抱き留めて、首の後ろをカリカリと掻いてやる。

気持ち良さげに目を細めるこの犬は、柴犬《しばいぬ》の血が入った雑種なのだと近所に住む飼い主のお姉さんが以前言っていた。見た目が完全に和犬であるのに、名前は横文字で物々しい。

『よしよし、また逃げてきたの？』

『ワンッ！　……クゥン』

しかもベアトリーチェは雄。なぜこんな名前を付けたのか、甚《はなは》だ疑問である。お姉さんはセンスの塊か！

叱られると思ったのか、耳をぺたりと伏せる様子を見て少女は笑みを浮かべた。

脱走癖のあるこの犬は、自身の跳躍力をもってして楽々と塀を飛び越えて外に出てしまう。飼い主の女性は鎖で繫いだり、色々と対策を講じていたが、それらの障害を全て掻い潜《くぐ》り、時にはなぎ倒してしまうほどの頭の良さとパワーがある子だった。

（そう、好きだったんだよね、この子）

人懐っこくて嚙《か》んだりはしない子だが、やはり犬だけで歩いているのは剣呑《けんのん》なものだし、保健所に連れて行かれたりしたら大事だ。少女はうーん、と声に出して唸《うな》りながら、犬の頭を撫でる。

『少しだけ一緒に遊んで、それからベアトリーチェのおうちまで一緒に行こうかっ』

犬が理解出来ているとは思えなかったが、まるで返事をするように大きな声でワンッと鳴かれて、少女は顔を綻《ほころ》ばせた。

＊＊＊

『はー、疲れた！　楽しかった！』

ベアトリーチェと〝取って来い〟をして遊び、疲れ果てた頃には、既に日は高く昇り切っていた。

少女は気持ちのいい疲労感に逆らうことなく木陰でゴロリと転がり、ボールの代替品として使っていた木の枝をポイ、と放り投げる。ベアトリーチェは少女の腹に前足を乗せて甘える仕草を見せてくる。

『ねぇ、ベアトリーチェ……私ね』

それは、返事を求めない独白。それなのに、ベアトリーチェは気持ちを読むかのようにじっと少女の顔を見詰めてきた。

『学校に、友達いないんだぁ』

(そう……、一人も友達がいなかった)

母が亡くなり、周りは少女に対して腫れ物に触るような態度になった。仲のよかった友人に始まり、教師でさえ少女を、可哀想《かわいそう》な子として扱う。その張り詰めたような空気が嫌で嫌で、徐々に落ち込む娘を見兼ねた父親が声をかけた。

少女は父に言われたとおり、家から少し離れた私立の進学校から、住まいの区画の公立の小学校に転入した。

『……つまんないなぁ。とーさんのことは大好きだけど、学校は嫌い。ずっとおうちにいたいな』

無事転入が済んでも、少女はそこに馴染《なじ》めなかった。既にグループが出来上がってしまっており、中途半端な時期からの転入は失敗に終わった。これみよがしに虐《いじ》められたりはしなかったが、どこか他人行儀な雰囲気は幼い少女を苦しめた。

『……とーさん、に、嘘吐いちゃったし……。学校も休んじゃった』

落ち込んだ面持ちの少女は、腹に乗る犬の前足を摑んでむにむにと肉球を堪能する。外犬らしからぬ柔らかな肉球に、少女の小さな指が沈み込んだ。

『……かーさんに、会いたいなあ』

少女の言葉を聞いていたベアトリーチェが、おもむろに立ち上がると少女の顔に鼻先を寄せる。そしてべろりと長い舌で頬を舐《な》め上げた。

『ふふ、慰めてくれるの？』

擽《くすぐ》ったさに身を捻《よじ》りながら笑うと、少女は体を起こして木に凭れ、お返しとばかりにベアトリーチェの頭を撫でてやる。一頻《ひとしき》り撫でて満足した少女は、立ち上がって両腕を上に伸ばした。伸びをして寂しい気持ちを追い出すと、足元で大人しく座る犬に目を向ける。

『さて、じゃあ、そろそろ帰ろうか』

『…………………ヴヴヴゥゥゥ！』

『……え、？』

たった今まで大人しくしていたベアトリーチェが急に低く唸り始め、少女はビクリと体を強張らせた。

鼻に皺を寄せ、牙を剝き出して威嚇音を上げるベアトリーチェは、先程まで一緒に遊んでいた犬と同じ姿とは思えない様相だ。

『な、なに……？　なんで……どうしたの？』

『グヴゥ……！』

余りの気迫に押され、少女は片足を引いて一歩後退《あとずさ》る。するとそれが気に入らなかったのか、より一層激しく唸られ、慌てて足を戻した。

よく様子を見ると、ベアトリーチェは少女に対して威嚇しているわけではないようだった。その目線は少女を通り越して、後退ろうとした背後に注がれている。

『な、なにか……後ろにいるの？』

（駄目！　だめだよ！　振り向いちゃ……っ駄目！）

必死に叫ぶも、映像の中の少女に聞こえるはずもなく。

少女は震える体を自分自身で抱き締めながら、表情を固くしたままゆっくりと振り向いた。そしてそこに広がる光景を見て、恐怖のあまりその場にへたりと座り込む。

『なに……これ……』

中空で周囲の空間を歪ませながら黒い靄《もや》が渦巻き、それが徐々に広がっていた。じっと見ていると酔いそうな動きで、その靄は流動しながら形を成していく。

ベアトリーチェは体勢を低くし、少女の前に立ちはだかった。靄がいくつもの、鋭い爪を持つ腕のような形に纏まると、その腕がみるみるうちに増殖し始める。大量の腕は関節のないぐにゃりとした触手のように蠢《うごめ》き、先程まで少女が凭れていた木にゆるゆるとその黒い手を伸ばしてくる。

幹に指を絡み付かせると、一拍置いてからその幹を瞬く間に握り潰した。

ミシィ！　と軋む音がしたかと思うと、決して細くはない木の幹があっさりと倒れたのを見て息を呑《の》む。眼前の光景が信じられなかった。

『ひ、……っ』

咄嗟に悲鳴も上げられず、喉から引き攣った音が零《こぼ》れた。

靄は少女を次のターゲットにしたようで、木を倒したのとは別の腕が少女へと指先を伸ばしてきた。前に立ちはだかる犬をその腕の柔軟さで軽く避けて、少女の目前まで毒牙を迫らせる。

『や、だ……来ない、でっ……たす、ったすけ……』
パッと開かれた手が少女の頭を正面から捉え、がしりと掴む。
――少女の意識はそこでブラックアウトした。
大野《おおの》空、十一歳。
わけの分からない世界に迷い込んだ当日の、記憶《夢》だった。

００４　寝起きからその顔が視界いっぱいは駄目、心臓止まる

ソラがうっすらと目を開くと、視界の全てが肌色で埋め尽くされていた。

先程まで見ていたのは夢だったのかと理解すると、無性に寂しさが込み上げてくる。

「懐かしい、夢……だったな……」

夢を見ながら泣いていたようで、目尻から耳にかけて濡《ぬ》れている場所が冷えきっている。腕を持ち上げて涙を手の平で拭った。

「父さん……」

夢で見た父の姿を思い出し名前を呼んでも、当然ながら返事はない。頭を覚醒させる意味合いも込めて何度かパチパチと目を瞬かせると、ようやく目の焦点が合った。

「……え？　う、うわあああああああ!!」

視界いっぱいに映っていたものの正体が分かると、ソラは声を張り上げて飛び起きようとした。体のバネを使って、腹筋に力を込めて上半身を浮き上がらせる。

しかし十センチも起き上がらないうちに、ごつ！　と肌色に額をぶつけて鈍い音を響かせ再び寝台に沈むこととなった。

「いったい‼　痛い‼」

「煩《うるさ》い、黙んな！　暴れんじゃないよ！」

視界いっぱいに映っていたのは、とんでもない至近距離でソラを覗《のぞ》き込んでいた老婆の顔だった。

額同士が派手《はで》にぶつかったはずなのに、痛そうにしているのはソラだけで、老婆はダメージを食らっていないように見える。近過ぎるが密着はしていない、漸近《ぜんきん》していた顔がゆっくりと離れていき、ソラはようやっと起き上がることに成功した。凭《もた》れかかる場所もないので背筋に力を入れながら、痛む額を押さえ擦《さす》り、胡乱《うろん》な目を老婆に向ける。

「はぁ、ホント痛い……絶対たんこぶになる。あの、どなた、ですか？」

「ヒヒッ！　あたしゃ、魔女さね。アンタが路地裏に落ちてたから拾ったんだよ。今からアンタを食うつもり」

「嘘でしょ⁉」

「まぁ、嘘だね」

なんてババアだ！　……という言葉は辛《かろ》うじて飲み込んだが、自分は今きっと筆舌に尽くしがたい顔をしているに違いないとソラは思った。魔女と言ったのが嘘なのか、食うと言ったのが嘘なのか。分からないが両方嘘であって欲しいと切に願う。

早くも熱を持ち始めた患部をひたすら擦りながら、隣に座る老婆を観察する。

額や目尻、口の周りに刻まれている皺からするに、人間なら八十歳は超えていそうな見た目だ。

亜人ならもっと上かもしれない。釣り上がった猫目はどろりと濁った金色で、髪は元が何色だったかも分からないほど真っ白だ。所々穴の空いた紺色のローブで体はすっぽりと覆われており、体型までは読み取れない。しかし、ぐんにゃりと曲がった背のせいで随分と小さく見えた。

「ヒヒッ、アンタ名前は？」

「あ……、ソラ、です」

「そうかい、ソラ。これ食いな。イヒヒ」

「ぐっ!?」

ソラの半開きだった口に、唐突になにかが押し込まれた。

老婆は機嫌良さげに、喉を引き攣らせたような笑い声を響かせながら、ぐいぐいとそれを容赦なくソラの口に捩《ね》じ込んでいく。

「ん、ふぁ《ま》、ふぁ《ま》ってくら《だ》は《さ》……！」

「聞こえないねぇ！　食いな！」

「んぐ、ひ《し》、ひ《し》ぬ!!　ちょ！」

「ヒヒッ！」

パサパサとした食感はソラの口の中の水分を吸い取り、摩擦で口内が痛む。なんとか口に入れられた分を嚥下すると、苦しさから涙が滲んだ。

「死ぬ！　死ぬから！　せっかく助けてもらったところ悪いですが、窒息死する！」

「いいから、もっと食いな！」

「ちょ、待って！」

ニヤニヤ笑いを浮かべる老婆に抗議するが聞き入れて貰えず、再び口に押し込まれそうになり狼狽《ろうばい》えながら抵抗する。咄嗟に老婆の手首を摑むと、その横紙破りな言動とは裏腹に力は弱いようで、あっさりと口元から手を遠ざけられた。

「……チッ」

「舌打ち⁉」

握られた手を揺らしてほどけと意思表示されたので、ソラはおそるおそる手首を摑んでいた手を緩めた。

これ以上は無理に食べさせるつもりもないようで、手の中のものをソラに向けてポンと放り投げる。音もなくソラの膝上に着地したのは、乾燥して固くなり、所々にカビの生えた拳大のパンであった。

「パン……」

「カビが生えてても文句言うんじゃないよ、あたしゃ貧乏だからねぇ。食えるだけマシってもんさ」

奴隷生活の長かったソラにとって、カビが生えているくらいなんともない。四つ前の主人の許《もと》では、粗相をすると罰として食事を与えられないこともあった。そんな時は、ゴミとして捨てられた腐った食べ物をくすねて、それで命を繫いでいた。

食えるだけマシ。その言葉の意味が痛いほど分かるソラは、そっとパンを摑んで口に運んだ。

「フン……、文句言わないんだねぇ、ヒヒッ」

一口一口嚙み締めながら、なるべくゆっくりと時間をかけて咀嚼《そしゃく》する。

老婆はソラを見て満足気に顔を歪めて笑うと、どこからともなく水の入ったグラスを取り出した。

汚れか油で曇ったグラスにはなみなみと水が入っており、ソラは無意識のうちにそれに手を伸ばす。焦《じ》らされることなく渡されたグラスに口を付けると泥臭い臭いがしたが、構わず傾けて呷《あお》った。

空っぽだった胃が満腹を訴えたのは、三個目のパンを食べ終わった時で、ソラは久しぶりの食事に満足気に腹を撫でる。

一つ食べ終わる度にどこからともなくパンが出て来て、この老婆は本当に魔女か、或《ある》いは腕のいい手品師ではないのかと目を丸くしたが、どうやら体型の読めない大きなローブの中に隠し持っていただけのようであった。

「ごちそうさま、でした」

「食ったね。それじゃあ、もう一回寝な。……起きたら忙しいからね、ヒヒッ！」

「わっ！」

老婆の皺くちゃの手がぬっと伸びて、ソラの胸元を人差し指で優しく突《つ》いた。至極弱い力であったのに、体は押されるままにすとんと寝台に逆戻りした。

眠くなんてないと言おうとしたが、横になったソラの鼻元になにかが突き付けられる。

「……全く、死に際になってこんなもん拾っちまうとはねぇ」

なにかは分からなかったが、その鼻先に差し出されたものの酸っぱい匂いを嗅いだ途端《とたん》に眠気が襲ってきて、ソラは急激に意識を薄れさせていく。

嗄《しわが》れた老婆の声を子守唄にして、深い眠りに就いた。

＊＊＊

次に目醒めた時、ソラの傍《そば》に老婆の姿は無かった。

あれからどれくらい眠ったのか分からないが、随分と体はスッキリしているし、脳もしっかりと稼働している気がした。

一度目に起きた時は老婆の存在感が強烈で周りを見る余裕が無かったが、今ならばと室内に視線を巡らせてみる。薄汚れた所狭い空間であった。

四畳ほどしかない物置きのような部屋の中には、全体的に青臭い臭いが染み付いている。窓はあるようだが硝子《ガラス》に埃が積もり、外から差し込む光量を制限していて、昼間だというのに薄暗い。寝台と呼ぶのも烏滸《おこ》がましい寝床は、薄く藁《わら》を敷いた上に汚いシーツを被《かぶ》せただけのもの。木造の壁は木が傷んでしまっていて、所々ささくれ立っている。その壁にびっしりと取り付けられた何段もある棚には、見たこともない木の実（のようなもの）や草（のようなもの）や液体（のようなもの）が入った瓶が所狭しと置かれていた。その瓶も埃を被っていたり、土汚れがついていたりと不衛生極まりない様子だ。

まぁ、集約して言えば、汚い。

ソラは部屋の観察を終えると、ゆっくりと立ち上がる。ボロボロだった足には簡単な治療が施されていた。傷口を洗ってなにか薬……っぽいものを塗られているだけだったが、それでもありがたかった。

ソラがおそるおそる部屋を出ると、ツンとした嫌な臭いが鼻を突いて、思わず小さく、う、と声を洩《も》らした。そこも、汚さではソラの寝かされていた部屋と大差なく、同じように薄暗く汚かった。

老婆はその部屋の隅に取り付けられたキッチンのような場所で、大鍋の中身をぐるぐると掻き回していた。

「あ、あの……」

「あぁ、起きたのかい、ヒヒッ！　それじゃあ早速《さっそく》手伝ってもらおうかねぇ！」

ソラがおそるおそる声をかけると、老婆の首がぐりんとこちらを向く。その動きの不気味さに一歩後退るが、どうやら仕事をさせられるらしいと察した。

まぁ一宿一飯の恩があるので、とりあえずは言うことを聞こうと。

迂闊《うかつ》にもそう思ったのが、この小屋での生活の始まりだった。

005　こんな日々でも案外幸せ！　でも労って！

この家で住み込みの仕事をするようになってから、三ヶ月が経《た》った。

最初はちょちょいと老婆のお手伝いをしたら、さっさとお暇《いとま》しようと思っていたソラだが、老婆の口八丁手八丁でなんだかんだと丸め込まれ、既に三ヶ月もこのあばら家で雑務をこなしながら生活していた。否、既に雑務の域を通り越して、しっかりと仕事の一部を担っている。

「それが終わったら水汲《く》んできな！　ちゃんと鍋を綺麗に洗って、そのあとこの布巾を全部洗濯。布巾に付いた絞り汁は今日中に洗わないと取れなくなるからねぇ、ヒヒヒッ、機械仕かけの人形の如《ごと》く黙々と洗いなよ！」

「はい師匠！」

「外の薬草にもちゃんと水やるんだよ！　葉に水当てると日焼けして使いモンになんなくなるからね、根っこにだけだよ、分かってるね。ああ、それから、あたしゃ腹が減ったねぇ、ヒヒッ！　夕食の準備をしとくれ」

「はい師匠‼」

「明日卸《おろ》す分は出入り口に運んであんのかい？　あれを売らないと飯が食えないんだからねぇ、ちゃんとやっておくんだよ！　裏手にある荷車も出しといておくれ」

「はい師匠、喜んでえぇぇ‼‼」

全く以《もっ》て、ここはどこの居酒屋か！　というか、このばーさんマジで人使い荒過ぎ！

老婆は古い木製の椅子に浅く腰をかけて、とんでもない量の仕事をソラに押し付けてくる。ニヤニヤとした不気味な笑いを顔に貼り付けて、自分は指一つ動かさずにソラをこき使うのだから、ソラからするとたまったものではない。

少しでもサボろうとしたり休憩を取ろうとすると、ありとあらゆる罵詈雑言《ばりぞうごん》をその嗄《しわが》れた声で浴びせかけられる。心の平穏とプライド《疲労暴言》を天秤《てんびん》にかけた結果、あ、私にプライドなんてないんですよね、とあっという間に従順になった。心的外傷後ストレス障害《PTSD》を植え付けられるのは勘弁して欲しい。

言われたとおりの仕事をこなして、給金は出ないが食事は貰える。お馬鹿《ばか》なソラが仕事をしながらふと、〝あれ、これ奴隷辞めたのに奴隷と同じことしてね？〟と気付いたのはつい一週間前である。

首輪からバチリとお仕置きされることがないだけマシではあったが、せっかく逃げおおせたのになにしてるんだろう自分、とちょっと落ち込んだ。

「ヒヒヒッ、それが全部終わったら呼びに来な！　あたしゃ、ちぃと寝るからね」

「分かりました、師匠！」

老婆はゆっくりと椅子から立ち上がると、傷んだ床とドアをきぃきぃと軋《きし》ませながら体を引《ひ》き摺《ず》るようにして寝室へと引っ込んだ。くそぉ！　自分だけずりぃなぁ！　と思わなくもないけれど、ソラはこれが仕方のないことだと知っていた。ここに置いてもらい始めた三ヶ月前より、老婆は明らかに体が悪くなって来ているのだ。寄る年波には、ということなのか、病を患っているのかは分からないが。

だが、しゃきしゃきと歩ける頻度も減り、食べる量もぐんと減り、そして睡眠の時間だけが増えた。栄養失調気味のソラよりも細い老婆の腕はまるで棒切れのようで、本当に折れてしまうのではないかと触れるのも恐ろしい。

急激な体調の変化を見ると、やはり老化でそうなっているというよりも、病なのだろうと考えたほうがしっくりとくる。

「大丈夫かな、師匠……」

誰に言うでもなく呟いてから、ソラは大鍋の洗浄に取りかかった。

なにか作業をする時に口寂しくてつい独り言を言ってしまう癖は、いけないと思いつつも中々止められない。大鍋を抱えて小屋の裏手に運び、たわしをむんずと摑んで袖を捲《まく》る。ガシガシと鍋を洗いながら、さらに独り言を重ねた。

「意地悪だし、口悪いし、顔も怖いし。人使い荒いし、部屋汚いし、ケチだし！　……でも、屋根のある所で寝かせてくれて、ご飯もくれる。カビてる、けど！」

恨みを乗せて手を強く動かすと、鍋の内側にこびり付いていた薬品がみるみるうちに取れて綺麗になる。

ソラの勘は、老婆がそう長くはないことを察知していた。一ヶ月後か、半年後かは分からないが、そう遠くない未来に老婆との永遠の別れが待ち受けている。

それはソラよりも老婆自身が一番よく分かっているのだろう。ソラに極力弱ったところを見せないように気丈に振る舞っていた。

「優しいところもある、んだもんなあ」

だから、せめてそれまでは、老婆の傍にいようと思う。一人で最期を迎えるのは、きっと寂しいから。

ソラは綺麗になった大鍋に水をかけて濯《すす》ぐと、そのまま風通しのいい日陰に転がして干す。このあとの仕事の段取りを頭で組み立てながら、大鍋の横に座り込んだ。老婆に見付かるとサボっていると怒られるだろうが、今は寝入っているはずなので大丈夫だろう。ソラはいずれ一人になってしまうことを想像して、深々と溜息を吐《つ》いた。

＊＊＊

「ソラ、お前に話がある」

「なんですか、師匠」

老婆から声をかけられたのは、その夜であった。夕飯を食べ終わって直《す》ぐ、また雑務を押し付けられるのかと身構えるが、思いの外真剣な表情をした老婆の顔を見てしっかりと向き直った。

「ここを出て行きな」

「えぇぇぇ!? 嫌ですよ、師匠! 野垂《のた》れ死《じ》ねって言うんですか、師匠!!」

思いもよらぬ言葉に、テーブルの上に身を乗り出して嫌々と首を振って反対する。ソラがばん! と勢い良くテーブルに手を付いたせいで、食器がガチャリと音を立てて老婆は眉を寄せる。

それを見たソラが慌てて手を引っ込めると老婆はいつもの薄気味悪い笑みを浮かべた。

「もうそろそろ、アンタの面倒《めんどう》見るのも飽きてきてねぇ! ヒヒッ、随分搾取《さくしゅ》させてもらったし、もうアンタは用済みだよ」

「そんなぁ……! でも師匠、私がいないとどうやってポーション作るんですか? 無理ですよね? ね?」

「今まで一人でやって来たんだ、出来ないわけないさねぇ」

嘘だ、とソラは心で詰《なじ》る。ここ三ヶ月で急激に体力が落ちた老婆に、今や生活費を捻出する量の薬品を作ることは難しいはずだ。

それどころか、ソラがいなくなると日常生活すらままならないだろうと分かっていた。そんな状態の老婆を見捨てて出て行くわけにはいかない。

老婆は今までここで一人きり、回復薬やポーションの類を作る仕事をしていた。そう大きくもなく携帯性に優れたポーションは、こんな辺鄙《へんぴ》な村でも森に入る際などに重宝されている。

ソラは今まで、歴代の主の屋敷からほとんど出たことが無かったので、そんなアイテムがあるのかと感心したものだ。閉鎖的な空間に閉じ込められていたせいで、とにかく世情に疎いソラには、一つ一つの事柄が驚きの連続である。

そんな老婆の仕事を手伝うようになって、あまりの人使いの荒さに、ソラも低級ポーションの作り方を覚えてしまった。こういう薬を作る者を薬魔師《やくまし》と呼ぶのだと知ったのは、つい最近だ。

「やですよ、師匠、私出ていきませんからね！　もっと搾取しちゃってくださいよ、ケチババアなんだから搾り取るの好きでしょ!?」

「誰がケチババアだい！」

「師匠ですよ！　やだやだやだ、出てぃーかーなーぃー！」

ソラはテーブルに突っ伏して、もだもだと駄々《だだ》を捏《こ》ねる。十八歳のソラがそんなことをしても痛いだけであるが、発育不良の体でこうやって子供っぽくすると老婆は少しだけ甘くなる。

案の定、老婆の態度は軟化しローブの中で肩を落としていた。

「……ああもう煩いねぇ、ガキじゃあるまいし！　分かったよ、好きにしな。搾取って言えば聞こえがいいけれど、これは寄生だよ、寄生……」

「……師匠!!　よかった、家がなくなるかと思いましたー」

キラキラとした視線を向けるソラとは対照的に、老婆は珍しくもぶつぶつと、そしてげんなりとした面持ちである。目論見《もくろみ》通りにこの家に居座る権利を獲得したソラは機嫌良く食器を掴んで洗い場へと運んだ。といっても、上機嫌なフリをしていただけで、実際は複雑な心境であったのだが。

老婆に背を向けて食器を洗い始めたソラには、老婆の物言いたげな表情は見えなかった。

００６　シンプルに嫌な人はシンプルに暴言

その翌日から、まるで坂を転がり落ちるように老婆の体調は悪化の一途を辿《たど》っていった。老婆はそれが分かっていたから、ソラを出て行かせようとしたのだなと、今なら分かる。

あの日はなんとか追い出されまいと泣き落とし戦術に打って出たが、それも今回に至っては効きそうにない。既に寝台から起き上がれなくなっている老婆の隣にぺたりと座り込んで、ソラは眠る老婆の顔を覗き込む。

「……師匠ぉ、……死なないでぇぇ！」

ソラの泣きそうな湿っぽい声が部屋に響く。眠っている老婆はいつもより穏やかな表情で、普段の薄ら笑いがないためか優しそうにすら見えた。ただ、青白く生気のない顔色なのがいただけない。

「まじで、めちゃくちゃ意地悪だったし人使い荒いし横暴だし口悪いし部屋汚いし、シンプルに嫌な人だけど死んじゃやだめぇ！」

「随分と言いたい放題だねぇ、まだ死んじゃいないよ」

「し、師匠、起きて……!?」

悪口をつらつらと並べていただけに気不味《きまず》く、ソラはギクリと固まった。老婆は濁った目をさらに混濁とさせながら、うっすら開いた瞳でソラをギロリと睨《にら》む。ソラは覗き込んでいた体勢からそろそろと体を引っ込めて視線を逸《そ》らした。

「寝てたよ！　アンタの声が煩くて起きたのさ、全く迷惑な子だよ、拾わなきゃよかった」

「そんな、師匠ったら酷いなあ」

ブツブツと呟く老婆の言葉は刺々《とげとげ》しいが、ソラはいつものことだと気にしない。むしろソラにはそのいつもどおりがなによりも嬉しくて目を細めて笑った。

「……さて、もう時間だからね。一週間前は絆《ほだ》されたけど、もう駄目だよ。出て行きな。ヒヒッ！」

「…………はい、師匠」

ずり落ちた毛布を老婆の体にかけ直しながら、コクリと一つ頷《うなず》いたソラは口をきゅうと引き結ぶ。もうこれ以上、傍にいさせてくれと我を張るつもりはソラにない。きっと二、三日中に、老婆はこの世から去ってしまうだろう。最期の時に傍にいたい気持ちは一週間経ってもなくなってはいない。でも、まだ口がきける間の最後の虚勢なのだから、それを振り切ってまで居座るつもりはない。この三ヶ月と少しの時間はソラにとって大切なものとなった。

老婆は体を起こさず、腕だけをゆっくりと伸ばして枕元に畳んで置いてあった布を摑み、それをソラの腹にぐいぐいと押し付けてくる。

「……これを、持って行きな」

ソラは受け取った布を、しゅるりと衣擦れの音を立てて広げた。

「これ……。師匠、これ、いいんですか……？　だって、私……薬魔師《やくまし》じゃ……」

「イヒヒ、いいから受け取りな」

それは老緑色《おいみどりいろ》の生地で作られたローブだった。老松《おいまつ》のような、灰みを帯びた深い緑色は目に優しく、そして美しい。裾にはぐるりと一周、銀糸で葉蔦柄《はつたがら》の刺繍《ししゅう》が施されている。新品の厚手の生地は、ちょっとやそっと引っかけた程度では破れそうにないし、縫い目も丁寧で頑丈に作られていた。見るからに上等な生地は高値だったことが窺《うかが》える。見えない場所に色々と仕込めるように内ポケットもふんだんに取り付けられており、なんとも機能的だ。

体をすっぽりと覆える大きさに仕立てられたローブを、ソラはきゅうと両手で握り締めた。華美な装飾や派手さはないが、実用的で簡素なローブはソラの好みだった。

「……別に薬魔師《やくまし》じゃないとローブを着ちゃいけないなんて決まりはないからねぇ、ヒヒヒ」

「し、師匠ぉ！　ありがとうございますぅ‼」

照れ隠しのようにツンとした言葉を吐く老婆に、ソラは上からガバリとのしかかる。老婆から小さく、ぐえ、と聞こえた気がしたが気にせず毛布越しの腹にぐりぐりと頭を擦《こす》り付けた。

内ポケットの多さが老婆の着用しているローブと酷似していることから、これは老婆が仕立てたものだとソラは分かっていた。体の自由が日々利かなくなっていく中で仕立ててくれたのだと思うと、それだけでソラの胸中が満たされ温かくなる。

「っ、……重いんだよ、アンタは！　しばき倒すよ！」

「うわぁ！　ごめんなさい‼」

「まったく、最後まで騒がしい子だねぇ……。それから、コレもだ」

ソラが老婆の上から弾《はじ》かれたように体を起こすと、やれやれとでもいうように眉を下げた老婆が毛布をぱたりと捲った。

前開きのローブの中からガチャリ、ジャリ、と金属の擦れる音がして、数秒遅れてぬっと出てきた手には革袋が握られていた。老婆の腕が重みで震えているのを見てソラが慌てて受け取ると、なるほどその袋はずっしりと腕に来るほどに重たい。膝の上に革袋を乗せると、弛んでもう一度ジャリと金属音が響いた。

「大体、70万G《ゴールド》入ってるさねぇ。新米衛兵の三ヶ月分の給金だからね、無駄遣いするんじゃないよ！」

「ええぇ!?　師匠、どっからこんなお金……！　もしかして――」

「盗んでないよ」

「食い気味か！」

「人聞きの悪いことを言うんじゃないよ！　アタシが老骨に鞭打《むちう》ってコツコツ貯《た》めた金だよ、持って行きな」

ソラの膝に乗る革袋は、老婆がずっと懐に入れていたせいで生温《なまぬる》い。しかも、それがそこその金額だと聞かされると、なんだか急に居心地《いごこち》の悪さを覚えた。

老婆は今まで質素過ぎる生活を送っていたので、生活を回すのがギリギリで困窮《こんきゅう》しているのだとばかりソラは思っていた。しかしこの金を見ると、そうではなさそうだ。

クズ野菜の入ったスープとカビたパンが定番の食事だったが、もっと柔らかなパンを買うことも、そしてそのパンに塗る蜂蜜だって買うことが出来たはずだ。そういった贅沢《ぜいたく》を全くせずに倹約した結晶が膝の上に乗っている。

どっ、と袋の重みが増した気がしてソラは目を細めた。

ドケチで胴欲《どうよく》な老婆が気前よくお金をポンと渡すなんて、稀有《けう》な出来事もあるものだ。鬼の目にも涙というやつだろうか。

「でも、師匠、これがないと困るんじゃ……」

「残念ながら、あの世に金は持って行けないからねぇ！　ヒヒヒ、地獄で賄賂《わいろ》でも渡せりゃ、ちぃとは楽になるもんだが」

「地獄なんてあるわけないじゃないですか、そんな眉唾な」

「おや、信じてないんだねぇ、ソラ。地獄はあるよ……」

思わず冗談めかして返した言葉に、老婆はなにやら確信めいた様子でそう言うと、ニヤリと笑った。

戯《たわむ》れのような、それでいて至極真剣とも取れる老婆の言葉に、ソラは背中にぞっと悪寒が駆け上がるのを感じた。謎めいた発言の多い老婆だったが、恫喝《どうかつ》するかのようなこの言葉は特に意味を含んで聞こえて薄気味悪い。

「ヒヒッ！　さぁ、もう行きな。この小屋もお前にやれればよかったんだが、酒場のじーさんにツケを払う代わりにここをくれてやるって約束しちまったからねぇ。アタシが死んだら受け取りに来るって寸法だから、早く出てくんだね」

「……はい、師匠」

「金になるようなもんはないけど、好きなもん持っていくといいよ」

「分かり、ました」

なんだかんだと会話を引き伸ばそうとしていたソラだが、別れのタイムリミットが迫っていると悟ると、急激な寂しさに苛《さいな》まれる。

それでも、これ以上我儘を言わないようにとなんとか口を噤《つぐ》んで、膝上の革袋を抱えて立ち上がった。貰ったばかりのローブを羽織ると、その場でひらりと一回転して見せる。

しっとりとした肌触りの生地は、ソラの体に馴染んで着心地がいい。老婆はそんなソラを見て眩しそうに目を閉じた。

「師匠、お世話になりました！」

「ヒヒヒ、じゃあね、ソラ」

ソラの震える声に対して、老婆の声は死の床にふせているとは思えないほどに明るい。その場で深々と一礼し、声に気持ちを乗せてしっかりと感謝を伝える。

そして、ソラはその場でくるりと背を向けて、寝室をあとにした。

「アタシは一眠り、しようかね」

扉を閉める直前に聞こえた老婆の声は、やっぱり明るかった。

007　そろそろ遠巻きに見られるの慣れてきた件

いよいよ旅立ち！　といきたいところだったが。

老婆の家を出たソラは、村の中で唯一の道具屋の前で佇《たたず》んでいた。

「ううん、どうしようかなあ。これからなにしよう……」

行く当ても、これからなにをするかも決まっていないソラは、初めての自由に悩まされていた。

「まず、地図を買って……。それから、うーん。旅をするなら武器？　でもそんなの扱えないし。ポーション作って売る生活が現実的？」

店の前で仁王《におう》立《だ》ちになり、腕を組んでぶつぶつと呟く様子を見て、村の人間はソラを遠巻きに見ていく。うんうんと唸りながら頭を捻り、状況を整理することにした。

ソラの手持ちの金が70万G《ゴールド》。新米衛兵の給金三ヶ月分の金だと老婆は言っていたが、ソラはこの世界の物価が全く分からない。

奴隷生活をする上で金銭を扱うことなんて無かったし、老婆の作ったポーションを村に卸す際も、

「アンタがやると値段釣り下げられちまうからねぇ」と売買は全て老婆が一人でやっていた。よって金を持つのも、触るのすら初めてのソラに買い物が上手《うま》く出来るのかについては不安が残るところである。

そもそも旅に必要な装備品として、なにを揃《そろ》えればいいのかすら分からない。

手元には老婆の家から持ってきたポーションのレシピが書かれた小さな冊子と、調薬に使う薬草が少し、上級、中級、低級ポーションが一本ずつ、各種石の入った小袋だけ。これでは到底旅なんて出来ないが、かといって不必要なものを購入して金銭を減らすようなことも避けたい。

考えを纏めようと思ったが、結局思考は散らかったままだ。

「ぼったくられないように、しなきゃ」

そう呟いて肩がけの鞄の紐をぎゅっと握ると、意を決して道具屋に足を踏み入れた。

＊＊＊

この村の道具屋は小さな店舗で、武器屋と防具屋が一緒になったような、旅に必要なアイテムなどを纏めて置いている店だ。六畳ほどの狭い店内に、ソラ以外の客は一人しかいない。

これといって特徴のない平和な農村であるが故に村人からの需要は低く、置いてあるアイテムの種類は少なくて、基本的なものばかりだ。それも沢山並んでいるわけではなく、まばらに置かれた商品の数量も少ない。それでも初めて見るものはソラの琴線に触れ、心は弾んだ。

（うわ……すごい！）

古ぼけた店舗は焦げ茶色の木造建築で、壁も、床も、棚も、全て同じ素材で作られていた。壁にかけられた武器類、その隣に並んだ防具、棚に置かれた回復薬やポーション、その他使用法の分からない謎のアイテムたち。

商品名のタグや簡単な説明書きが付けられてはいたが、文字の読めないソラは物自体を見てそれがなんなのか判断する他ない。商品を見て回るのは楽しいが、文字を読めない不便さに眉を寄せた。

その表情を見られないように、ソラはローブのフードを目深《まぶか》に被る。フードの下で視線を巡らせ、目当てのものを見付けるとそれに駆け寄った。

（あった、地図……）

白黒で書かれた地図らしく、小さく折り畳まれて棚に置かれている。棚に付けられたタグを見るが、やはりなんと書いてあるのか分からない。値段も分からないが、なんとか購入するしかない。

「っ……！　あ、ごめんなさい」

地図に腕を伸ばして取ろうとしたソラは、隣から伸びた手に触れて咄嗟に手を引いた。引いた手でフードの端を掴み、顔を見られないように俯いた。

「ああ、こっちこそごめんね。君、それ買うの？」

ソラより上から降って来る声と、視界に入る靴から察するに男性のようで、ソラは金の入った鞄を握り頷く。

店内に一人だけいた客ではなく、いつの間にか入店していた新しい客のようだ。

「はい、これを買おうと……」

「うーん、そうかぁ……。どうしようかな、これ残り一つみたいだし。俺も欲しいんだよねぇ」

ゆっくりと話す声は低過ぎない中性的な声で、敵意のない声色《こわいろ》に警戒心を僅かに解いた。

そっと顔を上げて覗《うかが》い見ると、まだ若い青年だった。ソラと同じ位の年頃だとしたら、十八、十九歳ぐらいだろうか。身長は百七十五センチほどで、引き締まった細身の体型。チョコレートのような濃い黄褐色の髪に手を当てて掻き、困り果てたという様子だ。使い込まれた革製のブーツやベルト、ベルトから垂れ下がる小さな袋、腰に携えている剣から見るに旅慣れた様子である。

じっと観察し過ぎたのか、視線を感じた青年がソラを見返す。晴れた日の空のような澄んだ青い瞳とかち合い、ソラは急いで視線を逸らした。

考えの纏まったらしい青年は、頭にやっていた手を顎に滑らせてソラに提案をしてくる。

「えっとね、俺この次の街に行くのにチラッと地図を確認したいだけなんだよね。だから、別に地図を手に入れなくても構わないんだ」

「……はあ、つまり……？」

「だからさ、こうしない？　地図は君のものにしていいよ。で、俺は君に地図の三分の一の金額を払う。その代わりに、俺にも地図を見せてくれないかな」

今度はソラが思案する番であった。

青年の真似をするように顎に手を当てて瞼を閉じて考える。悪くない話だ。ソラは地図を手に入れることが出来、尚且《なおか》つ支払い額は三分の二。

懸念すべき点は、買ったあとに強奪されるかもしれないということだが、それならわざわざ一部負担を申し出るはずもないだろう。乗らない手はないと判断して目を開いた。

「……はい、分かりました。お兄さんは本当にそれで構わないんですか？」

「うん、俺は構わないよ。じゃあ早速だけれど、これ。地図のお金ね」

念のためにもう一度確認をしたがあっさりと頷かれ、青年はベルトに吊り下げた袋から銅貨を数枚取り出した。それをソラの手の平にポトポトと落としてにっこりと微笑む。

ソラには、今手の中に渡された金額が適正なものかどうか分からない。だが表情を変えずに頷き、今度こそ地図に手を伸ばして摑んだ。

「じゃあ、俺店の外で待ってるから。買い終わったら声かけてくれる？」

「はい、じゃあ買ってきます」

青年が満足そうにうんうんと頷くのを見てから、ソラは自分の鞄から、貰った金を予《あらかじ》め小分けにしておいた小さな袋を取り出す。

その中に今受け取ったばかりの銅貨も一緒に入れ、袋の口を閉じる。

（よし、やるぞ……！）

緩慢な動きで店主の許へ商品を持っていく。

暇を持て余して、今にもうたた寝をしそうな店主に地図を差し出すと、ソラをチラリと一瞥してからふあぁと欠伸を溢した。

「……８６０Ｇ《ゴールド》だ」

「……はい」

短く紡がれた言葉に、ソラは麻袋の口を開く。そして袋に指を差し込むと、金貨を一枚摘《つま》んで差し出した。それを受け取る店主と一瞬目が合って、胸中がドキリと弾む。

しかし、先程青年に対してやったようには表情に出さないようにして、平然と渡し切った。

店主はカウンターの下から釣り銭を用意してソラに渡すと、毎度と常套句《じょうとうく》を呟いて直ぐに視線を逸らしてしまう。釣り銭を袋に仕舞いながら地図を持って、店主に背を向けるとホッと息を吐いた。

（よ……かったあああ、買えたああ）

金銭の価値や使い方を知らないのがバレると、釣り銭を誤魔化《ごまか》される可能性があった。それを避けたかったソラは、会計の際に少しでもまごついたり、不安がって見せるわけにはいかなかった。

金貨一枚が何G《ゴールド》に相当するか分からないので賭けに近かったが、沢山の銀貨や銅貨が釣り銭として返って来たのを見るに、思っていたよりも価値は高そうだ。

地図一つ買うのにもここまでぐったりする羽目になるとは、と肩を落とす。

やはり金の使い方から始まり、この世界のことがなにも分からない状況では身動きが取り辛い。早急に色々な情報を手に入れる必要がある、と再確認しつつ、ソラは店をあとにした。

008　あなたの髪見てたらお腹空くんだよね

店を出たソラがキョロキョロと辺りを見回すと、店の軒下の日陰で涼む青年を見付けた。

ほぼ同じタイミングで青年がソラを見留めて、ヒラリと手を振って合図されたので、小走りで駆け寄る。

「お待たせ、しました！」

朝日が逆光になっていて、青年越しに目に入る光が痛い。

「おー！　ありがとう。早速だけど、地図見せてくれる？」

「はい、どうぞ」

ソラが、購入したばかりの地図を青年に手渡すと、青年は目を細めて笑う。青年はぐ、と膝を曲げてしゃがみ、受け取った地図を地面の上で開いた。膝に当てられている防具のベルトがキチと軋む音を立てる。ソラも隣で一緒にしゃがみ、地図を覗き込んだ。

「……あー、あの、お兄さんはどこへ行こうと……？」

「んー、俺はね、ここ。グロッソっていう街」

もしかすると聞かれたくないかもしれない、と思いつつも、情報を集めたいソラは控え目に声をかける。青年は気分を害したふうでもなくアッサリと答えながら地図の一角を指差した。

地図上に見られるいくつかの街や村の中でも比較的大きい街のようだが、現在地が地図のどこかすら分からないソラは、地図の上に視線を彷徨《さまよ》わせた。

「へぇ……。因《ちな》みにここからだと、どれくらいかかるんです？」

「そうだなぁ、道沿いに歩くと五日、ってところかな」

「どんな街なんですか？」

「グロッソは商人の街、って感じだね。大きめのギルドがあって、物流が凄いんだ。グロッソなら割となんでも手に入る」

「……なるほど」

そこで会話が途切れたので、地図をじっと見ながら少し考え込む。その情報はとても魅力的に思えた。

(私も……そこ、行こうかな)

大きな街のようだし、旅の道具を揃えるのであれば、グロッソまで行ったほうが種類も質も格段に跳ね上がることは間違いない。商人の街だというくらいだし、購入するものの選択肢が広がるのはありがたい。

ならば、この村で無理に揃える必要もないし、食料だけ買ってこのまま旅立ってしまってもいいのではないだろうか。

ただ、そうするに当たっての懸念事項は、道中で遭遇するかもしれない魔物や魔獣の類である。

だがそれも、この男がいるならば、とソラは頭の中で思いを巡らせた。

「あの……」

「うん？」

地図に集中していた青年が顔を上げる。川の数を数えていたのか、指が地図の上に乗ったままだ。

「お兄さんは、旅人さんなんですか？」

「ああ、いや、俺は冒険者なんだ。今回は俺だけ離れて一人で依頼をこなして、それが終わったからグロッソの街で仲間と待ち合わせするんだよねぇ」

「なるほど……。えっと、いきなりなんですが、お兄さんのこと雇えますか？」

「えっと……。それは、ギルドを通さずにってこと、かな？」

ああ、まずい。青年の言い方で、依頼はギルドを通すのが当たり前なのか、と遅れて気が付いた。それがこの世界の常識なのであれば、今の台詞で警戒心を抱かせてしまったかもしれないと、ソラは歯噛みする。しかし一度吐いてしまった言葉は取り返せるはずもなく、一呼吸置いてからコクリと頷いた。

青年はそんなソラに、しゃがんだままじっと探るような視線を向けた。

「うーん。……雇うって、具体的には？」

「護衛、でしょうか。お兄さんはグロッソの街まで行くんですよね？　私もそこまで行こうと思うんですが、道中の護衛をお願いしたいんです」

「なにしにグロッソまで行くの？」

「旅をしようか、仕事をしようか、どこへ行こうか、なんにも決めてなくて……、だから大きい街に行ってみたいな、って、思って……」

素直に思ったままを告げると、青年は再び地図に視線を戻してなにやら考え込み始めた。ソラは、青年の反応が芳《かんば》しくないので、断られるのではないかと身構える。

「……一日8000G《ゴールド》、食事付き」

「え？」

「それなら受けてあげるよ」

「いいんですか？」

ぽそりと呟いた青年に、ソラは目を見開いて両手を胸の前で組み合わせた。青年は垂れ気味の目を伏せて口端《くちは》を釣り上げて笑う。

8000G《ゴールド》が相場かどうかは分からないが、この青年が変にぼったくろうとしていないことは、なんとなく理解出来た。

「ただし、グロッソに着いたら、ちゃんとギルドで後付け依頼って形にしてくれ」

「はい、分かりました！」

後付け依頼という単語も聞き慣れないが、一先ず引き受けてくれたことに安堵《あんど》する。言葉のまま捉えるのであれば、達成済みの仕事を改めてギルドを通して依頼するというシステムなのだろうか。

「じゃあ、今日からしばらくの間よろしく！　俺はジェイク。敬語はいらないよ」

「うん！　ありがとうジェイク。私はソラ。こちらこそ、よろしくね」

ソラがフードを脱ぐと、ジェイクはまじまじとソラの顔を見詰める。そんなジェイクの差し出した手を緊張気味にきゅっと摑んで握手すると、ぶんぶんと上下に豪快に振られた。

細身の見た目に反する強い力で揺らされたことに驚きつつも、歯を見せて無邪気に笑うジェイクに毒気を抜かれたソラは、にっこりと笑い返した。

＊＊＊

昼過ぎに出発すると言うジェイクとは、準備のために一度別れて行動した。

五日分の食料の買い出しに向かい、ジェイクの指示どおりの果物《くだもの》と携帯食を無事に入手したソラは、先に待ち合わせ場所である村の入り口に来ていた。ジェイクはまだ来ていない。

ソラは木陰を選んで座り込み、今朝《けさ》から短い間に起きたことを改めて考えていた。

今日の午前中だけでもよく分かったのだが、なんにしてもあらゆる情報が足りないのだ。支払い一つ取っても、金貨、銀貨、銅貨が何G《ゴールド》なのか分からないし、文字が読めないので道具の使い方も分からない。ギルドの存在も今日初めて知ったし、依頼は必ずギルドを通さなければいけないことも知らなかった。

ジェイクの言っていた後付け依頼のシステムもちゃんと分かっていない。きっと今後もこういうことが沢山出て来るのだろう。

なにか情報を仕入れるにしても、嘘を吹き込まれては堪《たま》らない。早急に、絶対に嘘の情報を教えたりせず、裏切らない相手が必要だった。そして、ソラにはそんな人物に心当たりがある。

それは――。

「ソラ！　お待たせ、準備は出来た？」

「ジェイク、こっちは言われたとおりの食料を全部手に入れたよ」

物思いに耽《ふけ》っていたところで声をかけられ、びくりと肩を震わせた。音もなく傍まで来ていたようで、青い瞳を細めながらにこにこと笑うジェイクを見て、ソラは立ち上がる。

ローブに付いた枯れ葉を手で叩《たた》き落としながら、戦利品である食料の入った鞄を掲げて見せた。

「ジェイクはなに買ったの？」

「旅に必要なモノ。傷んでた小型のナイフを買い換えたりとか。グロッソで買ったほうがいいものが多いから、この村では大したものは買ってないよ」

「へぇ……」

やはり買い物をするならグロッソで、と思っていた自分の考えは間違っていなかったようだとソラは再確認する。ジェイクが自分の腰をぽんぽんと叩いてアピールするので素直にそこに視線を滑らせると、買ったばかりと思《おぼ》しき黒い持ち手の折りたたみナイフが見えたので、なるほどと頷いた。

ジェイクは大きな背負い鞄を片方の肩にひょいとかけて、ソラに向き直る。チョコレート色の髪が風に靡《なび》いてふわ、と揺れた。

「さ、ソラ。それじゃあ出発しようか」

「……うんっ！」

歩き始めたジェイクを追う前に、ソラは一度だけチラリと村を振り返る。老婆の小屋の方向を視界に入れ、唇だけでいってきます、と呟いてから、ジェイクの背中を追って駆け出した。

００９　野宿バンザイ！　嘘、やっぱ宿屋最高

「うおぉー！　来たぞー‼　着いたぞー‼」

「ソラ、煩いかな。ちょっと静かにしようか」

街の入り口は大きな芽色《かやいろ》のブロック造りで、ここは要塞か！　とツッコミたくなるほど大きな壁に街全体が囲われている。門番をクリアして、商人の街グロッソに入って直ぐの場所で、両手を天に突き上げて叫んだソラは即座にジェイクに窘められて、パタリと腕を落とした。門番の詰所の横で叫んだからか、数人の門番が建物から顔を出してこちらを窺ってきた。

「ソラは大人しそうだったから依頼引き受けたのに……。なんかイメージと違ったよ」

ジェイクは些《いささ》かぐったりとした面持ちで、前髪に指を差し入れて溜息を吐いている。

なんだか苦労人の雰囲気を漂わせるジェイクだが、街への道中から、ソラの言動一つ一つにツッコミの言葉をかけてくるのだから、疲れも溜《た》まるというものだ。

「なんかスマン。……あ、ジェイク、まずはここまでありがとう」

「いえいえ、どういたしまして」

とりあえず感謝の気持ちは伝えなければと、ソラはローブから細い腕をぬるりと出してジェイクの手を摑む。ここに来る前の握手とは逆に、今度はソラがジェイクの腕をぶんぶんと振ってやった。

幸いにも人の手が入った道を選んで来たため、道中危険な目に遭うようなことはほとんど無かった。強いて言えば、ソラがポーションの材料になる薬草を見付ける度にフラフラとジェイクの傍を離れてしまい、意思を持った蔦の魔物に一度シバかれそうになったことがあるくらいか。それもジェイクがあっという間に切り捨ててくれたので、大事にはならなかったのだが。

ほぼ平穏に、順調に五日の旅を終えて、それでも体には疲労が蓄積しているのだ。到着した喜びを全身で表現してしまった。

ソラが歩き疲れているのに対し、ジェイクは道中ソラを守りながら、時々荷物を持ってくれるという紳士っぷりまで発揮しておきながら、疲れなんて一欠片も感じさせない。年頃の鍛えた男の子は凄いなと、ソラは一人で頷く。

街に入る際は門番のお兄さんに「カードの提示を」と言われてなんのこっちゃと焦ったが、ソラが下手《へた》に口を開く前にジェイクが対応してくれてホッとした。どういうシステムなのかと盗み聞きをしていたが、どうやら通行料金を払わなければならないらしい。ギルドカードを持っていれば通行料金は５５０Ｇ《ゴールド》、持っていない人間は３０００Ｇ《ゴールド》。犬のオマワリさんならぬ犬の門番さんが尻尾をゆさゆさ揺らすのを見ながら、五倍も値段違うのかよ！　と心で悪態をついた。

「さて、ソラはこのあとどうするつもりなの？　宿とか決まってる？」

「ううん、特には。欲しいものがあって、あとでそれを買いに行くつもりなんだけれど……」

ジェイクと並んで歩きながら、ソラはフードの下から辺りを観察する。

見たことのないものが沢山並び、商人の街というだけあって、あちこちで露店の店主が呼び込みをしている。大きな声が響く賑わいのある街で、ソラは既にこの街の様子が気に入っていた。奴隷生活を送り続けていたら一生見られなかった光景だろう。

「そうか。じゃあ、俺がいつも泊まっている宿がオススメだよ！　グロッソの中でも比較的コストパフォーマンスのいい宿なんだ。ちょっと狭めだけれど、清潔で、値段も手頃。飯も結構美味《うま》い！」

「へぇ」

「人気の宿で、夕方には埋まっちゃうから行くなら今のうちがいいかも。ソラどうする？」

回し者かと思うほど力説するジェイクに、ソラはくすくすと笑いを溢《こぼ》す。

奴隷から解放されてからのソラは、老婆の小屋での寝泊まりと、この四日間の野宿の経験しかない。老婆の小屋だって、雨漏りがして隙間風の入り込むあばら家だったので、野宿バンザイの勢いで生活していたソラには、自分で宿屋を見付けるのは難しいと安易に想像出来た。旅慣れているジェイクが薦める宿なら間違いはないだろうと判断して、ジェイクを見上げて神妙にコクンと頷いた。

「じゃあ、一緒のとこにする。……大丈夫？　ジェイクに夜襲われない？」

「襲うならこの五日の間に襲ってるよね？　俺どういう目で見られてるの？　ねぇ」

冗談めかして言うソラに、ジェイクは恐い顔をしてフード越しにソラの頭を摑む。

「いたたたた！　んねぇ！　ごめん！　場を和ませようかと！」

細身の体に似合わぬ強い力でキリキリと頭を締められて、涙目になりながらジェイクの腕をパシパシと叩いた。直ぐに離してくれたが、危うく頭が割れるところだったと、指がめり込んだ場所を擦る。

「和むもなにも、別に険悪な雰囲気でもないのに和ませる必要なんてないよね。ほら、宿屋行くよ」

「……はーい」

呆《あき》れたようにふぅと息を吐いて宿に向かうジェイクのあとを追って、ソラはローブをひらりとはためかせながら歩き出した。

＊＊＊

「着いたよ。ここが俺がいつも使ってる宿屋、踊《おど》る大鷲亭《おおわしてい》だ」

到着した宿屋の表には木にペイントされた看板が吊るされており、それが風に煽《あお》られてゆらゆらと揺れている。その看板にはお酒とナイフ、フォークのイラストが描かれていて、なるほどジェイクに連れて来て貰わなければ食事処《しょくじどころ》だと勘違いして入らなかっただろう。元の世界で、略称がドラから始まりクエで終わる国民的ＲＰＧゲームでは、宿屋にはベッドのマークが付いていたのに、とソラは密《ひそ》かに憤りを覚えた。

それにしても踊る大鷲とは、頭の中でリアルに想像すると笑いが零れそうになった。

先導するように宿屋に入るジェイクに続き、飴色《あめいろ》の扉を潜る。

「女将《おかみ》さん」

「ああ、ジェイク帰って来たんだね！　アンタんとこのお仲間はまだ戻ってないみたいだよ」

「うん、分かってるよ。明後日《あさって》辺りには帰ってくるんじゃないかな、俺は一足先に休憩するつもり」

受付にいるのは円熟期の闊達《かったつ》そうな女性で、カウンターに肘を突いてニコニコと笑っている。親しげな様子で話す二人を観察していると、ジェイクがソラの背中に腕を回してグンと前に押し出してきた。

半ばつんのめるようにしながら前に躍り出ると、女将は目を丸くしてソラを見詰める。

「んで、お客さん連れて来た！　部屋ある？」

「ああ、まだ空き部屋あるよ！　それぞれ別の部屋を取るのかい？」

「当たり前だよ！　ええと、シングルの部屋二つかな」

「あ、私ツインで」

ジェイクの言葉を聞いて客と分かると、訝《いぶか》しげな目付きから急に優しい笑顔になり、ソラにニコニコと笑いかけてきた。商売が出来る相手には愛想良く、とは流石《さすが》は商人の街の宿屋である。

ジェイクが女将に二本の指を立てて部屋を頼もうとするのを聞いて、ソラは慌ててその言葉を遮る。ソラの計画においてツインの部屋を頼むのは、下準備に近い外せないことなのだ。

「え⁉　なんでツインなの？」

「……諸事情により！　女将さん、ツインは空いてますか？」

「ああ、ツインルームがいいなら、それで構わないけど。一泊５５００Ｇ《ゴールド》だよ」

ソラは鞄から麻袋を取り出して金貨を摘み、女将のいるカウンターにパチリと置く。伝家の宝刀、とりあえず金貨出しときゃなんとかなる作戦である。お陰で釣り銭の小銭が大量に増え、財布が重たくなってしまうはいただけないのだが。

女将から釣り銭と部屋の鍵を受け取って握り締める。続いてジェイクも部屋代の支払いをした。

「んじゃ、荷物置きに行こうか。ソラはこのあとどうするの？」

「うん、買い物に出かけよう、かと」

「そう。うーん、一人で大丈夫？　ソラが良ければ、護衛の依頼は今日までなんだし、案内ついでに街中も護衛するけど」

「ううん……」

ジェイクも同じように鍵を受け取ると、やや乱暴にそれをポケットに仕舞いながら、鞄を背負い直している。

ソラにとって、ジェイクが提案してくれた内容は非常にありがたかった。見知らぬ街で一人で行動するのは不安だし、なによりもソラが今から向かう場所は、どう考えても治安がいいとは思えない。冒険者としてのジェイクを測る物差しは持ち合わせていないが、恐らく腕が立つのであろうジェイクを連れ立って歩けば、抑止力になるだろう。

一点だけ気がかりがあるとすれば、その買い物を見られて引かれないかということだが……。その辺りはあまり気にしないことにして、お言葉に甘えよう。

たっぷりと考え込んでから、ソラは顔を上げて頷いた。

「じゃあ、お願いしようかな」

「りょーかい。ギルドの後付け依頼は明日にしようか。じゃあ、俺は荷物置いてくるね。お互い準備が出来たら、大鷲亭の外で待ち合わせしよう」

「うん、分かった。私も荷物置いてくるね」

依頼料金は既に先渡ししてあるので、たとえソラが逃げても問題はない。ギルドに登録しにいくのは明日でもいいと判断されたようだった。

お互いに頷き合って、各々の部屋へと向かった。

010　コレジャナイ感のコレ

「だから、奴隷」

「……は？」

ソラがこれを言うのはこの短時間で三度目なのに、ジェイクは三回とも同じ反応を返す。キョトンとした間抜けな顔がおかしくて、平然と言い放ったつもりが笑いが込み上げて来そうだった。

大鷲亭の外で合流したソラに向かって、ジェイクがなにを買いに行きたいのか尋ねた。ソラはそれに対して、「実は、奴隷を買いに行こうと思ってるんだよね」と言ったらこの反応である。

「私、戦闘手段持ってないし、毎回人を雇うだけのお金もないし、初期投資として戦える奴隷でも買おうかと思って。とりあえず歩きながら話そう！　奴隷商館はどっち？」

「…………いや、ううん……とりあえず、こっちだね」

ジェイクは納得がいかないという表情を浮かべてはいるが、自衛のためと聞くと強く反論出来ないようで、不満気な顔のまま歩き出した。一先ず案内はしてくれるようでソラは胸を撫で下ろす。

今ジェイクに説明した内容ももちろん事実だが、目当ては情報。そして、口を割らない相手だ。オマケで戦闘も出来ると尚いいが、奴隷として絶対服従を誓わせるつもりも、無茶な要求をするつもりもない。

「……まぁ、ソラが欲しいんならいいんじゃないかな？　俺はあんまりオススメしないけどね」

「うん、分かってる。心配してくれてありがとう」

ソラ自身が七年も奴隷だったのだ。この世界で奴隷がどういう扱いを受けるのか、そしてどういう目で見られるのかはよく知っていた。

そして、主従の間でトラブルがあることも。基本的に隷属の首輪があれば反抗する気も起きないものだ。だが、なにかしらで追い詰められた奴隷が、首に電撃を受けながらも、刺し違えるほどの覚悟で主人に楯突《たてつ》くということもないわけではない。

ソラがジェイクに礼を告げても、ジェイクは依然として不満気な面持ちであった。

＊＊＊

しばらく歩くと、表通りの賑わいは少しずつ薄れていき、仄暗《ほのぐら》い雰囲気の路地に移り変わる。

たとえば、建物。表通りの建物は古い造りのものでも手入れが行き届いていたし、清潔感が漂っていた。しかし、この辺りの建物は外壁を蔓がぐるりと覆っていたりだとか、傷んで欠けたところがあったりだとか、鬱々たる雰囲気だ。

たとえば、人。表通りの人々は揃って皆表情が明るく、顔色もいい。この裏通りの人間ときたら、眼光は濁っているし、顔が見えないように布で覆っている者までいる。明らかに真っ当ではない人間が跳梁《ちょうりょう》している。

たとえば、物。露店で売られている品だって、食べ物や雑貨の類はなく、怪しげな道具や武器ばかり。

中心街から少し外れただけで、こんなにも全てが違うものかと、ソラは俯きながら考える。隣を歩くジェイクも、速度はゆっくりと歩いているものの、周りに注意を払って警戒を怠《おこた》っていない様子だ。

この路地に入り込む前に、ジェイクに手を握られた意味がようやく分かった。ここは危険だ。

ソラが改めてジェイクの手をぎゅっと握ると、ジェイクも強く握り返してくれたので、少し気持ちが落ち着いた。

裏通りを歩き始めて幾ばくもしないうちに目当ての建物が見えて、ソラは逸《はや》る気持ちを抑えた。

「ここ、だね」

「うん、そうだよ。どうする？　本当に入る？」

ジェイクはソラの腕を引いて歩きながらチラリと視線を寄越《よこ》すが、ソラの決意の固い目を見て諦めたように溜息を落とす。二人で建物の前まで来ると、一度足を止めて立ち尽くした。

この建物、いや、これを建物と言っていいのかは分からないが、近い言い方はテントだろうか。

小規模なサーカスのテントのような、支柱に布をかけただけの造りで、その布の色も赤と白の縦縞、まさにそのストライプ柄はサーカスのそれに酷似していた。

ソラが一目見てここが奴隷商館だと分かったのは、テントの前に並ぶ檻《おり》が見えたから。薄汚れた檻が三つほど並び、その中から奴隷たちが視線を向けてくる。

ソラはそれを横目でちらりと見ながら、ジェイクと繋いでいた手を離してフードを脱いだ。

「ううん……これじゃない感がすごいんだけど！」

「これじゃない感ってなんなの」

「私の思ってたのは、もっと、こう……あの……」

言葉に出来ない思いを伝えようと、体の前でわきわきと指を動かすけれど、当然それで伝わるはずもなく、ジェイクは不思議そうな表情を浮かべている。ソラはもどかしさでうんうんと唸るような声しか上げられなかった。

「ウチで、ウチで、ご入用がございますか？」

「ひゃい!?」

唐突に声をかけられ、ソラは大きく肩を弾ませた。パッと振り返ると、テントから出て来たらしい、髭を蓄えた細身のひょろりとした男が、手揉《ても》みしながらニコニコとこちらに近付いてくる。

なんだこの胡散臭《うさんくさ》いオッサン。という言葉は飲み込んで、ソラはにこりと愛想笑いを浮かべた。

「ええと……、まだ購入は決めてないんですが……。とりあえず見せていただけないかと思いまして」

「ええ、ええ！　もちろんでございます！　私、店主のロドリグスと申します、はい。ささ、どうぞどうぞ、こちらへ、こちらへ」

（ひえぇ、なんか怖い……）

ロドリゲスは癖のある話し方をしながら、中へと促してくる。ソラはロドリゲスの胡散臭さや奴隷たちの様子に怯《おび》えつつも、なんとかテントの中へと足を踏み入れた。

テントの中の光源はランプだけのようで蒼然《そうぜん》としている。通路以外のスペースには、少しでも場所が惜しいとばかりにギチギチと檻が並んでいた。

しん、としたテントの中で響くのは三人分の足音と、時折しゃらりと鳴る鎖の音だけ。饐《す》えた臭いが鼻をついて、ソラはきゅうと眉を寄せた。

「それで、それで、お客様はどんな奴隷をお探しなのでしょうか?」

ロドリゲスはニィと口で弧を描き、ランプを手で掲げながらジェイクに向かって質問する。男女のペアであれば、普通は男が主導権を持ち、購入を決めるものなのだろうか、とソラは考えた。

「ああ、いや……俺じゃなくて」

「すみません、奴隷の購入を検討しているのは私なんです。……弟に付き添って貰っていまして。だよね、ジェイク」

「……ソウダネ」

無職の女とその護衛という、わけの分からない状況を説明するよりも、姉弟ということにしておいたほうがなにかと楽だと判断したソラが咄嗟にそう言う。怪しまれては元も子もない。ジェイクも意図を察してノッてくれたようで、ソラはほっと息を洩らした。

「ああ、ああ、そうでしたか! それでは、改めまして、どのような奴隷をお探しでしょうか?」

ロドリゲスは気を取り直したようにソラに向き直って声をかけてくるが、ソラは視線をきょろりと彷徨わせる。

ソラの後ろで、「なんで俺が弟なんだ、せめて兄だろう」とロドリゲスには聞こえないようにボヤくジェイクの太腿を、ムニリと抓《つね》ってやった。

「ええと……その前に、ここにいる奴隷たちが置かれている環境が、その……気になるといいますか……」

「環境、ですか？　ああ、ああ、そういうことですね。当店は犯罪奴隷の専門店ですから、通常の労働階級の奴隷とは、扱いが違うんですよ、ええ、ええ。犯罪奴隷を扱う店では、大抵檻に入れて管理しております」

「ああ、なるほど……」

それでようやく、ソラは得心《とくしん》がいった。感じていたこれじゃない感の正体だ。

ソラのいた奴隷商館では、奴隷たちは鎖で繋がれてはいたが檻には入っていなかったし、鎖の長さの範囲で自由に動くことも出来た。排泄物《はいせつぶつ》の処理もして貰え、週に一度だけだったが濡れた布で体を拭いて清めることも許されていた。それは労働奴隷や愛玩奴隷だったからだ。

ここの奴隷たちには、それすらもないのだろう。必要最低限の衛生管理もしてもらえない。身長の低いソラの腰程度の高さの檻の中に体を小さく畳んで横たわる奴隷たちは、食事も満足に与えられていないのか、飢えた獣のような目をしていた。

「そう、ですね……出来れば、頑丈な人がいいです」

「ううむ、そうですか、そうですか。ここにいるのは犯罪奴隷ばかりですからね。盗みや薬物中毒で犯罪奴隷に落ちた者でなければ、荒事には慣れていますし、どの奴隷も大抵は頑丈かと」

「ええと……それじゃあ値段の安い人は……」

「こちらでございます」

絶対に逆らえないよう、誓約魔法で縛るのであれば、特に容姿にも性別にも拘りはない。頑丈でさえあればと思ったが、ソラの想像よりも選択肢が広そうで、頭を抱える羽目になった。

ロドリゲスが促すほうへとそのあとに続き、どんどんテントの奥へと入っていく。ソラは若干怖《お》気《け》づきながらもロドリゲスの背中を追った。

011　頑丈ならオッケーは脳筋の考え方

「当店で、今現在、最安値の奴隷はコチラの三人です、ええ、ええ」

案内された先には、表に出ていた奴隷よりずっと酷い状態の奴隷が檻に押し込められていた。薄汚い檻は小さく、満足に体を伸ばすことも出来なさそうだ。折檻《せっかん》された跡なのか、檻には血がこびり付いている。

ソラは眉を顰《しか》めながらしゃがみ込んで、檻の中にじっくりと視線を巡らせた。

一人目は牛の亜人で、女性。ぐったりと横たわりぜぇぜぇと肩で呼吸しているが、なにかの病気だろうか。顔色は青を通り越してほとんど真っ白だった。

二人目は多分人間で、男性。ぐるりと顔全体に巻かれた汚れた包帯のせいで顔はおろか目も見えず、腐敗臭が漂っている。顔はほぼ死肉に近いのではないだろうか。

三人目は鳥の亜人で、男性。背中に生えた左側の羽がもげるように折れ、辛うじて繋がっている状態だ。先天性のものか、後天性のものかは分からないが、左腕もない。

この三人を見比べながら、ソラはううんと唸る。ジェイクは檻の中の奴隷をチラリと見たあとは片眉を釣り上げて目線を逸らしているようだった。

「因みに、それぞれお値段は？」

「ええ、ええ、こちらから順に、50万G《ゴールド》、60万G《ゴールド》、55万G《ゴールド》です」

「……ぼ、く……を、買って……」

三人目の鳥の亜人の男性が、嗄れた声でひゅうひゅうと音を漏らしながら言葉を紡ぐ。ソラは困ったようにその男性に微笑みかけてから、さらに唸り声を大きくする。

買って、と言われても。手持ちの金額を考えれば購入出来なくはないが、正直今この金額を出してしまうと残金は心許ない。残りの金額で、収入が安定するまでの間の生活が出来るとは、とても思えなかった。

しかし、一番ランクの低い犯罪奴隷の中でも最安値ということは、他の店に行ってもこの三人よりも低い金額で購入出来るとは考え辛《づら》い。

出来れば労働奴隷がよかったが、犯罪奴隷よりも値段が安いわけがない。ならば、やはり無理をしてでも、今買っておくべきか。

一度立ち上がって、悩みながら頭を左右にぐらぐらと傾《かし》げて熟考していると、通路のさらに奥のほうに押し込められるようにして置かれている檻が目に入る。

他の檻とは違って布がかけられており、その布が捲れ上がった箇所から檻の光沢と腕が見えた。

「……あの、あれは？」

ソラが控え目に奥の檻を指差すと、ロドリゲスは自らの髭を撫で付けながら、初めて笑顔を崩して嫌そうな顔になる。ソラはロドリゲスのその豹変《ひょうへん》具合を見て、藪蛇《やぶへび》だったかと内心冷や汗をかいた。

「あれは、あれは、鬼ですね」

「……鬼？」

「……ゲッ。鬼か、珍しいね」

充分に距離があるのに、キュッと上半身を反らして声を漏らすジェイクは、鬼がなにかを理解しているようだった。

しかし、ソラはその聞き慣れない単語に、檻をじっと見詰める。なんだか、無性に気になって仕方がなかった。

「オーガ種、とも言いますねぇ、ええ、ええ」

「見せてもらえますか？」

「お客様、本気でしょうか？　鬼ですが」

「……え、ええ、見せてください」

「承知いたしました……物好きなお客様」

心底驚いたといった様子のロドリゲスに、鬼とはどんな存在なのかが余計に気になってきた。この世界で鬼の存在を知らないのは変なのかもと思うと、その無知を態度には出せないけれど。

ソラの返答を聞いて、複雑そうな表情で檻に近付くロドリゲスを見守っていると、その骨張った手がゆっくりと布をたくし上げる。

そこには、下向きに体を畳んだ、ぴくりとも動かない男性の姿があった。

少しでも小さくといったように体を畳んでいるので正確なことは分からないが、多分、体軀は大きい。下半身にぐるりとぼろ布が巻き付けられているだけで、上半身は服を纏っていない。剝き出しの背中は鞭打ちの痕でいっぱいで、乾いた血が体のあちこちに付着している。なにをしたらそうなるのか、腕と足の一部は肉がぐちゃりと抉《えぐ》れているようだった。

「その人が、鬼……」

「ええ、ええ、そうですよ。ホラ、顔を上げなさい。………………顔を、上げ、なさい」

ロドリゲスは檻の隣にしゃがんで、鬼の男に声をかけた。それでも全く動く気配のない鬼の男は、もしかすると死んでいるんじゃないかと、ソラは戦慄する。

そんなソラを他所《よそ》に、ロドリゲスは言葉を区切って強調しながら檻に腕を突っ込むと、鬼の男の汚れた黒髪を摑んで無理矢理上を向かせた。

しかし、長い前髪と髭のせいで顔がよく見えない。

「ああ、気絶中だったのかな、かな？　お客様、ホラ、オーガ種である証《あかし》です」

無理やり頭を引き上げられた男は静かに目を閉じて、だらりと弛緩《しかん》している。ロドリゲスが反対の腕を伸ばして、そんな鬼の男の長い前髪を乱暴に掻き上げた。

すると額が顕《あらわ》になり、そこには濡れたように美しい黒い角が二本生えていて、ソラは目を瞠《みは》る。二、三センチほどの控え目な大きさの角だが、艶やかな黒色が肌の色とは対照的で、目が離せないほど美しく感じた。

「いくら、ですか」

「お、お客様、私としましても、商品が捌けるのは大変ありがたいことではありますが、なんといっても鬼ですし……」

「金額はいくらですか？」

「…………25万G《ゴールド》です」

「なるほど、貧弱なのでしょうか」

「いえ、いえ、お客様。鬼ですからね、貧弱なんてとんでもない。力も強いですし、魔力も多いはずですよ。種族的に非常に頑丈です、戦闘に向いていますね、ええ」

商人はやや困惑したように視線をずらして、鬼の男の頭をパッと離す。ぐらりと傾いた頭が檻の金具に当たって、ガンッと鈍《にぶ》い音が辺りに響いた。

25万G《ゴールド》。この金額であれば、残った金で二人分の装備を揃えることも出来るだろうし、当面の生活費も気にしなくて済みそうだ。なにより、怪我《けが》はあるが、四肢欠損がないのはありがたい。力が強いなら尚のこと、戦闘も担ってもらえるのなら護衛としても優秀そうだ。

複雑そうな表情だったロドリゲスが、急に商人の顔付きに変わる。ソラが鬼の男を本気で購入しようと検討しているのが伝わったのだろう。

「いいですか、お客様。鬼は戦闘種族です。ですので、ですので、並外れたスピード、パワー、魔力を兼ね備えています。戦闘を担わせるのも、護衛をさせるのも、向いていますよ、ええ」

三日月型《みかづきがた》に細められた商人の目はギラリと怪しく光り、購買意欲を煽る言葉を投げかけてくる。

ソラはその言葉に耳を傾けながら、鬼の男をじっと見詰めていた。先程檻にぶつけた額のこめかみ近くに血が滲んでいる。

「なんといっても、お値段が破格です。希少種ですが、鬼なので。普通に生きていたら鬼自体、まずお目にかかれませんからね。それが！　それが！　なんと！　なんと！　奴隷として手元に置けるのです」

「あの……この人は、なんで犯罪奴隷に？」

「ちょっと待ってくださいね、確認します」

ソラに鬼の男を売る気持ちに完全に切り替わったようで、ロドリゲスの口が油を塗ったようにするすると言葉を紡いでいく。

ただ、いくら誓約魔法で縛るとはいえ、凶悪犯罪に手を染めたような人柄ならば、あまり傍に置きたくないというのも事実だ。

ロドリゲスは元来た道を引き返して、今度はなにやら書類を手に戻って来た。紙は端が折れ曲がり、汚れも付着していて大切に保管されていたというふうではない。ロドリゲスはその書類に視線を滑らせながら、ゆっくりと口を開いた。

「お待たせしました。この奴隷は元冒険者のようですね。ランクは……ほう、凄いな、Bランクですか。任務の失敗で莫大《ばくだい》な賠償金が発生して、それを払うために貴族の屋敷に強盗に入ったようです」

「なるほど……」

この商館には、快楽殺人を犯した者もいるはず。そう考えると、人を殺したりしていないならそれでいいと思えた。ソラは決意を固めて口を開く。

「労働奴隷よりも強い誓約魔法で縛ると聞いたことがあるんですが、具体的には？」

「はい、はい、労働奴隷は、基本的に首輪自体に誓約魔法をかけます。ですが、ですが、犯罪奴隷にはその体に誓約魔法を刻むのです、ええ。ですから、魂から縛られて、契約に違反すると死。首輪ももちろん着けますが、そちらは罰則用の電流を流すのが主な使用方法ですね、ええ」

ソラが労働奴隷をアッサリと辞められたのは、首輪だけに誓約魔法がかけられていたからなのだろう。犯罪奴隷となるとそうはいかないようだ。

「罰則用、ということは、着けないという選択肢もあるんですか？」

「え、ええ……まぁ、誓約魔法は体に刻みますから。もっとも、犯罪奴隷に首輪を着けないなんて主人は聞いたことがありませんがね」

「じゃあ買います」

「ちょ、ソ……姉さん！　簡単に決めていいの!?　鬼だよ!?」

そこまで口を挟まなかったジェイクだが、いざ購入となると慌ててソラの肩を掴む。声を低く落として、窘める響きを孕《はら》ませながらソラに詰め寄った。

「ジェイク……、大丈夫！　反抗出来ないようにちゃんと魔法かけて貰えるし。姉さんに任せとけ」

頼もしいのかそうでないのか、なんとも曖昧な言葉を吐き出したソラは、ジェイクに肩を掴まれたまま親指をぐっと立てて見せる。

この暗い場所に場違いな、いい笑顔を見せられて毒気を抜かれたのか、ジェイクは呆れから来る溜息を溢すと、好きにしろと肩を竦《すく》めて見せた。

「はい、はい、それではお買上げありがとうございます」

ロドリゲスのそんな言葉を最後に、ソラの奴隷購入が決まった。

012　先端恐怖症の人ってちん……の先っぽも怖いの？

ロドリゲスに代金を支払ったあと、ソラとジェイクはテントの中央部に設置された椅子に並んで腰かけていた。周りをぐるりと取り囲む檻の中から奴隷たちの視線が集まって居心地が悪い。誓約魔法の準備が必要なんだそうで、その辺りもなんだか労働奴隷の購入とは違う。

（私の場合は、買われたら書類登録して、ご主人様が首輪に触れて終了だったしなぁ）

一体どんなことをするのかと椅子から足をぷらぷらさせながら考えていると、ソラの顔をジェイクが覗き込んできた。視界にチョコレート色の髪が入って、きゅっと胃が縮んだ気がする。

「ん、なに？」

「あの、さ……本当にいいの？　別に奴隷を買うのはもう反対しないけれど、なにもアイツを選ばなくったって……」

「ううん……、一番の決め手は値段だし。それにあの角、綺麗だったよね」

ソラは自分で思ったよりもあの奴隷が気に入っているようで、あの艶々とした角を思い出すと顔が綻ぶ。ジェイクもロドリゲスも非常に嫌そうな反応を見せていたが。

「綺麗って……。ねぇ、欲求不満なの？」

「は？　なに？　ジェイク、セクハラ？」

「セクハラがなにかは知らないけど、鬼なんて買ったらのろ――」

「お客様、お客様、お待たせいたしました。準備が整ったので、こちらへ」

ジェイクがなにか言いかけたところで、ロドリゲスが現れた。ソラはジェイクの言葉の続きが気になったが、立ち上がって大人しく促されたほうへと足を運んだ。


ソラが促されるまま、他とは違う雰囲気の部屋に足を踏み入れると、その中心に鬼の男の檻が置かれていた。鬼の男はまだ意識がないようで、檻の中で先程と同じように横たわっている。

ロドリゲスは上機嫌な様子で置いてあった盥《たらい》を摑むと、中に入った水を鬼の男にぶちまけた。びしゃあ！　と水音が響いて、ほぼ全ての水が鬼の男の顔にかかる。冷たい水を浴びせられ意識を取り戻したようで、鬼の男は小さく呻《うめ》き声を上げた。

「っ……」

「ほら、ほら、お前の新しい主だ。さぁ、さぁ、ご挨拶を」

ロドリゲスは檻の鍵を開けて鬼の男の腕を摑んで引きずり出す。ボンヤリと焦点の定まらない朦《もう》朧《ろう》としたその目は、黄色。否、光の加減で金色にギラリと輝くアンバーの瞳だ。

その瞳を見ながら立ち尽くしていたソラは、ロドリゲスに手招きされ鬼の男に近寄る。

ロドリゲスは鬼の男を跪《ひざまず》かせ、ソラに小さな針を渡した。ソラが渡された針を見詰めながらじっとしていると、ロドリゲスが小さな盃《さかずき》を差し出してくる。中には透き通った紫色の液体が入っていて、タプタプと水面を揺らめかせていた。

「これは……？」

「お客様の血液を、この盃の中に垂らしてください」

なんでもないふうに言うが、ソラはガチリと固まる。渡された針で突いて、血を出せということだろうか。

当然、ソラは自傷行為なんてしたことがないし、自分に針を刺すなんて怖い。怖過ぎる。そんなのもってのほかだ。

元の世界でも注射が大の苦手だったソラは、針を見詰めたまま動けなかった。

「は、はは……血ですね。血……。針で、指をちょっと突くだけ……突く、だけ。

……………………………………ジェイクぅ‼」

「はぁ、これくらい自分でやりなよ」

なんとか自らを奮い立たせようとしたが敢《あ》えなく失敗し、直ぐにジェイクを頼ることに決める。他力本願上等！

ふるふると震えながら手を差し出して、その光景を見ないよう目をぎゅっと閉じるソラの様子は、予防接種を受けに来た子供のようだった。

ジェイクは仕方ないなあと苦笑いしながら、受け取った針でソラの指先をごく軽い力でツンと突く。

「いっ……たあぁぁぁ！」

ほんの少しの力で充分だったようで、直ぐにソラの指に血が滲み始める。

「そんなおおげさな」

呆れた顔をするジェイクを涙目で見ながら、ソラは急いで盃の上に指を翳した。ぷつ、と小さな血の珠が出来ると、徐々に体積を増していき、やがて重力に逆らえなくなってポタリと盃に落ちる。

ソラの血液が混じった紫の液体は一瞬だけ発光してから、その光が液体に閉じ込められるように収束していった。

ロドリゲスはその盃を、ワイングラスを回すようにくるりと回転させてから、跪く鬼の男の口に充《あ》てがう。鬼の男は抵抗する様子もなく、すんなりとその液体を飲み干した。

〈主、ソラ・オーノ。従、リアム・グレイ。此《こ》の血の契約の基、服従の志をその体に刻め。今此処で我が声の基、誓約を確立する〉

まーた中二病！　この演出、本当に必要？　魔法って恥ずかしい。ていうか鬼の人の名前リアムっていうんだ。

なんてことをソラが呑気《のんき》に考えていると、ロドリゲスが詠唱を終えた途端に鬼の男、リアムがその場に蹲《うずくま》って唸りはじめた。

「つぐ、ぅ……う、わあぁぁ!!」

「えええ!?　なになに、なんなの怖い！」

痩せた肩とボサボサの頭を地面に擦り付けながら、苦しげな声を上げ続けるリアム。

ソラがそんなリアムから三歩ほど距離を取り、身を守るように自らの体を抱き締め、そんなソラの肩をジェイクが優しく支えた。ロドリゲスは慣れた様子で涼しい顔をしているが、なにが起こっているのか分からないソラには恐怖でしかない。

「は、はぁ、……ぅ……」

リアムは体を掻《か》き毟《むし》るようにしてその場でのたうつ。肉が焦げる嫌な臭いが充満して、それを発しているのは間違いなくリアムだろうとソラは眉間に皺を寄せた。

十秒か、それとも十分か、時間の感覚が麻痺《まひ》していて、どれくらい経ったのかは分からないが、しばらくの間呻き続けたリアムは、最後に大きな声を上げて地面に倒れ込んだ。

「こ、これ……大丈夫なんですか？　死んでない？」

「死んでいませんよ、大丈夫です」

「これでお終《しま》いですか？」

「ええ、ええ！　これにて契約は完了です。お買い上げ、ありがとうございました」

ロドリゲスが、倒れたリアムの肩を摑んでゴロリと仰向《あおむ》けにさせると、心臓がある位置の皮膚が盛り上がっていた。火傷《やけど》の痕のようなその爛《ただ》れた皮膚は、蛇の焼印を捺されたような柄になっていた。

（焦げた臭いはこれかぁ）

奴隷仲間が首輪で仕置きされるのを見慣れているソラにとっても、今の苦しみ方は尋常では無かった。労働奴隷と犯罪奴隷の差を見せ付けられた瞬間だった。

＊＊＊

奴隷商館から宿屋に戻ったソラは、ベッドで深く眠るリアムを見て溜息を吐いた。

痛みで意識を失ったリアムをジェイクが背負ってくれて、そのまま戻って来たのだ。

ローブの少女に冒険者、そしてボロボロの男。なんとも奇妙な三人組の出来上がりだった。最早遠巻きに見られることにも慣れてきたが、大鷲亭の女将がリアムを見てあからさまに顔を顰めたのはこたえた。

ソラは精神的な疲労もあってぐったりと項垂《うなだ》れる。リアムは上半身裸だし、皮膚も腰巻きも顔を顰めたくなるほど汚くて異臭がする。

本当なら今日のうちに湯浴みをさせたかったところだ。しかし、せっかくゆっくりと眠れているのなら、洗浄も治療も明日でいいだろうと自分に言い聞かせてそのままにしてある。

もふん、と隣の寝台に寝転がると、柔らかな布がソラを優しく包んだ。まだ夕方なのに。そして食事も取っていないのに、眠気が酷い。

「もう、ホント、疲れた……。明日は私とリアムの買い物をして、それからリアムの髭を剃って髪を切る。それからギルドに後付け依頼を……あとは……」

慣れない旅をして、大きな買い物をして。疲労でぐったりとした体にこのベッドは優し過ぎる。

ソラは明日しなければならないことをぶつぶつと呟く。

ふかふかとした枕も、毛布も、スプリングが固めのベッドも、この世界に来て初めての経験だ。元の世界で使っていたベッドを思い出して少しだけ胸が痛んだが、枕に顔を埋《うず》めると、そのままゆるゆると眠りに吸い込まれていった。

０１３　もうこれ餌付けだし分かっててもまんまと懐く

チーチーチー、チュンチュッ、とそんな音が耳に入って、ソラはそっと目を開けた。その瞬間にパサパサと羽音が響き、寝惚《ねぼ》けた頭で鳥の鳴き声だったのかと理解した。

「ふーぅあー、めっちゃ寝たぁー」

それはもう、ぐっすりと。七年もベッドで眠っていなかったソラの体に、この柔らかさはまさに麻薬にも近い。

ゆっくりと体を起こすと、かつてないほど体が軽くなっていた。

そのまま寝台の上で、両手をぐっと上げて伸びをする。窓から差し込む朝日がソラの上半身の形の影を床に作った。

「んー、夕方から朝までか、寝過ぎだしお腹空いた……………しぃ!?」

寝起きの嗄れた声でポソポソと喋《しゃべ》りながら、ベッドから降りようと毛布を捲ったその視界に、不穏なものが映ってソラは硬直する。

「…………」

先に起きていたリアムが、床に跪いてソラをじっと見ていたのだ。黒髪の隙間から、金色の双眸がソラに突き刺さる。

「……あ、あの、おはよう」

「おはよう、ございます」

「なにゆえ床に……」

「ご主人様、この度は私を購入してくださり……ありがとう、ございました。誠心誠意お仕えさせていただきます、ので……よろしくお願いいたします。なんなりとお命じください」

いやぁ……。あの、いやぁ……。それ以外の感想が出て来ない。

リアムはべたりと床に額を擦り付けてソラに土下座をする。そんなリアムを見て、ソラの頬がひくりと痙攣《けいれん》した。

これはもう、あれだ。ドン引きである。ロドリゲスから貰った書類を見てみないと正確な年齢は分からないが、間違いなくソラより年上だろう。大の男が少女に土下座をしている様は見るに堪えない。ソラはそっとベッドから降りると、リアムの肩に手をかけて頭を上げさせる。

(いや、触りたくないくらい汚いんだけどね!)

促されるまま上半身を起こしたリアムを見てうんうんと頷くと、汚い靴に足を突っかけて、財布を握った。

「とりあえず、朝ご飯にしようか。なにか買ってくるから」

「ご主人様、私は、なにをすればよろしいでしょうか」

リアムの瞳が不安げに揺れる。ソラは枕元に置いてあったローブを着込んで、内ポケットに財布を仕舞い込んだ。

「ううん……。のんびり寛《くつろ》いでくれてていいよ」

「……はい」

「それから、私のことはご主人様じゃなくて、ソラって呼んでね」

「承知いたしました、ソラ様」

ソラと呼び捨てでいいのに、と苦笑しつつ、リアムをその場に残して部屋を出た。しっかりと鍵をかけて、その鍵も内ポケットに仕舞い込む。

とりあえず、別に服従させるつもりはないのだと教えてやらなければならないだろうか。これだけ従順になるということは、きっと想像も出来ないほどの酷い仕打ちを受けてきたのだろう。事実、リアムの体には醜い鞭打ちの痕がいくつもあって、体中ずたぼろだ。

ソラも同じく奴隷だったが、ここまでの扱いは受けていなかった。元の自分を取り戻させてあげたいが、根気のいる作業になりそうだ、とソラは嘆息を洩らした。

＊＊＊

ソラが大鷲亭の一階に下りると、既に起きていたジェイクが食堂のテーブルから手をヒラリと振って挨拶してきた。

昨日はゆっくりと見る暇が無かったが、一階が食堂で二階が宿屋になっているようだった。だから表の看板に食器と酒のイラストが描かれていたのかと納得する。宿屋なのだから、寝具のイラストも描くべきだ。

「おはよう、ソラ。よく眠れた？」

「おはよう、ジェイク。もうぐっすり！　ベッドってやっぱりいいねぇ、もう最高！」

「俺も遠征中はベッド使えないことがあるから、その気持ち分かるよ」

「……私のベッドへの憧憬《どうけい》はそんなもんじゃないんだって」

「……は？」

床や地面、硬い寝台で寝ていた七年の歳月と比べないで欲しいとは言えなかったが、遠い目をするソラにジェイクが胡乱な顔付きをする。

ソラが気にしないで、と溢しながら手を振ると、納得していなさそうなジェイクの許に料理が運ばれて来た。女将がテーブルの上に器をゴトと乱暴に置く。

「うわ、美味しそうだね」

「はい、お待たせ！　モルホック牛の包みパイだよ！」

「ほんとだ、美味そうだ」

その、もる……なんたら牛というのは聞いたことがないけれど、ふわりと濃厚なソースの香りとパイ生地の香ばしい匂いが鼻孔を擽る。ほぼ丸一日なにも摂取していないソラの腹がくぅと情けなく音を立てた。

ジェイクは、早速、とばかりにスプーンでパイ生地を崩しにかかる。しゅく、と音を立てて生地が崩れて、煮込まれた肉の香りが強くなった。

「ソラはなに注文するの？」

「あ、いや……、私は外に買いに行くよ。リアムの体調がよくないから、なにか消化にいいもの探そうかと思って」

「ふーん、なるほどね。アイツのため……ね」

「どこかいい店知ってる？」

なにやら面白《おもしろ》くなさそうな様子のジェイクが、崩したパイ生地と肉をトロトロのソースに絡めてスプーンで掬《すく》い、口へと運ぶ。ソラの目はスプーンに釘付《くぎづ》けだった。

「……んー、うま！　そうだなぁ、大鷲亭から南側の通りに出て、しばらく進んだところにスープの専門店があって、そこが美味いって聞いたことことがあるな」

「へ、へぇ……そこ行ってみようかな」

「そうだね、そうすればいいよ。……なに？　欲しい？」

ソラの視線に気付いたジェイクが、少し意地悪そうに尋ねてくる。たっぷりと肉の載ったスプーンを目の前で左右に揺らされて、催眠術をかけられたようについつい目線がそれを追ってしまう。口の中で急速に唾液が分泌されて、ごくりと喉が鳴った。

「……ほ、ほしい」

「ふふ、ソラ、なんて顔してるの。物欲しげな顔だね。ん、ほらあげるよ」

「……んぐっ！」

目の前で揺れていたスプーンがソラの半開きの口に入れられて、慌てて意識を戻した。

サクサクのパイ生地はふわりとミルクの香りがした。なんたら肉は想像以上に柔らかく、舌と上顎で挟んだだけでホロリと蕩《とろ》ける。それに濃厚なトマトベースのソースが絡んで、ただひたすらに美味だとしか言い様がない。

たっぷりと時間をかけて味わって、コクリと飲み下す。

「なにこれ、うまぁ！」

「だよね、俺、大鷲亭のモルホック牛の包みパイ、すげぇ好きなの」

ジェイクはソラのキラキラとした瞳を見て、そうだろう、そうだろうと何度も頷いている。

ソラがこの世界に来てから食べたものと言えば、残り物だとかカビたパンだとか、グロッソまでの道中ですら果物と携帯食ばかりだった。料理と呼べるちゃんとした代物を食べるのは随分と久しぶりだ。空きっ腹にじんわりと染み、もっともっとと暴れ出しそうな胃を、服の上からなんとか押さえ付けた。

「あっ、私もう行くね！　リアムとご飯食べて、湯浴みもしたいから……、そうだな、お昼過ぎくらいからギルドへ行く？」

「うん、俺はそれでいいよ。じゃあ、またあとでね」

今まであまりいいものを食べてこなかったが、これからは色んなものを食べてみたい。そして、きっと自分よりも粗末なものしか口にしていなかっただろうリアムにも。

世界は広いのだ、きっとソラが見たことのない食べ物だらけだろう。

その第一歩なのだから、美味しいスープを買ってあげようと意気込んだソラは、意気揚々と大鷲亭をあとにした。

014　よしよし、怖くない、怖くないよ……いてぇ！

「ただいまー」

「お帰り、なさいませ」

ジェイクが教えてくれたスープの専門店は直《す》ぐに見付けられた。専門店というほどなのでしっかりとした店舗かと思ったら、なんと露店だったのでソラは一人で驚いた。

瓶詰めにされたスープがうず高く積まれているのをあんぐりと見上げながら、商品名の読めないソラはその場に立ち尽くしてしまった。

胃腸に優しいものを、と思ったのだが、中に入っている食材もよく分からないので、仕方なく全種類七つずつ購入して来た。初、大人買いである。

「重かった、疲れた……」

部屋を出た時と全く同じ場所と姿勢で跪いたままでいるリアムを見て苦笑し、ソラは、沢山の瓶が入った布袋をゴトンとテーブルの上に置いた。

あまりに大量買いするものだから、店主がサービスで袋もくれたのだ。まぁ、きっとしばらくは本調子にならないリアムに与えるものだし、多量にあっても困らないだろうと購入した次第である。

指と腕が痛い、引き千切れるかと思った。

「リアム、おいでー」

「……はい」

袋からいくつかの瓶を取り出して並べ、ふわふわの柔らかいパンも紙袋に入れたまま隣に置く。下の食堂で借りてきたスプーンを置いて、二人分の朝食を並べ終えた。

ソラがくるりと振り向くと肌色の腹筋が目に入り、ビクリと仰《の》け反《ぞ》る。

「うわっ！　……え、でかい」

ぽかんとしながら出た言葉はなんとも間抜けなもので、立ち上がって背後に来たリアムを見上げながら仰け反った体を元に戻した。ソラの頭がリアムの鳩尾《みぞおち》辺りまでしかないということは、優に二メートル以上はあるんじゃないだろうか。想像以上の長身は、言われたとおりにソラの傍に来て、そのまま立ち尽くしている。

昨日から今日にかけて、檻の中で横たわっている姿や跪いた姿、ジェイクに背負われた姿しか見ていなかったので気付かなかった。まぁ、初めて見た時から大きいとは思っていたのだが。

それでもここ迄《まで》だとは思っておらず、その長身からくる威圧感に肩を竦めた。二メートルのリアムと発育不良なソラが並ぶと、なんだか大人と子供のようですらある。

「い……、椅子に座ってくれる？」

「はい」

ソラがなんとか声を絞り出すと、リアムは僅かに躊躇《ためら》ってからおずおずと椅子に腰かける。見下ろされる圧迫感が消え、ソラも改めて席に着いた。

「食べていいよ」

「……、はい」

ソラはスープの入った瓶を手元に引き寄せてから、いただきます、と小さく呟いて瓶の蓋を開く。早速、とばかりにスプーンでスープを掬って飲むと、それをじっと見ていたリアムも真似をするように蓋を開けて、中のスープを飲み始めた。ソラの選んだスープは香辛料の効いた辛いもので、これがリアムに当たらなくてよかったと安堵する。

それよりも、このスープが温かいことがソラを驚かせた。露店では作り置きしてあるものを積み上げているのかと思っていたが、いざ口に含んでみるとまだ温かいのだ。

タイミング良く出来立てだったのだろうかと思いながら、もぐもぐと口を動かす。

リアムは一口、二口と進めるにつれ、食べるスピードがどんどん速くなっていく。スプーンを瓶にカチカチと当てる音を響かせながら、必死に瓶の中身を口にかき込んでいた。

余程空腹だったのだろう、ソラが瓶の中身を半分減らすよりも早く、リアムは一瓶をあっという間に空にしてしまう。

ソラは一度食べる手を止めて、リアムに新しいスープの瓶を、蓋を開けて渡してやり、紙袋から取り出したパンも何個か渡す。

おそるおそる受け取ったリアムは、それもまたとんでもない速度で平らげていった。

買ってきたスープはリアムが存外な量を平らげてしまい、三日は保《も》つかと思っていたのだが、三日どころか三食で完食しそうだった。

食べ終わった食器をソラが片付けている間、リアムはなぜかまた床に跪いてしまい、慌ててもう一度椅子に座らせようとして、止めた。リアムが声を殺して泣いていたから。

それに気付かないフリをして、ソラは食器の片付けに戻った。テーブルを布巾で拭きながら、チラチラとリアムを見る。

(うんうんうん、わかるわかるわかる！　あったかい食事美味しいよね！)

一人頷き勝手に共感するソラは、自分がこの世界に来てから、これまでに一度だけ、温かいものを食べたことがあるのを思い出していた。

＊＊＊

この世界に迷い込んでから三日間は、これは夢だと思っていた。

気が付いたら知らない道にいて、公園もベアトリーチェも消えていたから。夢ならば散歩でもするかと道を歩き続けて、興味のある場所を観察して。

四日目にしてようやく、なにかがおかしいと気付いた。

夢にしては長く、そして飢餓感や疲労具合がリアル過ぎたから。食べられそうな木の実を摘んでみたり、川の水を飲んだりもしたが、そんな少量の飲食で腹が満たされるはずもない。

一週間経った頃には、これは夢ではないのだと理解した。

そんな時に出会った男が、食べ物をくれるとにこやかに言うのだから、付いて行かないわけがない。当時小学五年生で、不安に打ち震える飢えた幼い少女が、その男に付いて行ってしまったことを誰が責められようか。男はソラに温かい食事と寝床を提供して、そして。

この世界に来て一週間で、ソラは奴隷に落ちた。


一ヶ月経って、ここは日本ではないのだと気が付いた。

最初の主人となった男は魔術研究家で、よく魔法を使っていたから。目の前で魔法なんて使われれば、嫌でもここが日本……そもそも地球ですらないのだと思い知らされる。今思えば、一人目の主人はよかった。必要以上の命令をして来ることもなかったし、体罰もなく、きちんと労働をすれば食事を与えてくれた。

それでも、脱走を繰り返したソラを手に負えないと判断したのか、あっという間に奴隷商館に売られた。


三ヶ月経っても、ソラは元の世界に帰ることを諦めていなかった。

二人目の主人は情報屋の怪しげな男だった。この男が歴代の主の中で一番酷く、ソラが仕事をきちんとしても、気分だけで食事を抜いたりする。

飢えと戦いながらの生活はソラの精神をゴリゴリと痛め付けた。腐った食べ物で命を繋ぐ日々で、そして、当然のように体罰も。凍るような日に冷水を浴びせられたり、それとは逆に炎天下の日に水を与えて貰えなかったり。

比較的早い段階で、その男がギャンブルで作った借金のカタとしてソラを手放したのは僥倖《ぎょうこう》であったと言える。

一年経つ頃には、元の世界を思い出すことが減った。

三人目の主人は大道芸人の一座の団長で、ソラに芸を仕込もうとした。各地を転々とする一座だったが、ソラが外に出して貰えることはなく、芸を仕込む時間以外は檻の中で生活した。こちらは食事が抜かれることは無かったが、芸が出来ないと酷く殴られた。

運動神経の悪いソラは中々覚えることが出来ず、日に何度も拳を受けた。それでも団長がソラの黒髪黒目、なにより象牙色の肌を気に入っていたので中々手放さなかった。

しかし、いつまでも芸を覚えない者に食事を与え続けられなくなり、再び売られることとなる。

二年経つ頃には、元の世界に帰ることを諦めた。

四人目の主人は男爵位を持つ商人の男で、唸るほどの金を持っていたが、とんでもない吝嗇家《りんしょくか》だった。広い屋敷の隅々まで掃除をしろと、毎日朝から晩までクタクタになるほど働かされた。屋敷には何人もの奴隷がいたが、奴隷同士の足の引っ張り合いが凄《すさ》まじい環境で、ソラはその中でも特に他の奴隷から虐《しいた》げられていたと言える。

他の奴隷が傷付けた高価な絵画をソラが傷付けたと偽証され、また奴隷商館に舞い戻る羽目になった。

それ以降は、只々《ただただ》従順であろうとした。

五人目の主人は辺境伯で、一番長く仕えた主人だった。主人には一度も会ったことは無かったけれども。

辺境伯の所有する鉱山で働く鉱員たちの身の回りの世話をすることが仕事で、今まで一番身体的負担が大きな仕事ではあったものの、食事も寝床も与えられた。

そこで約五年働いたが、結果として採掘中に有毒なガスが噴き出したらしく、その鉱山が閉鎖されたので、ソラはまた奴隷商館に戻された。


そして現在、ソラは自由を手に入れた。どこへ行ってもいい、そしてなにをしてもいい。全てはソラの思いのままだ。

リアムにも、しばらくは情報収集のために傍にいてもらわなければならないが、この世界のことを色々知ったら解放してあげよう。

そうと決まればば。綺麗になったテーブルの上に、折り畳みの小型ナイフと石鹸《せっけん》で泡立てた水の入った桶《おけ》を置く。

そしてリアムが泣き止むのを待ってから、優しく声をかけた。

「リアム、治療と、身なりを整えるお時間です」

リアムはびくりと肩を震わせた。

015　ナイフを持ってじりじりはメンがヘラ

床に跪いたままのリアムを椅子に座らせようかと考え、やめた。

二メートルオーバーの長身で椅子に座られると、ソラからすると恐らくかなりやり辛い。色々と。

ソラがナイフを摑み、そっとリアムに近付く。買ったばかりの折り畳み式ナイフを開くとパチリと小さく音が鳴った。

頭の中は上手く髪を切れるかでいっぱいになり、自然、表情が強張ったものになる。リアムはソラの表情を見て、虐待され怯えた子供のようにカタカタと体を震わせた。

(ああ、そっか、怖いよね。今まで殴られてたんだもんね)

そうではない。いや、そうでもあるのだが、誰だってナイフを持った大人に思い詰めた表情で近寄られれば怖いものだという常識が、今、必死なソラからはすっぽりと抜け落ちている。

ソラはゆっくりとリアムに近付き頭に手を伸ばす。そして優しく慈しむようにリアムを撫でた。

「……っ、ソラ様」

「ねぇ、リアムは何年くらい奴隷だったの？」

触れていることから意識を逸らせようと、ソラは話しかけた。

汚れでがちがちに固まった髪の手触りは決していいものでは無かったが、それでも怯えさせないようにと、手の平でよしよしと撫でる。そしてその間に、改めてリアムをじっくりと観察した。

「五年、ほど……」

「へぇ！　その間の主人は何人いたの？」

食べ物をほとんど与えられていなかったのか、リアムの体は細い。ソラも人のことは言えないが、奴隷でなくなってからの三ヶ月で少しは肉がついたつもりだ。

リアムは肩幅もかなりあるので、恐らく元々は身長に見合うだけのかなりガッチリした体型だったのだと推測出来た。今でさえ、リアムの腕はソラの太腿くらいの太さがある。しっかりと食べ、運動をすれば、リアムも直ぐに元の体型を取り戻せるだろう。……きっとガチガチのムキムキになるのだろうが。

「……、二人、です。ソラ様で三人目です」

「なるほど。どんな扱いを？」

そう言った瞬間、リアムがほんの少し眉を寄せるのをソラは見逃さなかった。落ち着かせるように、何度も何度も頭を撫で続ける。そして、観察も続けた。

黒髪に、金目。そして二本の美しい角。夜に浮かぶ月を思わせる目の色と、その妖艶さがソラは気に入っていた。というよりも、もしかするとあまり見かけない黒髪が一番気に入っているのかもしれない。リアムの黒髪はソラが失くした故郷を思い出させるから。

痩せているせいで眼窩《がんか》は窪《くぼ》み頬も痩《こ》け、骨の形が浮き出ているがこれは直ぐに肉がつくだろう。スッと通った鼻梁《びりょう》は形良く、高貴さすら匂わせる造りだ。日本人らしい鼻のソラには少し羨ましく感じる。ヒゲもじゃで顔の輪郭はよく見えないが、これも剃ってしっかり見てやろうと決意した。

「一人目の方は……、商人の旦那様でした。食事は、二日に一度。私が粗相をすると、罰を」

「どんな罰？」

話に夢中になっている隙に、とソラはそっとナイフを近付ける。もうリアムの体は震えてはいなかった。

埃と砂、泥、そして血糊《ちのり》が混じってダマになっている部分を、慎重な力加減で削《そ》ぎ落としていく。ジュッ、ジュッという髪が切れる音が響くが、リアムに怯えはなく、ソラはホッとしながら手を動かす。

（ええと、とにかく全体的に短くして）

「商人の旦那様は手で私に触れることがお嫌いでしたので、足で躾《しつけ》をなさいました」

「……蹴られてたの？」

「はい」

「……そう。次の人は？」

後頭部の髪を削ぎ落とす作業を続けながら、ソラはさらに質問をする。

リアムは蹴られた、と淡々と言うが、間違いなく骨が折れるような蹴られ方だったのだろう。でなければ、こんなに体がボロボロになっているはずはない。歩き方がひょこひょことおかしいのも、もしかすると一度折れた骨が変な形に繋がってしまったためかもしれない。

リアムの口調は決して主人を貶《おとし》める言い方ではない。そう躾《しつけ》られて来たのだと、ソラには痛いほど分かった。

ソラは自由になった今だからこそ、今までの主人をクソだとかゴミだとか思えるが、奴隷だった頃はそんなふうに言えなかったし、思うことすら禁止されていたのだから。往々にして、奴隷とはそういう生き物なのだ。

「次の方は……」

リアムは一度言葉を切って押し黙ると、眉間に皺を寄せ、それから言葉を続ける。

「二人目の主人は、愛玩奴隷を好む女性のご主人様でした。……私の種族が珍しいので購入なさったようですが。私が奥様に奉仕出来ないと、酷くお怒りになられました」

「ふうん」

「奥様は鞭打ちや拷問器具がお好みでしたので、それで」

「……背中の傷は、それ？」

ソラが後頭部から場所を移して、今度は前髪を整え始める。目にかからないように、失敗しないように、慎重に慎重にナイフを動かした。

リアムがその意図を酌んですっと目を閉じてくれたので、ナイフを動かす速度を上げる。ゴミを含んで重くなっている髪は、およそ髪とは思えないような音を立てて床に落ちる。

「はい」

「……そっか。腕と足の傷は？」

ジュッ、と音を立てながら最後のナイフを入れて、リアムの髪を整え終える。前髪は短く整える程度で構わないので直ぐに終わった。

未《いま》だ目を閉じたままのリアムの顎に手をかけ、今度は髭の長い部分に刃を通した。

ソラは他人の髭を剃るのに慣れていた。ソラの三人目の主人である大道芸人の一座の団長は、ソラに髭の手入れをさせることを好んでいたから。こちらは迷いない手付きで進められ、直ぐに長い部分は全て切り落とすことに成功した。

「同じく二人目の奥様に。肉を抉る拷問器具でした」

改めて腕と足を見ると、明らかに肉が引き千切られたような痕がある。なにかの生き物に食われ、齧《かじ》られたような傷痕。短く揃えられた髭を見て、ソラは満足そうに一度ナイフを置いた。

そして、予め用意してあった桶の泡を掬おうとするが、髪と髭を切っている間に嵩《かさ》を減らしていた泡を見て、ソラは眉を寄せる。

もう一度桶の中を手で掻き回して、きめ細やかな泡を作り上げた。もふもふ、もちもちと泡の弾力が気持ちいい。

それをリアムの口周りに丁寧に塗布していく。顎と頬、鼻の下、そして少し広めに喉まで。リアムの首輪に少し泡がついて、ソラはそれを指で拭う。ひととおり塗り終えると、ソラはもう一度ナイフを摑んだ。

「元冒険者だったの？」

「……はい」

「ギルドや、素材の売り買いには詳しい？」

「はい、それなりには」

そっと肌にナイフを充てがって、肌の上を滑らせるようにして剃り上げていく。柔らかい毛質が幸いして滑らかに刃が動いた。

ジュリジュリ、となんだか楽しくなるような音を響かせながら、それでも決して肌を傷付けたりしないようにと、ソラは慎重に手を動かす。

「それは、助かるなあ。リアムはいくつなの？」

「二十八、です」

おや、とソラは思った。もっと年を食っているように見えたのだが、実際は存外若いようだ。髭のせいでそう思ったのだろうか。

リアムが僅かに喉を嚥下させ、ソラはナイフを動かす手を止める。

口や喉の動きに合わせて繊細に手を動かすのは並大抵ではないが、腕が鈍っていなかったようでソラは安堵した。なんとなく目がいった首筋は男らしく、筋張っていて太い。

その首にガッチリと嵌《は》まった首輪。犯罪奴隷の誓約魔法は、首輪ではなく体に刻まれるとロドリゲスが言っていたのをソラは思い出す。

左胸に刻まれた蛇柄の火傷痕のようなものがリアムにかかった魔法なのだろう。ならば罰則のためだけの首輪は、ソラには必要ない。明日の予定に、役所でリアムの首輪を外すことも入れる。

「リアム、終わった、疲れたー」

「……はい。ソラ様、感謝いたします」

ソラはナイフを机に置いて、どっと力を抜いた。思いの外緊張していたようで、そのまま椅子に座って机に腕をつき顔を伏せた。

「お風呂《ふろ》入っておいで。体、綺麗にして来るんだよー」

「……湯浴み、ですか。承知しました」

「浴室、分かる？」

「はい」

リアムが立ち上がって離れていく気配がした。

ぐったりと机に凭れたまま、しばしの休息だ。肌を傷付けないようにナイフを動かすのは神経を使う。疲労でくたりと力を抜いた。

（少しだけ休んだら、直ぐに床を掃除しなきゃ）

そう思いつつも、ソラはうとうとと眠りに就いてしまった。

016　誰だ貴様は！

「……ラ、……ま……ソ……」

「んん……」

「ソラ様、起きてください」

「…………ん？」

遠くでぼやけた声が聞こえて、ゆるゆると眠りの淵《ふち》から這い上がる。その声が急にクリアに響き、そしてポタリと頬に水滴が当たりソラは目を開けた。

「お風邪《かぜ》を、召されます」

ああ、結局眠ってしまったのかと思いながら、声をかけてきた人物を見上げたソラは、大声で叫んだ。

「っ、ぅ、うひぇああ⁉　誰⁉　なに⁉　強盗⁉　リアム、リアムどこ⁉　痴漢がいるううう！　助けてリアム！」

ソラは思い切り仰け反ったせいで椅子ごと後ろに倒れ、背中を強打する。その痛みもお構いなしで上半身を起こし、床にへたり込んだままサカサカと這って男から距離を取った。全身びしょ濡れで腰にタオルを巻いただけの男が急に目の前に現れたのだ、驚きもしよう。

いくらイケメンでもレイプは許さん！　とソラがリアムを捜してキョロキョロすると、そのイケメンさんが困ったような切ない表情を浮かべて床に座り込んだ。

「……はい、ソラ様。ここにおります」

その床に跪くポーズは、ソラが今朝からもう見慣れに見慣れまくったもので、目の前の男がリアムなのだとようやく理解出来た。

「リアム……？」

「はい」

「び、びびったあああ」

ソラは、は、と浅く息を吐き出してから、慌てて立ち上がった。

そして、跪いて床をビシャビシャに濡らしているリアムにゆっくりと歩み寄り、ソラをじっと見詰めてくる金色の瞳を見下ろす。短い髪と、髭のなくなった顔は見慣れないが、確かに彼はリアムだった。

顔周りのモジャモジャが消えてスッキリとしたリアムは、まさに文句なしの精悍な顔付きであった。睫毛《まつげ》が長い切れ長の目。深い金の眼光の鋭さは猛獣を思わせる。頬骨が高く男性的で、彫りが深い。描いたように美しい眉は長く、目との幅が短い。

そして、ほとんど言葉を紡ぐことのない酷薄そうな薄い唇。日本人では見られないその立体的な顔を惜しげもなく晒《さら》して、ソラだけをじっと見ていた。

元はこんなイケメンだったのかと感心すら浮かぶ。体格も相まって、ちょっとコワモテだけれど。

「いい顔してるねぇ、ちょっとドキッとしちゃったよー」

「…………」

コワモテでも、床にぺたりと跪かれていると怖くはなかった。冗談ぽく告げたソラの言葉にリアムは答えず、ふいと視線を逸らされる。

ソラは気にすることなく、ローブの内側についたポケットから小瓶を摑んで取り出した。そしてリアムの目の前ににゅっと突き出して、今からする行為がなんなのか分かるように瓶を揺らす。

「ええと……じゃあ、治療も……しようか！」

「……はい」

いきなりだが、上級ポーション。琥珀色《こはくいろ》の液体が瓶の中で揺れてチャポと音を立てた。

ソラは、リアムの目の上からこめかみにかけて広がる痣《あざ》を優しく撫でる。檻でブツけた時の傷だ。これくらいならポーションの服用で治るはずなので、先に大きな傷から治療する。

上級ポーションの蓋をポンッと抜いて、背中側に回った。風呂に入る前は泥でドロドロになっており状態が分からなかったが、風呂で清められたためにその傷が生々しく映る。皮膚が裂け、肉が割れ、それがそのまま自然回復して、背中のほとんどが死肉と化している。目を覆いたくなるほどぐちゃぐちゃとした様相だが、目を逸らすわけにはいかない。

そこにポーションの瓶を傾けて、ほんの少しずつ、床に零さないよう丁寧に傷の上に垂らす。

「……っ、う」

「ごめんね、痛いよね。我慢してね」

（一度治った傷は痛むって、師匠言ってたっけ）

『ヒヒッ！　ポーションは飲むよりもかけたほうがその部位への効果は高いよ。けれど、飲んだら疲労を回復してくれる。生傷は痛まない、古傷のほうが痛む。毎度、また頼むさね』

馴染み客の村人の男にポーションを卸す時に、老婆が毎回言っていた言葉を思い出して少ししんみりしながら、ソラはリアムの広い背中に薬品を擦りつけていった。

傷跡になっている部分がしゅうしゅうと音を立てて、少しずつ綺麗な肌に再生していくのを確認したソラは、ポーションすげぇ！　と胸中で感心する。数分も経たないうちに傷一つない肌に変わり、もう一度リアムの前に回り込んだ。

「じゃあ、次ね」

そして、腕と足の、拷問器具で抉れらた肉にも直接ポーションをかける。こちらは状態があまりにも酷く、生傷に近い形で残っていたので、老婆の言葉のとおりなら恐らく痛くはないだろう。

ポーションをかけたそばからどんどんと新しい肉が作られていき、欠損部分がボコボコと不気味にうねった。

リアムが不思議そうに見ているが、それはソラも同じだ。ソラはポーションを使うこと自体初めてだったので、二人揃って傷口をガン見しながら再生していく過程を観察する。

リアムは冒険者だったのに、ポーションを使ったことはないのだろうか、とふと思う。

せり上がった肉が腕を形作り、最後に皮膚がそれに蓋をする。出来たばかりの皮膚は他の部分より色が白かった。

「それからあとは……」

ちょうど、上級ポーションが空になったので今度は中級ポーションを取り出す。上級ポーションとは違い、ほんのりとピンクがかった液体だ。

ソラはリアムが動かし辛そうにしていた左足に触って、折れた骨が変に繋がってしまった箇所を探す。ここかな？　と当たりを付けてポーションを垂らすと、リアムがまた少し呻いたので当たりだったようだ。

「……ソラ、様」

「うん、もう少し」

リアムが辛そうに言ってくるが、ソラは肩をぽんぽんと叩いてなだめる。瓶の半分ほどまでポーションが減った頃には、微妙に曲がっていた左足の形はほぼ改善されていた。

ソラは汗もかいていないのに、ふうと汗を拭う仕草を見せてから、リアムににっこりと微笑みかける。

「どう、かな？　動く？」

リアムは手をぐーぱーしたり、足首を動かしたり、腕を持ち上げたりして体の調子を確かめている。

「っ……、はい、動く……動きます……」

驚愕《きょうがく》と感謝が綯《な》い交《ま》ぜになった顔で、目を潤ませ始めたのを見てソラは慌てた。

「あっ、あっ……！」

慌ててローブの袖でリアムの目尻を拭うと、リアムはまた困ったように笑った。そして縋《すが》るようにソラのローブをぎゅっと掴む。

掠《かす》れた小さな小さな声で、ありがとう、ありがとうございます、と、何度も何度も繰り返すリアムに、ソラはあわあわと焦ってしまう。

「ほ、ほら！　残りは飲んで！　飲み干して！」

ソラは手にしていたポーションをリアムの口にぐいと押し付けた。

リアムがソラのローブを離したのは、たっぷりとローブの袖を濡らしたあとだった。

＊＊＊

湯浴みを終えて、ほくほくと出かける準備をしているソラを、リアムが不安そうに見ている。

この世界で初めてのお風呂！　と意気込んだものの、湯の出し方が分からず、浴室でリアムを呼んで全裸を見られるという一悶着《ひともんちゃく》があった。慌ててバスタオルを体に巻きつつ聞くと、どうやらお湯は蛇口を捻れば出るというものではなく、魔石に触れて魔力を流し込まなければいけないらしい。

どういう仕組みだろう、魔力ってガス？　それでお湯沸かしてんの？

リアムはこともなげに『ここに触れて魔力を流し込んでください』なんて言ったけれど、もちろんソラはこう返すしかない。

どうやって？　てか、そもそも私に魔力ある？

リアムは少し唖然《あぜん》として、それから目の前で実演してくれた。ソラも真似てそっと魔石に触れると、無事に湯が出てくれたので安心した。

ただ、リアムが触れた時に出た湯と違って、湯の量が物凄く少なくて、めちゃくちゃ熱かったんだけど。それをリアムに言ったら、『魔力の量が少ないから湯量が少ないんです。温度が高かったのは……魔力の質がいいのでしょう。慣れで安定します』だそうだ。ホントかぁ？

風呂から上がったソラが部屋の中を見ると、床に散らばっていた髪や髭が片付けられていて。リアムは優秀だなあ、なんて思ったり。

「じゃあ、私出かけるから。リアムはまだ本調子じゃないだろうから、ゆっくり寝てて」

「で、……ですが……」

「いいから。はい、ここ。起きてお腹空いたらスープ食べてね、なるべく早く帰って来るから」

風呂上がりの優しい石鹸の匂いを撒き散らして、ソラはベッドをばすばすと叩く。半ば無理矢理リアムをベッドに押し込んで、上から毛布をかけた。リアムはなんだか寝たくなさそうな様子だが、今日一日でしっかりと疲労回復して欲しいので、強引にでも寝てもらうことにする。

「はーい、おやすみ」

焦りの表情を浮かべるリアムの鼻先にクルルフの根を突き付けてやると、五秒もかからずにリアムは意識を手放す。そういえばソラも、老婆に拾われた初日に同じ方法で眠らせられたことを思い出した。以前自分が老婆に対して感じた理不尽さを、今リアムも感じているのだろうかと思うとなんだかおかしい。

さて、と立ち上がって鞄を摑む。待ち合わせの時間が迫っている。

眠っているリアムの洗髪後のサラサラになった髪を撫でてから、ソラは部屋をあとにした。

017　全裸で爆睡とかそれ露出狂

　ソラが真っ先に行《おこな》ったのは、宿屋の宿泊延長だ。しばらくはこの街を拠点にするつもりなので、大鷲亭の女将に一週間部屋を借りたいと申し出た。

　快く了承されたので、纏めて先払いしておく。纏めて払ってくれるんなら、と少し金額をサービスしてもらえたので幸いだった。

「へいっ！」

「へいっ！　じゃないんだよ、君さぁ、遅れて来たなら、もう少し申し訳なさそうな顔すべきじゃない？」

　そして待ち合わせ場所である大鷲亭の外。ソラが待ち人に向けてビッと手を上げて挨拶すると、待ち人ジェイクは呆れたように項垂れる。全く気にした様子もなく、ソラはジェイクの肩をぺちぺちと叩いた。

「ごめんなさい！　そんな拗《す》ねてないで、ギルドに行こう！」

「ほんっとソラって自由だよね」

「ははっ、照れる」

「褒めてないけどねぇ」

ソラの見慣れているジェイクは、いつもガチガチに装備した姿だったのだが、今日のジェイクは今朝食堂で見た時のままの軽装だ。辛うじて帯剣はしているものの、防具類は全く着けていないようだった。ソラはジェイクを上から下まで眺めると、ふんと鼻から空気を出した。

「じゃ、行こうか」

「ん。今日は随分軽装なんだね？」

ソラは揶揄《からか》う口調を改めてそう言うと、ジェイクの隣に並んで歩き始めた。ジェイクはいつもゆっくりと歩いてくれるので、ソラはジェイクと歩くのが苦にはならない。

「んまぁ、オフだしね。明日には仲間が来るから、今日はゆっくりするつもりで。ソラは？」

「ええと、私はギルドに行ったあとは買い物、かな」

「ま、まさかソラ――」

「もう奴隷は買わないよ！」

ぎょっとした顔をしたジェイクに食い気味で訂正すると、あからさまにホッとした顔をされた。

全く、私にどんなイメージを持ってるんだろう。奴隷を買《か》い漁《あさ》る女？

ソラは唇を突き出して、拗ねた表情のまま歩みを進める。

「それじゃあ、なに買うつもりなの？」

「そりゃリアムの服かな。あと生活用品諸々《もろもろ》？」

「そうなんだ。あいつ元気？」

「うん、多分ね。今は全裸で寝てる！」

「ふぅん？」

ジェイクはソラを見ていた目を逸らして、俯き加減で歩く。

その、なんだかちょっと腑《ふ》に落ちない反応に疑問を抱きつつも、昼時の混み合った人混みを掻き分けて進む。ジェイクの身のこなしは驚くほど軽く、すいすいと人を避けながら歩いているが、ソラは人波に溺れそうになって四苦八苦していた。

「大変でしょ、鬼に付き合うのは」

「……？　そうでもないよ？」

「……ええ……。ソラって見かけによらず体力あるんだね」

「……⁇　うん、まあね」

驚愕の表情を浮かべるジェイクと会話が噛み合っていないような違和感を感じるが、ソラははぐれないようにするので必死だった。

ジェイクの真似をして人を避けようとしても、どうしてもぶつかってしまう。運動神経の悪さが露呈してしまうが、それを見たジェイクはふぅと溜息をついて、ソラのローブのフードをガシリと掴んで、先導してくれた。

なんだか猫を運ぶような持ち方で若干不満はあるものの、スムーズに人を避けられるようになったので文句を言う口にはチャックをする。

「そういえば、ソラはこれからこの街でどうするつもりなの？　確か、まだなんにも決まってないって言ってたよね」

「うーん、まだしっかりとは考えてないんだよね。ポーション売ろうかなって思ってるんだけど」

「へぇ、やるじゃん！　ポーション作れるんだ？」

表の賑わう通りから一本外れたようで、急に人が少なくなった。人混みから抜けたことで歩き易《やす》くなったにも拘《かか》わらず、ジェイクはソラのフードをしっかりと掴んだまま。手を離してほしいというアピールも無視され、子猫になった気持ちである。

「低級ポーションだけ！」

「なんだそれ、見習いみたいなもの？」

ジェイクは感心したといった様子から一転して、少し落胆したようにソラを見遣る。

「うん、そんな感じかなぁ。レシピはあるから、中級も練習するつもりなんだけどね。素材集めるにしても、リアムが元気にならないことには」

「そうだね、一人じゃ危ないよ。ていうことは……ポーションの買い取りして貰うなら、ギルドに登録するんだ？」

「え!?　う、うん、まぁね……」

ポーションを買い取って貰うためにはギルドに登録しなくてはいけないのだろうか。タジタジと反応するソラはジェイクから視線を逸らす。

買い取りがどういうシステムなのか分からないが、明日にでもリアムに概要を聞こうと決意する。

なにしろ、まずはリアムの治療に専念したため、ソラが奴隷を購入した目的をまだ果たせていなかった。リアムが心を開いてくれるまでゆっくりと対話するつもりだったが、生活費が底をつく前にしっかりと対策を練らなければならないかもしれない。

今後、旅をしていくにしても、生計手段を立てるにしても、ギルドに登録することは必須のようだ。近いうちにリアムを連れてギルドを訪れる予定を立てなければ。

「ほら、着いたよ」

「あ、うんっ」

なんだかぼーっと考え込んでいたようだ。

ソラは目の前に聳《そび》える建物を首を反らして見上げた。ドシンと重たそうな灰色の石造りの壁。華美さはなく、装飾の一つもない扉の左右にはランプが取り付けられている。

ジェイクが迷いのない足取りで扉から中に入っていくのをもたつきながら追いかけ、周りをキョロキョロと見回した。

入って直ぐ目に入ったのは、天井からたらりといくつも吊り下がるランプだ。扉の横に設置されていたものと同じデザインで、ソラの手には届かない高い位置に吊り下げられている。まだ昼間なので明かりは灯《とも》されていないが、夜に灯されると美しいだろうなとソラは思った。

奥のカウンターはいくつかのパーテーションで仕切られており、ジェイクはそのうちの一つに近付いていった。カウンターの手前には、休憩所のようにいくつものテーブルセットが置かれていて、なんだか所狭い。そこに座っている様々な種族のグループが、ジェイクに不躾な視線を寄越してくる。

ソラは目立たないよう、そっとフードを被った。

「本日はどのようなご用でしょう」

「すみません、依頼を受けたので後付け登録を」

「承知いたしました、こちらの用紙にご記入の上、お待ちください」

受付にいたのは小柄な女性で、ソラとそう変わらない身長の歳若い職員だった。役所の職員よりは幾分か気安い対応で、ジェイクになにかの用紙と羽根ペンを手渡してきた。

ジェイクは用紙に必要な事項を記入しているようなので、それを手持ち無沙汰《てもぶさた》のソラはのんびりと隣から覗き込んだ。ジェイクがカウンターの上で手を動かすと、ペン先が紙に引っかかるカリカリとした音が耳朶を打つ。

うにゅうにゅとした文字がジェイクの手から生み出されるのを見て、ソラは不思議な気分になる。アラビア文字のようなそれは、当然ソラには読むことが出来ない。

「依頼の処理って結構面倒なんだねぇ」

「まぁ、そうだね。きちんと管理されてるものだし……。あ、ソラ。ここ触って」

「うん？　ん！」

他人事《ひとごと》のように呟いたソラは、ジェイクが記入していた用紙に視線を巡らせる。紙の端に四角く縁取られた箇所があり、ジェイクはそこを指差していた。

ソラが言われたとおりにその縁取られた箇所に触れると、その四角の枡《ます》いっぱいに淡い緑色の光が灯った。

「よし、依頼主はソラで……受注者は俺、っと」

まだ発光し続ける枡の上から、ジェイクも自分の指を押し付ける。光の色が一層濃くなり、そして散るように収まっていく。

「他は大丈夫かな。書類苦手なんだよね、俺」

依頼内容は護衛で、報酬はいくらで、なんて一つ一つ読み上げながら確認しているジェイクの横で、ソラは内心安堵していた。文字を読むことも書くことも出来ないので、なにかソラが記入しなければいけない箇所があるのでは、と憂懼《ゆうく》としていたのだが。杞憂《きゆう》に終わったようだ。ジェイクが用紙を窓口に提出するのを見守る。

「記入しました」

「お手数をおかけしました。８０００G《ゴールド》が五日間ですか。４万G《ゴールド》のご提示を」

ジェイクは、予めソラが渡してあった金銭を取り出し、トレーの上に置く。

「少々お待ちください」

受付の女性は僅かに微笑みながらトレーを受け取ると、そのまま奥に引っ込んでしまった。

と、その時。受付の奥にある扉から、燃えるような紅《あか》い髪の男が足を引き摺りながら出て来た。

男はジェイクの姿を見留めると、ぐっと手を上げて、その大きな体軀を左右に揺らしながらソラたちのほうへと歩いて来る。

「おお、ジェイクか！」

カツ、ゴッ、カツ、ゴッ、とおおよそ歩いているようには聞こえない足音で、男は木製の床を踏み鳴らす。その足元を見ると、男の右足の膝から下がないことに気が付いた。

先端が丸く削られた木を、義足として装着しているようだった。なるほど、変な足音はこのせいか、と納得して男の顔をローブの下から覗き見る。

「おー、ミゲル爺《じい》！」

ジェイクは男を見ると、目をキラリと輝かせて明るい笑顔になり、そう言った。

018　虎の喧嘩はうるさいんです

ミゲル爺と呼ばれた男は、爺と言う割には年若い。見た目だけならばまだ四十代に見えるが、それは筋骨隆々としているからかもしれない。

ミゲルは毛量の多い赤い髪をバリリと掻いてニィと笑う。そしてジェイクとソラを何度か見比べてから、カウンターをひょいと乗り越えて飛び出してきた。

「ひょっ」

筋肉がしっかりついた体は決して細身ではないのに、ミゲルは身軽な動きで着地する。ソラは急に距離を詰めたミゲルに驚き、小さく情けない変な声を上げた。

「久しぶりだな。ジェイク、お仲間はどうしたよ」

「うーんと、明日合流予定かな」

「へぇ……。やっぱまだつるんでんのか。毎度言うけど、オレはアイツらはオススメしねぇなぁ。お前さんならどこに行っても通用すんのによぉ」

ミゲルの言葉にジェイクは少し困ったように笑って俯く。

ゴッ、と義足を鳴らしてソラに向き直ったミゲルは、大きな口を吊り上げて赤髪を揺らした。

「んで、このチビっこい子は？」

私がチビっこいんじゃなくて、あなたがデカイんだと言いたかったが、ソラが小さいことは事実なので押し黙る。

「ああ、昨日までの依頼主だよ」

「こ、こんにちは」

急に話を振られて驚いたソラが挨拶すると、ミゲルはフードの中を覗くようにしてぐっとしゃがみ込んだ。まるで、小さい子に目線を合わせるようにして。

髪と同じ朱色の目で見詰められ、ソラはさらに深くフードを被る。顔こわぁ、盗賊みたい。

「顔こわぁ、盗賊みたい」

「ちょ、ソラ！」

「あれ？　声に出てた？」

「ぶはっ」

ソラの発言に堪らず噴き出したミゲルは、カラリと笑いながら腹に手を当てて仰け反る。ジェイクのほうがソラよりもよっぽど焦りながら、フードの上からぎゅっと押さえ付けて窘めてくるが、ミゲルは気を悪くしていないようだったので、胸を撫で下ろしていた。

「くくっ……そうだなぁ、ふふ、オレは顔怖《こえ》えよなぁ！　くくくっ、……直接言われることはあんまりねぇけどよ」

「ですよね、マジごめんなさい」

「ハハッ、いいよ。オレはミゲル・ノルマン。ここのギルドの管理者だ」

「……ということは、ギルドマスター？」

「お、そうだよ。よく知ってんなぁ！　お嬢ちゃんは？」

ソラは改めてミゲルを見上げ、瞠目《どうもく》する。ギルドマスターといえば偉い人！　というイメージしかないソラに、ミゲルの立場がどれほどのものなのかは知らないが。

顔の怖いオジサンだが気のいい男のようで、にこにこと笑う闊達な様子にもう一度安堵する。

「……ソラです。ジェイクの依頼主。ミゲル爺は偉い人なんですね」

「ソラか、いい名だ。偉いっつっても、書類仕事ばっかりで倦厭《けんえん》気味だ。……現場はよかったなぁ。オレは今じゃ前線から退《しりぞ》いちまってるんだけどな、コレのせいで」

ミゲルは気落ちした声を響かせながら立ち上がって、義足で床を打ち鳴らす。ゴッ、ゴッ、と二回鈍い音がして、ソラはなるほどと頷いた。この足で冒険者を続けるのは困難だろう。

義足で歩行するのにはかなり慣れているようで、古い怪我なのかもしれない。

「ミゲル爺は凄い冒険者だったんだよ。元Aランクの冒険者でさ。俺が目指してる人なんだ」

ジェイクのミゲルを見る目には尊敬と憧憬、羨望が満ち満ちており、そんな目で見られるミゲルは居心地が悪そうだ。三人でまったりと話していると、背後からか細い声で呼びかけられた。

「……あのー」

振り返ると受付の女性が、非常に申し訳なさそうな顔で佇んでいる。そういえば、後付け依頼の申し込みをしていたんだった。

「ギルドマスター、お話し中にすみません。ジェイク様、こちらがギルドの仲介手数料を引いた残りの報酬となります」

「ああ、こちらこそすみません。ありがとう」

渡した時と同じトレーの上に硬貨が載っている。なるほど、ギルドが手数料としていくらか取って、残りが報酬となるらしい。

ソラが横目で観察していると、ジェイクは礼を言いながらその報酬を受け取った。

「ご利用ありがとうございました」

女性はにこやかに笑って、会話の邪魔をしないよう、そそくさとカウンター内に戻っていく。

ジェイクは受け取った報酬をしっかりと鞄に仕舞ってから、ミゲルに向き直る。

「んじゃあ、俺とソラは行くね。久しぶりに会えて嬉しかったよ。また近々、なんか依頼ないか見に来るから」

「ああ、またな。ソラもまたな。なにか困りごとがあったら、いつでも頼って来い」

そう言ったミゲルは優しい笑顔を浮かべていて、ソラは返事の代わりにコクリと頷いた。

＊＊＊

「やばい、思ったよりも時間かかっちゃった」

すっかり暗くなった辺りを見回し、宿屋へと急ぐ。昼間は活気を見せていた通りも露店は畳まれ、代わりに食事処が店の外までテーブルを広げている。すっかり出来上がった虎の亜人同士が大声で喧嘩している横を、ソラはするりと通り抜けた。

買い込んだものを両腕いっぱいに抱えて、小走りで大鷲亭に戻るところだ。

古着屋で、リアムのシャツが三枚とボトムスを二枚、下着を三枚。リアムが今後元通りの体格になった時のことを考えて、かなり大きいサイズを選んだ。

ソラのブラウスが二枚と、ショートパンツが二枚、下着を三枚。ローブの下は奴隷時代の服を着たままだったので、これ幸いと動き易い服装を。

全てなるべく厚手の生地で丈夫なものを選んだから、古着にも拘わらず全部で1万2000G《ゴールド》も払った。

そして靴屋。ソラとリアムのブーツを一足ずつ。革製で防水加工の施されたブーツは腕にずっしりと重たい。こちらは靴屋の弟子が作ったものだったため、モノがいい割にかなり安く、1万G《ゴールド》だった。

雑貨屋では、石鹸やタオルなどの生活用品を揃え、背負いの大きな布の鞄も買い、全部で5000G《ゴールド》ほど。元の世界の登山リュックみたいだ、とソラは思う。

「リアム、起きてるかな」

ソラは荷物を腕に抱え直し、宿で待つリアムを思った。

019　チョロインならぬチョロヒーロー！

そう、リアムにとって、生まれて来たことは不運でしかなかった。そしてその不運を終わらせたのは他でもない、ソラだった。

鬼というのは蛇蝎《だかつ》視される種族なのだと気付いたのは、物心付いた頃だった。

最初の記憶は、そう、飢え。悪臭漂う娼館《しょうかん》の裏手で、飢えて倒れていたのがリアムの最初の記憶だ。

娼婦であった母の仕事を待つ間、幼いリアムはいつも建物の裏手でじっとしていた。

母から与えられるのは平手打ちばかりで、食べ物を貰えることはほとんどなかった。珍しく与えられる食べ物といえば、客からの貢ぎ物で。母に対する邪《よこしま》な気持ちで食べ物に仕込まれた薬のせいで、寝込んだことも一度や二度ではない。地面に生えた草と雨水を啜《すす》って命を繋いでいた。

母が孕んだのは、客として来た鬼の子だった。リアムは、父親の血を色濃く受け継いで生まれてきたのだ。周りの大人も、近所の子供も、唯一の肉親の母でさえ、鬼の子であるリアムを疎《うと》んだ。口癖のように『アンタなんか生まなければよかった』と言う母は、年増《としま》になって日に日に客が付かなくなるストレスを全てリアムにぶつけた。全ては、種族が鬼というだけで。

リアムが八歳になって、母は娼館の裏手で呆気《あっけ》なく死んだ。一時は金糸雀《カナリア》とまで謳《うた》われたほどの美女だった母は見る影もなく痩せ細り、客が取れないせいで野垂れ死んだのだ。

母は子になにも残してはくれなかった。金も、愛情も、人間の血も、金色の髪も、翠《みどり》の目も。唯一、その整った顔の造形だけは母を思わせたが。

リアムは冷たくなった母を見下ろしながら、なんの悲しみもなく、こんな惨めな死に方はしたくないと思っただけだった。

幸いにして、体が大きかった。

十を越える頃には大人顔負けの体格になっていたし、鬼の血のお陰で力も魔力も桁外れに強い。そして皮膚も多少は頑丈だった。他の種族なら致命傷になるような怪我でも、リアムならギリギリで命を繋ぎ止められるという程度の頑丈さだけれど。冒険者として身を立てるのに向いていたとは言える。

鬼という身分を周りに隠して冒険者になったが、最初の数年は苦しい生活だった。しかし要領を摑んで日々依頼をこなしていく内に、三年も経った頃には面白いようにランクが上がっていた。決して無茶な依頼は受注しなかったし、身の丈に合った依頼しか受けなかったので、危険に晒されるようなこともほとんど無かった。

気が付けば冒険者としてのランクはBまで上がり、懐に入る金も大きなものになっていた。

そんな時、火竜《ファイアドラゴン》の討伐で複数のパーティーを募集する依頼が入った。リアムはソロでの参加だったが、そこでメンバー全員がDランクの四人パーティーと知り合った。

ランクの低い彼らに火竜《ファイアドラゴン》の討伐クエストは荷が重く、メンバーのリーダーが火竜《ファイアドラゴン》に丸焼きにされそうなところを助けに入ってやった。それがきっかけで、リーダーに好かれ、そのパーティーに加入することとなった。

リアムにとって、初めての仲間。楽しかった。そして温かかった。

ランクの低いクエストに出ては、戦い方や採取のコツを教えた。パーティーのメンバーは水を吸う海綿のように教えた技術を吸収し、直ぐに難しい依頼も受けられるようになった。

ある時、リアムが鬼だとバレてしまったが、皆一瞬たじろいだものの、それすらも受け入れてくれて。戦って、大金を稼いで、女を買って、酒を飲んで。コイツらと一緒ならなんでも出来ると、そう確かに思っていたのだ。だが、それも長くは続かない。


その日、リーダーの請けて来た依頼は護衛任務で、貴族の男と荷を三つ先の街まで送り届けるという内容だった。

破格の報酬ではあったが、道中は険しく、狡猾《こうかつ》な魔物のいる森を抜けなければならなかったため、まだ実力に見合っていないと判断したリアムは、止めることを進言したのだが、聞き入れて貰えなかった。不承不承で受けたその依頼だったが、リアムの心配とは裏腹に順調に行路を進んだ。

これならばなんとかなりそうだ、とリアムが思ったその夜、事故は起こる。

パーティーメンバーの一人が貴族の荷物にぶつかり、木箱を落としてしまったのだ。中身は隣国の王に献上する、世にも珍しい幻獣の卵だったらしく、その卵は地面に叩き付けられた衝撃で割れてしまった。任務は失敗に終わり、卵の賠償金として、とてもではないが払うことの出来ない借金を背負った。

皆で地道に稼ぎ返すことをリアムは提案したが、リーダーが先走り、とある貴族の家に強盗に入った。手っ取り早く盗みを働こうとしたわけだ。

それに気が付いて慌てて追いかけ止めに入ったが、折り悪く捕まってしまったのはリアムのほうだった。そこからリアムの人生は変わってしまう。何度も自らの無実を訴えたが、実際に盗みに入ったリーダーがリアムの単独行動だと証言したため、犯罪奴隷に落ちることとなった。

『俺は止めようとしたんですが、この男が聞かずに盗みに入ってしまったんです。この、鬼が』

パーティーリーダーの証言とリアムの証言、聞き入れられたのはもちろん、鬼ではない男の言葉だった。仲間に裏切られ、奴隷に落ち、脳裏に浮かんだのは惨めに死んでいった母の姿。

『俺らだって最初は仲間だと思ってたんだ。でも鬼だって分かってからは、お前を利用してたんだよ。流石に、戦闘力は他の種族と比にならないほど強いしなぁ！　借金背負って頑張ってくれ、じゃあな』

奴隷商館に引き渡される直前、最後に会いに来た仲間はこう言い捨てて行った。

仮にも三年は傍にいたのだ。リアムが報復をするタイプの鬼ではないと分かっていたのだろう。

犯罪奴隷になって最初の主はケチな商人の男だった。

気の弱い男で、商売仲間から搾取されている、風采の上がらない中年の男。周りから虐げられている心労をぶつける先はリアム。どこか思い詰めた表情の男は鬼からの報復が怖くはないようで、ことあるごとにリアムを足蹴にした。

食事は二日に一度しか与えられず、みるみるうちに筋力が落ちていく。手加減なしに蹴られ続け、足と肋骨の骨が折れた。それでも死にたくないと惨めにも生に縋り付く日々。

逃げたくても誓約魔法のせいで逃げられない。誓約魔法に背くと死が待ち受けているから。

賭けごとで作った借金のカタとして、男がリアムを引き渡すのにそう時間はかからなかった。


引き渡し先の主人は女。

どういう生業《なりわい》の者かは分からないが、とにかく愛玩奴隷を集めるのが趣味の女だった。リアムが珍しい種族だから手に入れたらしい。

見目のいい男たちを並べ、嗜虐的《しぎゃくてき》な行為で欲を濡らす壊れた姿に、どっちが鬼なんだか、と胸中で悪態をつく。女は嗜虐的であったが、愛玩奴隷たちを壊すような扱いはしなかった。だが、それでは足りなかったのだろう。

真性のサディストであった女は、犯罪奴隷であるリアムだけを肉が裂けるまで鞭で打ち、心の底からの欲を満たした。普通の鞭ではなく、革で出来た穂先に金属製のカギ爪が付いた鞭で、一度打たれるだけで背中はズタズタに切り裂かれる。頑丈なはずのリアムがこのザマなのだから、他種族であれば死んでいただろう。

女が特に好んだのは、腕や足に装着して徐々に締め上げていく拷問器具だった。二枚の板の内側に鮫の歯のようにいくつもの棘《とげ》が打ち付けられており、それで肉を挟んでボルトを締め上げていくと獣が噛み付いたように肉が抉れる造りだ。

性的な行為をすることは最初は断り続けていたものの、従順であるほうが楽だと気が付く。リアムは痛みに耐えながら女に奉仕したが、上手く出来ないとどんどんボルトを締め上げられる。鬼である性質上女を抱くのには慣れていたから、無心で必死に指や舌を動かした。リアムの痛みに呻く声を聞きながら女は達した。

最終的に、食い千切られたように肉が抉れ、腕も足も使い物にならなくなったことで、女はリアムを売った。


ここは地獄だと思った。いや、本物の地獄のほうがまだマシなのではないかとすら思った。

汚物に塗《まみ》れ、人間としての尊厳を奪われ、それでも浅ましくも生きたかった。それと同じくらいに、死にたかった。

奴隷商館の檻の中に横たわり、全身を襲う激痛と異様に熱を持った頭、それなのに凍えるほどの寒さを感じる体を縮こまらせて、自分が鬼であることをひたすらに呪った。

パシャリと冷水を浴びせられて意識が覚醒し、見上げた先には女が。リアムの新しい主人らしいが、誰が相手だろうと一緒なので大して気も払わない。

次に目醒めた時、リアムは寝台に寝かされていた。しばらくぼんやりしてから、慌ててベッドから飛び降りて床に跪いた。奴隷がベッドを使うなんて、と叱咤《しった》されてはたまらない。痛みで朦朧《もうろう》とする意識の中、寝てしまわないように耐える。

隣のベッドには、まだ若い女が眠っている。馬鹿みたいに安心しきった顔で深く深く眠っているようだった。

主人が眠っているのを幸いに、暗がりの中で目を凝らして観察する。顔の造りからするに、まだ十代であろうと窺えた。

体軀や身長は小さくて脆《もろ》そうだ。俺と同じ黒い髪は、俺と違って長く、細くて柔らかそうだ。あまり陽《ひ》に当たっていないのだろう、肌は象牙のように白かった。特段美しいわけではないけれど、愛嬌《あいきょう》のある顔だ。

攻撃的な雰囲気は見当たらないが、所詮人間なんてどこでどう豹変するか分からない。奴隷をどう使いたいのかは分からないが、なるべく怒らせないようにしようと心に決める。

だが女は、怒るどころかリアムに命令の一つもしなかった。

新しい主人は、ソラと名乗った。ソラはリアムが床に座ると困ったような笑いを見せ、椅子に座るよう促す。椅子に座るなんて何年ぶりだろうと思いながら、おそるおそる腰かける。ああ、人間みたいだ、なんて思って。

そして食事を取り出して、食べていいと言った。熱魔法のかけられた瓶の中身は、まだ温かい。困惑で固まるリアムを他所に、彼女は我先にと食べ始めた。スープを口に運ぶのを見ていたら、途端、彼女の表情がふわりと蕩けるように綻んでいく。そんなに美味いのだろうかと思い、ゴクリと生唾を飲み込んでしまった。ソラが二口目を口にするのを見て、リアムも真似するようにスプーンを動かした。

じわりと涙が溢《あふ》れそうになり、必死に堪《こら》える。腐ったものでも、家畜の餌以下の穀物でもない、人間の食事。食器を使うのも久しい。温かい食事を食べるなんて人間みたいだ、ともう一度思った。

小さなナイフを持ちながら、じりりとにじり寄って来るソラを見て、ああ、ついに痛めつけられるのかと、絶望にも似た気持ちが湧き上がる。そうだ、椅子に座って食事をさせてもらえたくらいで、なにを勘違いしていたのだろう。

ぐらりと目眩《めまい》がした。体を蝕《むしば》む熱のことなんか忘れていたのに。急激に、引きずり出されるように思い出した。

最早、抵抗してはいけないという意地だけで意識を保っていた。このあとに来る痛みを想像して自然と身体が震えたが、予想に反してそのナイフが皮膚を裂くことはなかった。

細い指でそっと、優しく撫でられ、困惑する。柔らかな指先で何度も何度も撫でられ、強張った身体がほぐれる。ソラの指は、人を痛め付ける指ではなかった。

ぐちゃぐちゃだったリアムの髪と髭を整えて、風呂に入るよう促す。言われるがまま風呂に入って、五年ぶりの人間としての扱いに声を殺して泣いた。

風呂から上がると、ソラは机に突っ伏して寝ていて。痩せて筋肉が落ちたリアムよりもさらに華奢《きゃしゃ》な肩を見て真っ先に思ったのは、風邪を召されてはいけないということ。

だが、起こせと指示もされていないし、勝手に行動すると怒られるかもしれない。命令されていないことが、こんなにももどかしいと思ったことが、かつてあっただろうか。

そんな葛藤がぐるりと渦巻いて、逡巡《しゅんじゅん》ののちに控え目に声をかけた。

ソラは一瞬、目の前の男が誰だか分からなかったようで混乱していたが、そんな時に呼ぶのがリアムの名で、助けを求めるのがリアムの名で。無性に胸を掻き毟りたい衝動に駆られる。

この気持ちは、そう、喜びだ。リアムは、彼女に名前を呼ばれて嬉しいのだ。

ゴミでも、虫けらでも、駄犬でもない、自分の名前。もう忘れかけていた名前。


そして最後は。貴重な上級ポーションを使ってリアムの怪我を全て治してくれた。

上級ポーションを作れる薬魔師《やくまし》はそう多くない。そのために圧倒的に供給量が少なく、リアムが冒険者をしていた時も一本5万G《ゴールド》は下らなかったし、Aランククラスの冒険者でないと、日常的に購入するなんてとてもままならない。初めて使われた上級ポーションは欠損部すら復活させる効果を見せ、思わずまじまじと魅入ってしまった。

五年間耐えた全身の痛みを一瞬にして取り除いてくれ、温かい食事を与えてくれ、見た目も整えてくれた。こんな主人がほかにいるだろうか。

ソラはリアムが犯罪奴隷ということだけでなく、鬼ということも気にしていない様子だ。

子供みたいに縋りながら、今日何度目か分からない涙を流して。

リアムは心の底から、恩に報いようと決めた。全身全霊をかけて。

＊＊＊

「ん……」

リアムが目を醒ますと、窓から差し込むのは既に陽の光ではなく月明かりだった。

なによりも真っ先に部屋を見回して、ソラの姿を捜す。まだ帰って来ていないようで、部屋はしんと静寂に包まれていた。

「ソラ様……」

名前をポツリと呟いてから、リアムは暗い部屋の中で立ち上がる。

腰にバスタオルを巻いただけの格好では肌寒く、毛布をくるりと体に巻き付けた。そして落ち着かない様子で部屋の中をうろうろと歩き回る。

遅く、ないか。今何時だ、どこに行ってしまったんだろう。

主人の姿が見えずホッとすることはあれど、落ち着かない気持ちになるのは初めてだった。リアムは部屋の中を一頻《ひとしき》り歩いたあと、ソラが出て行った扉の横に座り込んで壁に凭れかける。

毛布を寄せ合わせて、ぎゅうと握り締め、両足の膝を立てて、踵《かかと》を揃え、両膝を抱え込んだ。立てた膝の上に顔を落として、小さな体育座りになる。頭の中はソラのことでいっぱいになっていた。

ふと過《よ》ぎる。もしかして、捨てられたのではないか、と。

は、は、と吐く呼吸が荒くなり、リアムの指先が白く冷えていく。怪我で高熱を出していた時のように何度も浅い呼吸を生み出す。

もう、怪我なんてないのに。

(俺の価値は、25万G《ゴールド》……)

果たしてその働きが出来ていただろうか。

ソラが風呂に入っていた間に掃除をしたくらいだが、それだって指示されたことではない。たった25万G《ゴールド》の価値しかないのに、働きはそれ以下だと言える。

無価値だと思われたのだろうか。もうここに帰って来てくれないのではないか。

リアムは座り込んだ場所からズルズルと体をずらし、その場に横たわった。

温かな毛布に包《つつ》まれていると、なんだかその心地よさがソラに優しく抱かれているようで、少しだけ安心出来た。

と、ソラのことを考えるのと同時に、ズクリと下半身に甘い疼《うず》きが湧き上がる。

(くそ、……駄目だ、駄目……抗《あらが》え)

その疼きを忘れようと何度か頭を左右に振った。意志とは関係なく腰に火が灯る感覚に肌を粟立《あわだ》たせる。

鬼である以上仕方のないことだが、今は駄目だ。せめて、ソラには知られないところで――。

「ただいまー！　うわ、暗っ！」

カチャリと開いた扉から廊下の明かりが差し込んで、暗い部屋が少しだけ明るくなる。

底なしに明るい声が耳朶を打ち、心臓が締め上げられた。待ち焦がれていた人物が帰宅したことで下半身の疼きは遠退《とおの》き、代わりに湧き上がるのは喜びだった。

０２０　記念すべき第一回目、捨てたい！

ソラが部屋に踏み込むと、そこは暗闇。

明かりの灯されていない室内を見て、リアムはまだ寝ているのだろうとホッとしたのも束《つか》の間《ま》だった。

扉の横側からソラの腰になにかが飛び付いてきて、しっかりと下半身が拘束される。悲鳴を上げそうになった寸前に、それがリアムだと気が付いた。本当に、心の底からよかったと思う。悲鳴を上げたりしたら、誰かが駆け付けて来るところだった。多分ジェイク辺りが真っ先に。

「なんで灯りつけてないの？　暗くない？」

「…………」

リアムはそれに答えず、ソラの腹に顔面を押し付けて両腕を腰にガッチリと絡み付かせたままだ。

ソラはうむと口をモゴモゴ動かした。

（これまでリアムは、指示されないと動かなかったのに、自分からこんなふうに抱き着いてくるなんてなぁ。

よっぽど寂しかったのかなぁ……。悪いことしちゃった)

腹に擦り付けられている頭を撫でてやりたいが、いかんせん両手は荷物で塞がっている。まだ入り口なので、荷物を置こうにもテーブルは遠く、その場に落とすわけにもいかない。

リアムの下半身にくしゃくしゃと毛布が纏わり付いているが、それ以外はほぼ全裸なのでどこを見ていいか分からず、ソラは視線を泳がせた。

「ちょ、一回離して」

「……ソラ、様」

「荷物置きたいんだよ。ね？　はなせーっ！」

両腕いっぱいに抱えた荷物はソラの腕を追い詰め、既にぷるぷると限界寸前である。このまま限界を迎えると腰に縋るリアムの頭に荷をぶち撒けてしまうので、上半身をグイグイと捻りながら離すよう促した。リアムはソラの腹から上を見て、沢山の荷物を抱えているのを確認すると、ゆるゆると腕を外す。

解放されたソラは、テーブルに向かいながら聞いた。

「リアム、どうしたの？　寂しかった？」

「…………、捨て、られた、のかと」

「ふはっ！　捨ててないし、捨てたりしないよ！　不安だったのね。遅くなってごめんね」

荷物を全てテーブルに置いて、ランプに火を灯す。設置型の大型のランプはみるみるうちに発光して部屋全体を明るく照らした。

ソラが振り返ってリアムを見ると、なんだか表情が浮かばない。余程不安にさせてしまったのかと自省する。ソラはリアムに近寄ると、ぽむぽむと頭を撫でながら優しく声をかけた。

「もし捨てられたと思ったなら、これからは私を捜せばいいよ。リアムの不安な気持ちも、それで収まる？」

「……はい」

今の言葉でリアムの目が仄暗く鈍い光を放ったことに、ソラは気付かない。この言葉が今後自分を悩ませることになるとは知る由もないソラは、満足気に頷いて再びテーブルに戻った。

「リアム、おいで。沢山買い物して来たの。リアムの服とかあるからね」

ガサガサと荷物を探り、夜着《よぎ》に向いた柔らかい素材の服を取り出す。じゃーん！ と効果音を付けながらぴらりと広げて見せると、リアムはのっそりと立ち上がってテーブルに近付いた。

「服……、ですか。私の……」

「うんうん！ ごめんね、今回は勝手に選んじゃったけど、そのうちリアムの好みなのにしようね」

「いえ、……ありがとう、ございます」

「着替えておいで！ いつまでも毛布ぐるぐる巻きじゃアレだろうし。大きさは多分大丈夫。これからしっかり食べて筋肉がついた時のために、ちょっと大きめの買ったから」

「はい。助かります」

そう言うと、毛布の隙間からぬっと手を出して、リアムは恭《うやうや》しく大事そうに服を受け取った。言っておくがこれは宝物や宝石ではなく、中古の服だ。大切にするようなものではない。

ソラがゆったりとした寝易いズボンも渡すと、リアムは着替えるために浴室に入っていった。

その間に、今朝食べたのと同じスープとパンを用意する。出かける時に置いていったスープが減っていないようなので、リアムは食べていないのだろうと思い、改めて二人分並べた。

代わり映えのしない簡素な食事内容だが、これまでお互い、人間らしいものをほとんど食べていなかったのだ。胃を驚かせないよう、徐々に慣らしていったほうがいいだろう。

＊＊＊

（よし、逃げよう）


夜も更けて空に月がポッカリと浮かび、差し込む月明かりが存外に明るかったのがいけなかった。お陰で見たくもないものが見えてしまった。

ソラがうとうとと意識を落とす寸前で、リアムの寝台からゴソゴソ、ギシギシという音が聞こえてきて、なんとなくそちらに視線を向けた。ベッドに仰臥《ぎょうが》していたはずのリアムが上半身を起こし、体を揺らしている。

寒いのかな？　なんて心配した親切心を返してほしい。

それが自慰行為だと分かったのは、ソラの奴隷時代の仲間がそういう下世話な話を好んでペラペラと話していたから。毎晩のように繰り広げられた猥談《わいだん》のせいで、ソラは経験がないのに耳年増になってしまった。

リアムの行為に気が付いてからもうしばらく経つ。これはあと、どれくらいで終わるのだろうとこっそり息を吐いた。

「っ、……ふ……」

リアムのシルエットは、声を出さないように毛布を口に咥《くわ》えているようで、くぐもった鼻息が部屋に響く。

しゅ、しゅと規則的な摩擦音が響いて、ソラは気付かれないように観察を続ける。

（なんでだ……。どうした……。なんとか我慢出来なかったのか……）

リアムの漏らす吐息が異様に甘くて、色っぽくて。ソラはなにも言えずに、とにかく起きていることに気付かれないように息を殺す。

捨てたりしないよと明るく言ってのけたのに、その決意は既にグラグラと崩壊寸前だ。

「……は……は……」

低く掠れた声と吐息を聞いていると、ソラはカッとカラダが熱くなるのを感じた。

リアムの手の動きに合わせて、寝台がきゅ、きゅと小さく軋む。しばらくするとくちくちと水っぽい音まで響いてきて、それらの音はソラの心を蝕む。

（私が寝てるって思ってるんだろうけど、そもそも主人の寝てる横でオナニーする従者ってどうなの⁇　なんのプレイに付き合わされてるんだ私は）

ソラはこの異様な空間の空気に翻弄されて、毛布の中でげんなりと肩を落とした。

限界が近いのか、リアムの腕の動きが速くなり、う、とか、く、とかの詰めた声が聞こえた。ソラの予想よりも長い時間、リアムは体を震わせる。規則的に鳴らしていた音が止んで、どうやら達したようだった。

はぁはぁと荒い呼吸で少しずつ息を整えながら放心しているらしい。

（駄目だ、これはマジで駄目。見られちゃうかもしれない、ゾクゾクゥ！　みたいな趣味を持つお方と今後やっていける自信がねぇ！　ちょっと痛い金額だけれど、捨てよう。逃げよう）

ソラがそう考えていると、リアムがふらりと立ち上がって浴室へ向かった。恐らく後処理をしにいったのだろう。

（よっしゃ、今のうちに……）

そう思うが早いか、ソラはそっと寝台を抜け出してローブを摑む。着る時間が惜しいとばかりに腕に引っかけて、荷物を纏めて置いている場所に近付いた。

元々荷物はそう沢山持っていない。金の入った肩がけ鞄と、買ったばかりの背負いの鞄を引っ摑み、ひょいと細い肩に担ぐ。

そろりと足を踏み出して扉に手をかけると、背後から低く静かな声が投げかけられた。

「……ソラ様、どこへ？」

「……っへい！」

ビックーン！　とおおげさなほどに肩を震わせその場で跳ね上がる。多分テニスボール一個分は跳ね上がったと思う。

「みみ水をのの、の、飲もうかと」

「……そうですか、ご用意いたします」

「へい」

鞄まで持って、明らかに出て行こうとしていたことは分かっているはずなのに、リアムはそれには触れない。代わりにベッドサイドに置いてある水差しからグラスに水を注《そそ》いで、ソラにそっと手渡した。

ソラはその場に鞄を二つとも置いて、それからグラスを受け取る。緊張で渇いた喉に流し込むと、ゴッキュゴッキュと軽快な音が鳴った。ほぼ一気で飲み干すと、リアムにグラスを渡す。

「もう喉は潤いましたか？」

「へい」

ソラの言い訳が潰された今、もう起きている必要はないだろうとリアムの目が言っていた。目は口ほどにものを言う。いや絶対言ってた。

ソラは腕に引っかけたままだったローブをベッドに持ち込み、ぎゅうと抱いて横になる。リアムも同じように寝台に横になったようだ。

「ソラ様、おやすみなさい」

「へい」

有無を言わせぬとはこのことか。

初めて目の当《ま》たり《あ》にしたために取り乱してしまったが、よく考えると多少は仕方のないことなのかもしれない。男はそういうのが大変だと聞いたことがある。

きっとこの環境に安心したのだろう。食欲と睡眠欲が満たされたので、ちょっとムラッと来てしまったのだ。

今後はこんなことは起こらないだろう。きっとソラに悟らせずに処理してくれるはずだ。

そうだ、そうに違いない。というかそうであってくれ。

これしきのことで捨てようだとか、少しおおげさだったかもしれない。買ったばかりだし、明日には自分の生い立ちについても打ち明けるつもりだった。今回のことは目を瞑ろう。

そう思いながら、ソラは実際に目を瞑って体から力を抜く。今度はあっさりと眠りの世界へと旅立てた。

021　二回目の捨てたいはサラリとしたうめしゅ

「私たち、話し合わなきゃいけないと思うんです」

「……はい」

　朝起きて開口一番にそんなことを言うソラに、先に起きていたリアムは間の抜けた声を返す。

　ソラはベッドからするりと降りて、テーブルと揃いの椅子に着いた。リアムもそれを見てソラの向かいに座り、話をする体勢になった。向かい合って顔を合わせながら、ソラはゆっくりと言葉を紡ぐ。

「けど、話し合う前に、出来れば敬語を止めて欲しいんだよね」

「敬語を、ですか……」

「ほら、リアムが奴隷だっていうのが周りにバレると、私たちを見る目があんまりよろしくないものになるでしょ？　明らかに私のほうが年下なのに敬語を使われるのってなんだか変だし、あの二人の関係はって詮索されるのも嫌だし……。だから、敬語は止めて欲しいの」

リアムはソラの言葉を聞くと、なんだか考え込むように拳を顎に当てて、むっつりと黙り込んだ。

「あと、先に言っとくけど、私リアムのこと虐げるつもりないから。ある意味で持ちつ持たれつのパートナーって感じの立ち位置がいい！　まぁもちろん、完全にそうなるのは無理かもしれないけど……。だからもっと気安くしてくれて構わないし、敬語も要らない」

ソラがそう言うと、リアムはさらに難しい表情で口を引き結ぶ。

「てか、よそから見ると私たちってどういう関係に見えるんだろう？　ううん、兄妹にしては年離れ過ぎなのかなぁ。冒険者仲間にも見えないだろうし……」

ソラはうんうんと唸りながら、うだうだとどうでもいいことを悩む。ああでもない、こうでもないと言っているソラを見て、リアムは呆れたような顔をして脱力した。

どこか吹っ切れたようで、リアムの纏う空気がぐっと柔らかくなった。

「……分かったよ、ソラ。やってみる。これでいいか？」

「……うおっ」

これ以上唸り声を聞いていられないと、ソラの言葉を遮る形でリアムが口調を崩す。その不意打ちを食らったソラは黒檀《こくだん》の目をぐっと見開いて、そのあとに少し眉を寄せた。

気安い言葉遣いになると、急に立場が対等になったような親近感が湧いて少し嬉しい。それと同時に、すんなりと口調を崩されたことに僅かばかりの不満が募った。

「なんか……いや、それでいいんだけど、そうしてって言ったんだけど、ちょっと複雑な気分？」

「なんだそれは。ただ、俺が敬語じゃなくなっても、コレがあるから奴隷ということは一目瞭然だ」

リアムは自らの首に手を当てて、金属の輪を指先で叩く。爪が当たってカチカチと音を立てる首輪にソラの視線が流れた。

「ああ、首輪ね。それに関しては大丈夫。午後に外しに行く予定だから」

「……外していいのか？」

「うん、誓約魔法は体に刻まれるんだよね？」

「そうだな。犯罪奴隷の場合はそうなる」

「だよね！　じゃあ首輪はいらないよ」

ことなげに言うソラを見るリアムの瞳はどこか探るようで、だがソラの目に企《たくら》みも謀《たばか》りも浮かんでいないのが分かると、ふいと視線を逸らした。

ソラはこほんとわざとらしく咳《せき》を溢して神妙な顔を作り、視線を逸らすリアムをじぃ……っと見詰めた。

「でね、まぁ首輪の話はいいんだ。ここからが本題なんだよね。あのさ、リアム。昨日の夜のことなんだけど。どうして我慢できなかった？」

「……っ、あれは」

「そう、アレです。オナニーのことです」

リアムはやはりバレていたのかと非常に気不味そうな顔で、いかにもばつが悪いとばかりに椅子の上で身動ぐ。落とした視線を、左右に泳がせ、瞬《まばた》きも少し多い。いかにも取り調べ中の容疑者といった様子で落ち着きのないリアムに、ソラの白い視線が突き刺さった。まさか今ここで出される話題とは思っていなかったようで、不意打ちの取り調べにリアムはタジタジである。

むしろなんでバレていないと思ったんだ。机を挟んで二人は対峙《たいじ》する。

「あれは、その……すまない。だが……我慢出来なかったんだ、仕方ないだろう」

「いや仕方なくないよね⁉　私隣で寝てたんだよ⁉」

「手を出さなかっただけありがたいと思って貰わないと……。一回だけで済ませたことも」

「そんなことでありがたいと思うほど、幸福の沸点低くないんですけど。この流れで、『そうだったんだね、なんて優しいの！　ありがとう！』ってなるわけないよね？」

「いや、他のオーガ種に聞いてみたら分かる。百人中百人が、よく手を出さなかったなと褒めるはずだ」

「なに誇り高き顔してんだ！　理性って言葉ググって！」

ぽんぽんと出る会話の応酬は安っぽい喜劇のようで、リアムはこの若干の噛み合わなさに違和感を覚える。

そしてハタと思い至ったように、ぷんすかと頬を膨らませるソラを窺い見た。

「ググ……？　ソラ、もしかして鬼の性質を知らないのか？」

「なに？　鬼の性質？　え、なに、まさかホントに理性ないの？」

「いや、そうではなくて」

ソラはリアムの物々しい言い方に怯え、戦々恐々としながら椅子の背にぴたりと張り付く。

直ぐ様否定されて良かった、本当に良かったと胸を撫で下ろしていると、リアムの口から紡がれたのは、それよりタチの悪い言葉だった。

「理性がないんじゃない、精力過多なんだ」

「……へ？」

「というか、なぜこんなことも知らない？　大抵の人間は知っているが。鬼は精力が旺盛で、年頃を過ぎればほぼ毎晩強く発情する。他種族の比にならないほど」

「……は？」

「なんだ、本当に知らないのか。承知の上で俺を買ったのかと思っていたが……。元々、鬼はかなり子を生《な》し難いんだ。人生を終えるまでに一人授かれば儲《もう》けもの。同種族間でもそうなんだから、他種族との間に子が出来ることはまずないかな。……恐らくそれをカバーするために回数をこなさなければいけない、ということで、このように進化したのだと思う」

「……え？」

「それでも中々、子供が出来ないらしい。まぁ、俺は珍しく人間との間の子供だが。でも、混血じゃないんだ。鬼の血が強過ぎて、俺に人間の血は流れていない。……まぁとにかく、少子化過ぎて鬼はかなりの希少種なんだ。少なくとも、俺は今までに他の鬼を見たことはないな」

「な、なんじゃそりゃあ⁉」

腹の立つことに、無口だと思っていたリアムは口調を崩した途端に饒舌《じょうぜつ》になりやがった。

ここまで相槌《あいづち》の一つも満足に打てていなかったソラは、リアムがするすると話す内容に慄《おのの》いて目を見開く。なんだか急にズキズキと頭が痛んできて、テーブルに肘を突いて組み合わせた両掌《りょうてのひら》に額を当てた。

「……じゃあ、今後毎晩盛《さか》るの？」

「まぁ、そうなる。なるべく我慢はするつもりだけど」

「ええ……なにそれ、聞いてない。聞いてないよロドリゲス……。こんな大切なこと、買う前に言おう……。だから安かったのかな、マジか。捨てたい」

ソラが漏らしたげんなりとした台詞に、リアムは過剰なほどカチリと固まった。俯いて話すソラはそれに気が付かずに、はぁと大きな溜息を溢《こぼ》した。こんな大切なこと、是非とも購入前に知らせておいて欲しかった。

リアムは押し黙り、口の中でキリと歯を擦り合わせる。そしてしばしの逡巡のあとに、固い声色を出した。

「……ソラは、俺を捨てないって言っただろう。不安なら捜せと」

「そうだけどさ……」

「付き纏う」

「は？」

「……どこに逃げても、必ず捜す。ソラがそうしろと、昨日言ったんだ」

開き直ったリアムは、椅子の上で胸を反らして、非常にいい姿勢で威張り気味に迷いなくそう告げる。

「いや言ったけどね⁉　そこまでいくとストーカーだよ！　エリートストーカーだよ！」

ソラは、今日一日はまだ始まったばかりだというのに、既に精神的ななにかが大きく搾り取られてしまったような気がした。

「それにしても、鬼について知らないとは、どんな環境で育ったんだ」

「……ぅ」

ソラは俯いていた顔を上げて、リアムの不思議そうな金色の目を見詰めた。

額に生えたその控え目なチョコンとした角も、金の瞳も。分かり切っていたことだが、異形《いぎょう》なそれらを視界に入れると、ここは地球ではないのだと改めて思い知らされる。

気不味さに肩を前に突き出し、もじりとして首を横に向けた。そして唾液をごくりと飲み込んで覚悟を決めると、口を開いた。

「……まぁ、今後二人で過ごすにあたって、隠し続けるのも難しいし、この情報を出さないと話が進まないから言うけど。私がこれから言う秘密は、絶対に誰にも言わないで。これは〈命令〉ね」

ソラが言い終わると同時に、リアムの心臓の辺りが薄ぼんやりと発光したのが服越しに分かった。恐らく、火傷痕のような紋が発光したのだろう。

声に魔力を帯びさせて命令する、というのはどういうことかイマイチ分かっていなかったが、ぶっつけ本番！　とばかりに、少し強めの語調で言うだけで上手くいったらしい。

声に魔力、帯びてたんだろうか？　……ともあれ、誓約魔法がきっちりと発動したようなので安心した。誓約魔法が発動したのと同時に、リアム自身もしっかりと一度頷いた。

「……私、人間じゃないんだよね」

おっとまずい。誓約魔法が上手く発動したことに安堵して、言葉足らずになってしまった。

リアムが驚いて目を見開いている。そりゃそうだ、急に変なカミングアウトしたみたいになったんだから。

ソラは慌てて補足の言葉を付け足した。

「この世界の、人間じゃないの」

022　そんな後生な、頼むから売らないで

実は、と。そんな言葉から始めて、ソラはポツポツと自分の過去を話し始める。
ソラが透き通るような声で放つ言葉は、相手のいない独白のようで、それでいて対話のようでもあった。

地球の日本という場所で生まれたこと。
母は死に、父と二人で暮らしていたこと。
魔法がない代わりに科学技術が発展していた世界だったこと。
その科学技術で、高度な文明を築いていたこと。
亜人はおらず、知的能力の高い生命体は人間だけだったこと。
唐突にこの世界に迷い込んだこと。

直ぐに奴隷に落ちてしまったこと。

そしてそれからずっと、奴隷として生きて来たこと。

つい三ヶ月半前になぜか奴隷の身分から解放されたこと。

一人で生きていこうにも、なにも分からないこと。

戦闘能力もないので、この世界では身の危険を感じていること。

だから、リアムを買ったのだと。


リアムは相槌も打たず、表情も変えず、ソラの言葉をただ聞いていた。体勢も変えず、ほんの僅かな身動ぎすらせずに、じっと。

そんなリアムが口を開いたのは、ソラが話し終わってからたっぷり二、三分後のことであった。

「じゃあ、つまり、ソラは異世界のような場所から来たと？」

「うん、そうなるね」

リアムは再び黙り込む。腕を組んで考え込むその様子からは、なんの思念も読み取れなかった。信じているのかいないのか、どちらとも取れない顔で黙りこくるリアムの顔をじっと見詰める。

リアムはソラの言ったことを脳内で咀嚼しているようだった。

「あの……リアムはそういう人の話、他に聞いたことはない？」

「別次元から来た者の話は聞いたことがないな。作り話の童話や、演劇ではそういった話もあるだろうけど」

「うーん、そうだよね。私の世界でもそうだったよ。じゃあいわゆる、落とし子だとか神子《かみこ》みたいな位置付けの異世界人はいないんだねぇ……」

「……なんだそれは」

ソラは日本の漫画やアニメを思い出して、それと似たような程度の創作物語があるだけなのか、と落胆した。もしかすると、自分と似たような境遇の人間が、わんさかとは言わないまでも一定数はいるんじゃないかと思っていたのだが。どうやらそう都合良くはいかないらしい。

「とにかく、ソラの話を信じるとして。そうなると、ソラはこの世界ではかなり異端の存在だということになると思う。そんなことを周りに言っても、精神疾患だと思われるだけだろうな」

「ひぇ、せいしんしっかん」

「気が狂《ふ》れていると思われるだけならまだいい。下手に信じ込まれてしまうと、怪しげな機関に捕まって人体実験のようなことをされるかもしれない。最悪の場合は解剖とか」

「かいぼう」

「さっき自分でも言っていたが、戦闘能力を持たないのであれば、俺の傍にいるほうが安全だと思うけど」

「までぃ？」

「マジだ」

一先ず、ソラの素性を信じてもらえたようで、それについては安心する。もちろん誓約魔法があるので外部に漏れることはないだろうし、今後はいい協力関係が築けそうだ。

やはり、ソラが今まで自分のことを明かさなかったのは正解だったようだ。特に、老婆。絶対にソラを売る。こりゃ珍しいと、嬉々《きき》として。

「じゃあ、ソラはこの世界のことをほとんど知らないんだな」

「ん、そうなるね。だから、色々教えてほしいんだけど、いい？」

「もちろんだ。なにから聞きたい？」

ソラは立ち上がり、緊張していた体をぐっと伸ばす。強張った体が伸びる感覚が気持ちよかった。

テーブルの横に放ってあった袋から、またスープを取り出してテーブルの上に置き、朝食の準備を始めながら話す。

「あー、あのね、私今現在、薬魔師《やくまし》として生きていこうと思ってるんだけど、どう思う？　私、薬《やく》魔師《まし》の知り合いが、人をも食べそうなお婆さん一人しかいなくて」

スープを並べ終えると、満足げにうむと頷く。三日分はありそうだったスープが、三食で綺麗になくなった。リアムの食べる量が多いので、頑張って食費を稼がなければならないと思うのだが、そこで懸念されるのは職をどうするかだった。

「人をも……いや、いい。そうだな、ポーションが作れるなら収入のいい仕事になると思う。なら、ギルドに登録しなくてはいけないな」

「え、やっぱ登録しなきゃ駄目なんだ？　ううん……それって私でも登録出来る？」

「ああ、出来るよ。俺が付いていくから問題ない。……俺も登録しようか」

ふと、ロドリゲスが言っていた言葉をソラは思い出した。

確かリアムはBランクの冒険者だったはずだ。それなのに登録とはどういうことか、とスプーンを咥えたまま首を傾げる。

「リアムも？　あれ？　既に冒険者なんだよね？　確かBランクの」

両手でぐぬぬと力を入れてスープの瓶の蓋と格闘していると、リアムが横から手を伸ばして簡単に開けてくれた。

「そう、だったんだが。俺が奴隷に落ちたタイミングで、一度ライセンスを剝奪されている。恐らく、主人の許可があれば新しく登録することが可能だから」

ソラは瓶を受け取ってスープを口に運びながら、リアムの詳しい説明を聞いた。

曰《いわ》く、せっかくランクが上がっても、一度奴隷になってしまうとライセンスを剝奪されるらしい。ただ、主人の許可があれば再び登録出来る。ただし、その場合は一番低いFランクからのスタートになるそうだ。リアムに言わせると、一緒にFランクからスタートするのは都合がいいのではないかとのこと。

たとえば、ソラが薬草採取に出かけた際に、その横でリアムが魔物や魔獣を狩る。ポーションも魔物の素材も売れれば、もっと儲けられんなぁ！　と言いたいらしい。

ソラはむぐむぐと口を動かしながら、説明された内容を吟味する。言っていることは間違っていない。間違ってはいないのだが……。一点だけ気になることがあった。

それは、奴隷の冒険者が稼いだ金は、自動的に主のものになるということ。

「なるほど、それぞれの得意分野で協同して稼ごうってことかぁ。うん、いいと思う。けど、リアムはそれでいいの？　私、別にリアムからお金搾り取ろうなんて思ってないよ？」

「俺は構わないよ」

「ふぅむぅ」

そこでようやく、リアムもスープに手を付けた。手が非常に大きいので、なんだか子供用のスプーンを持っているように見えて、ソラはふふ、と笑いを零す。

リアムはこう言っているが、必要最低限の生活費を頂戴《ちょうだい》したら、残りは全てリアムのために貯めておこうとソラは決意する。いずれ、リアムが自分の身分を買い上げて、普通の生活を送れるように。

……まぁ、リアムの背負う借金、プラス身分の買い上げとなると、ちまちま素材やポーションで稼いでいても、いつになったら充分なお金が貯まるか分かんないけど。

「分かった！　じゃあ、明日はギルドに冒険者登録しにいこうか！　今日はこのあと、リアムの首のわっかっかを外しにいきます！　あとは、分かんないことはその都度聞くね」

「ああ、分かった」

「ところで、このスープ昨日買ったのにまだ温かいんだけど。なにこれ魔法瓶⁇」

「そう、魔法だ。熱魔法がかかっているから温かいんだ」

「ワオ！　これがホントの魔法瓶‼」

０２３　自画自賛にハッピーターン！

「無限の彼方《かなた》へ、さぁ行くぞ！」

「ソラ、今から行くのは役所だ」

「雰囲気出したかったんだよ！　宇宙レンジャーのセリフが台なし！」

「なにかは分からないが、早めに行こう」

　ボケ殺しとはこのことか、とソラはブツブツと呟く。

　買ったばかりのブラウスに袖を通して、ショートパンツを穿《は》いて、腰をぎゅっとベルトで絞り、ベルトに折り畳み式ナイフを引っかける。新品のブーツを下ろして、編み上げになっている紐をほどけたり緩んだりしないよう、しっかりと締め付けた。……つもりだったが、蝶々結《ちょうちょうむす》びが縦になり、結局リアムに結んでもらった。最後にローブを纏い、頭からすっぽりとフードを被れば、ソラのお出かけコーデの完成だ。

「どう？　どう？　似合う？　やーん、嬉しい！」

「まだなにも言ってないけど、似合うよ」

そう言うリアムも、しっかりめの生地で作られた紺色のボトムスに、襟のないU字ネックになった長袖の白いシャツというシンプルな格好だが、足の長さが際立ってとてもよく似合っている。結局、顔のいい人間はなにを着ても似合うのだとソラは歯噛みした。これでは軽装過ぎるけれど、もう少し上からなにか着れば、ギルドで依頼を受けることも出来そうだ。

帰りに武具屋にも寄って、今度は二人で装備品と服を見繕おうと決める。

「じゃ、サクッと行って終わらせようか!」

「そうだな」

＊＊＊

――カシャン。


ソラが自由を摑んだ時と同じ音がして、リアムの首に嵌まっていた金属製の首輪が二つに分かれて転がり落ちる。ソラは背後からその落下物をはしっとキャッチして、無事に処置が済んだことにホッとしていた。

役所はやはりどこもそう変わらないようで、グロッソの役所もなんだか堅苦しい雰囲気だ。受付で犯罪奴隷の首輪を外したいと申し出ると、酷く狼狽《ろうばい》したような表情をされたが……。当たり前だ、犯罪奴隷の首輪を外そうとする者など皆無に等しい。

ソラがロドリゲスから貰っていた、奴隷の所有者であることを証明する書類を見せると、望み通りきちんと処置してくれた。

ソラは今でもなんとなく、自分の首輪をローブの内ポケットに入れて持ち歩いているが、リアムは首輪をその場で処分して貰うことにしたようだ。元は一つだった二つの金属片を担当の男性に渡すと、男性はリアムを見ながらあからさまに嫌な顔をしていた。

失礼な野郎だ、しばいてやろうか。私の大切な奴隷ちゃんだぞ。

「よかった！　これでパッと見じゃ奴隷って分かんないね」

「そう……だな」

リアムは首の感覚が落ち着かないのか、頻《しき》りに首筋に手を当てて擦っている。ソラも首輪が外れた時は同じ反応をしたのを思い出す。リアムの首は、首輪をしていたところだけ日焼けをしていなくて白くなっていた。

ソラはほとんど鏡を見ることがなかったのだが、もしかすると自分の首も、首輪型に日焼けしてなくて白くなっているのではないかと無性に不安になってきた。被ったままのフードを目深に顎の辺りまで指先でぐっと引いて、顔が見えないように隠す。

なんだか一度気になるともう駄目で、ソラはトイレを借りて鏡で確認しようと思い至る。このあと、服を買いに行く予定もあるし、ついでに用を足しておこうとリアムに声をかけた。

「リアム、私トイレ行きたいんだけど、リアムも行く？」

「いや、俺は大丈夫だよ」

「そっか、じゃあ先に外で待ってて！　ちょいと行ってくるぅ！」

ごく軽い調子で告げたその言葉に、リアムは一瞬不安げに瞳を揺らしたのが見えたが、それがなぜなのかソラには分からない。

その瞳を探るよりも前に、リアムがこくりと頷いて背を向けてしまったので、それ以上聞くことも出来なかった。とりあえず早く戻ろうと、ソラは急いでトイレに駆け込んだ。

＊＊＊

ああ、完全に失敗した。リアムを一人にするんじゃなかった。

ソラは咄嗟にリアムの前に飛び出しながらそう思った。

ガツ、と重たい音がして、その直ぐあとに、ゴッ、と鈍い音もした。感じたのはなぜか痛みよりも熱さで、ぶつかった場所がジクジクと熱い。

「ソ、……ソラッ!!」

「リアム……、大丈夫だから」

トイレを済ませて役所の外に出たソラは、リアムの姿を捜した。よかった、首の日焼けしていない部分はそんなに目立たないな、なんて馬鹿みたいに呑気に考えながら。

リアムは直ぐ近くにいたのだが、その姿を見てブワリと汗が噴き出した。

壁際に立ちソラを待つリアムに、ソラと同年代くらいの三人組の男が、寄《よ》って集《たか》って石をぶん投げていたのだ。既に何発か当たっているようで、リアムは腕を腹に回して痛そうに押さえていた。

咄嗟のこと過ぎて、怒りだとか、哀れみだとかの感情は浮かんでこなかった。青年の一人がさらに石を投げようと振りかぶった瞬間には、ただ、助けなきゃとしか考えていなかったのだ。

青年たちも、別に顔にぶつけるつもりはなかったのだと思う。

だが、リアムとソラの身長差もあり、リアムの腹目がけて投げられた石は、ちょうど前に躍り出たソラの額と肩に当たった。

「ソラ、なんで……！　駄目だ！」

慌てた様子のリアムが、ソラの肩を掴んでぐるりと場所を入れ替えた。

「リアム、ちょっと黙って」

ソラを庇おうとしてくれているのだろうが、ソラは遅れてやって来た痛みでふつふつと怒りが湧き上がっていた。リアムが顔を覗き込もうとするのを、肩を押して留《とど》める。

そのままさらに力を入れて、目の前のリアムを退《ど》かせた。トイレに行く前にリアムが不安そうに瞳を揺らした理由がようやく分かった、こうなる可能性を予想していたのだ。

「やいやいやい、てめぇらぁっ」

なんとも怖くない声色で口調だけ荒げたソラは、石を投げた三人組と対峙する。額を腕で押さえながらぎろりと睨み付けると、三人組は案の定全く怖くなさそうで、それでも気不味げに視線を彷徨わせた。

「なにうちの子に石投げとんじゃい、怪我してんじゃん。ついでに私も怪我したんだけど！」

「う、うるせぇよ！　ソイツ鬼だろ！　そんな危険なヤツ見過ごせるかよ！」

「そ、そうだよ！　そんなんが町中にいたら危ないだろ！」

「別にお前に石当てるつもりなんてなかったし……。鬼のせいで誰か呪われたらどうすんだよ」

青年A、青年B、青年Cが口々に捲《まく》し立ててくるのを聞いて、ソラはズンズンと青年たちに近付く。その鬼気迫る怒髪天《どはってん》ぶりに、AもBもCも、揃ってじりりと後退った。

「お前らいくつだ」

「じゅ、十六」

「十七」

「十四」

「なんだ年下か、敬えよ」

フン、と鼻から息を出すソラの後ろで、リアムが困り果てておろおろしている。ソラはそれを気にも留めず、さらに言葉を続けた。

「石！　当たりどころが！　悪かったら！　人が！　死ぬんじゃ！　リアムは私のなの！　これ以上傷付けたら許さない！　なに？　殺そうとしたの⁉」

「そ、そういうわけじゃねぇ、けど……」

「ソ、ソラ、俺は大丈夫だから。それよりソラのほうが――」

「大丈夫じゃない、怪我してる！」

後ろから控えめに声をかけてくるリアムを一蹴して、ソラは肩をオラつかせながら青年たちを下から覗き込んだ。

傍《はた》から見ると、一体どちらが悪者なのか分からないくらいだ。まさにヤンキーのような態度である。目線を落としたり、落ち着きなく地面を蹴ったりと、三者三様の反応を見せる青年たちに、ソラの怒りのボルテージがほんの少しだけ下がった。

「そもそも、危険だとかって言ってるけど、リアムがアンタたちになにかした？　攻撃した？　それとも不快になるようなこと言った？　呪いなんて、そんな有りもしないこと信じて、石投げるなんて最っ低！」

「別に……なにも……」

「じゃあ謝って。なにもしてない相手に石投げたんでしょ？　ほら、早く。さぁ、早く。まだか、早く！」

せっかくリアムが心を開いてくれそうだったのに、こんなことでまた閉じられてはかなわない。謝って、という言葉は努めて冷静に言えたつもりだ。しかし青年たちは、往生際《おうじょうぎわ》悪くもむっつりと黙りこくっている。

「…………」

「…………」

「…………」

「謝ってってば」

「……ご、ごめ……」

「はぁん⁇　おぉん⁇　聞こえないなあ⁇」

「わ、悪かったよ！　ごめん！」

「俺も、ごめん」

「すみません、でした！」

「よし、許してやる」

青年たちはソラの峻烈《しれつ》な物言いに次々と謝罪の言葉を述べた。シャーッ、と威嚇音が聞こえてきそうなほど怒り心頭だったソラは、その言葉を聞いてようやく堪忍してやることにする。

青年たちは言い終わるや否や、まるで蜘蛛《くも》の子を散らすように一瞬でいなくなった。ＡＢＣの背中に向けて、二度と石投げんなよー！　と言ってやってから、ソラはリアムに向き直った。

まったく、靴屋みたいな名前しやがって。

「あああぁぁ、リアム、大丈夫？　痛かったよね」

「い、いや、俺は……」

「どこ⁉　ここ⁉」

ひと騒ぎあったせいで、辺りには沢山の人が集まってソラたちを遠巻きに見ている。好奇心や、嫌悪、侮蔑、嘲笑、哀れみなど、様々な視線が二人に突き刺さっていた。

だが、ソラはそんなこと関係ないとばかりに、リアムの白いシャツの裾をぐいと摑んだ。そして、往来があるにも拘わらず、その服をバッと持ち上げた。

「ちょ、……やめ――」

「うわぁ、めっちゃ痛そう！」

デーンと晒された括《くび》れた腹にはいくつかの打撲痕があり、ソラはそれを指先でつんと突《つつ》いた。リアムは痛かったようで、う、と小さく呻いた。そりゃそうだ、ごめん。

と言いつつ、実はソラのほうが酷い怪我をしているのだが、ソラはそれに気付かずにローブの内ポケットから低級ポーションを取り出した。これが最後の一本だ。

怪我の具合を見て、どす黒く内出血をしているところから順にポーションをかけた。薄い緑色をしたポーションをとろとろと患部に塗布すると、瞬く間に打撲痕が治癒していく。

「は、よかった……、低級ポーションで効くみたいだね」

額からたらりと目の上に垂れてきた血液を手の甲で拭いながら、他の打撲痕にもポーションを塗布する。

呆然《ぼうぜん》とソラを見詰めていたリアムがはっと意識をソラの額に向けて、残り少ないポーションを取り上げた。

「あっ、ちょっ！　リアム返して！」

「駄目だ。あとの傷は直ぐ治るから、ソラも使ってくれ」

「え、へい!?」

リアムは手の平に残りのポーションを出すと、ソラの額にぺちょぺちょと塗り込んでいく。目に入らないように慌てて瞼を下ろしたソラに、患部を指で優しく撫でるようにしながらポーションを使い切った。そしてそのまま、まだポーションで濡れている手をソラのブラウスの襟から突っ込み、石が当たった肩の辺りを撫でる。

「ちょ、待って待って待って！　くすぐったい！」

肩や腰を揺らしながら擽ったがるソラを、反対の手でしっかりと抱き込んで拘束した。手に付いたポーションが乾き切る頃になってようやく、リアムはソラを腕から解放した。

「ソラ、……心臓が縮む思いだ。庇ってくれるのは嬉しいが……、もう、二度としないでくれ」

事実、リアムの体は鬼の血のお陰で人より頑丈だ。ソラの額から流れる血を見た瞬間、リアムは心臓が凍り付いたように感じた。

ソラはリアムの必死な、そして切実な表情を見て一瞬黙ってから、安心させようとして、へにょーんと下手な笑顔を作った。

「……うん、分かった。もうしない。けど、リアムも今後はされるがままにならないで。避けるとか、逃げるとか、相手ぶちのめすとか、して」

「ぶちのめすのはどうかと思うが、分かった」

約束、と小さく呟いて、ソラはリアムの手を取り無理やり小指同士を絡めさせる。一瞬きょとんとしたリアムは、直ぐになにかの呪《まじな》いだと察して、きゅ、と小指に力を入れた。

024　名前付けたの誰？　速やかに名乗り出て

「無限の彼方へ、さぁ行くぞ！」

「ソラ、今から行くのは服屋だ」

「宇宙レンジャーのセリフがまたもや台なし」

「このくだりはもう一回必要だったか？」

「いや、ごめんなさい。もう一回やりたかった」

呆れた声を出すリアムに、ソラはにへらと笑いかける。リアムは仕方ないな、といった様子で釣られて笑いながら、ソラの隣に並んで歩き始めた。


ソラは、まずいなと焦っていた。自分の想像以上に、鬼という種族は差別されているらしい。こんなにも苛烈な迫害を受けるとは想定外であったが、実際に目の前で起こってしまった。

そもそも、なぜ鬼はこんなにも疎まれているのだろう。確かに直ぐ発情するらしい点は控えめに言ってもドン引きだが、それだけでこんなにも周りの目が厳しくなるものだろうか、と考える。

他にも、鬼が嫌われる理由がなにかあるのかもしれない。

だが、とりあえずそれよりも先に。ソラはリアムの額を見て小さく唸った。

リアムが鬼だと一目見てバレるのは、間違いなくこの額の角のせいだろう。二、三センチほどで大した大きさではないが、髪とは質感の違う光沢を放っているから、やはり目立ってしまう。

美しい角はソラのお気に入りなのだが、今後もまたリアムがこれのせいで傷付けられるのはいただけない。

なるべく早く、隠してあげないと。幸いにして、このあと行くのは服屋である。一時凌《いちじしの》ぎでいい。

なにか、額を隠せるものを探そう。

＊＊＊

前回ソラが買い物をした中古の服屋の前まで来たところで、ソラはリアムにダメ出しを食らった。曰く、『ここは荒事をしない人たちが着る服の店』なんだそうだ。冒険者向けの中古店が存在するはずだと教えてもらった。

存在するとはいえ、ソラもリアムも初めての街なので、そういうお店がどこにあるのかが分からない。何人かの通行人に聞いてようやく店を見付けた頃には、気疲れで些かぐったりと倦怠気味であった。

しかし、いざ入店してみると、所狭しと並べられた商品の数々に、ソラのテンションは鰻登《うなぎのぼ》りである。

冒険者向けの中古服店とのことだが、ここは中古の武器や道具など、服以外の品揃えもよさそうだった。

「わ、これなに？」

ワゴンセール！　とばかりに、植物で編まれた大きな籠の中に積まれていたのは革製品で、ソラは中をごそごそと探りながらリアムに問いかける。

「膝当てだな。ゲオゲオムの革か。あまり品質はよくない」

ソラにはなんなのか全く分からないものでも、やはりリアムは造詣が深いようで、ソラが問いかけると直ぐに返答があった。

「げお……、なんて？」

「ゲオゲオム」

「……まぁいいや。あ！　こっちは？　これなに？」

「ヌヌルバの尾で作ったポーチだ。水には強いが、火に弱い」

「ぬぬ……、うん。じゃあ、これは？」

「ブズズクフスの爪を――」

「ねぇ!?　魔物ってそんなヤバめの名前のしかいないのかな!?」

覚え辛いし、発音し辛いし、なにより可愛らしさの欠片も感じられない名前にげんなりとしながら、ソラはツッコミを入れる。ゲオゲオだとかヌルヌルだとかズクズクだとか、そんな名前の素材から出来た商品だと思うと買う気が失《う》せそうだ。そう言われても、とリアムが呟きながら手伝うように籠の中を漁る。

「なにかお探しですかい？」

ソラが騒いだからだろうか。降ってきたのは明るく愛想のいい声だった。

頭に布をぐるりと巻いた店員が声をかけて来て、ソラは神妙な顔で頷いた。店員の頭上を指差して、じっとその布を見詰める。

「あなたの頭の上のやつみたいなのが欲しいんですけど」

「へ？　え、えぇと……あっしの頭の……」

店員はソラの言葉に困り、両手を体の前でふるりと振りながら助けを求めるようにリアムを見た。

しかし、その額にちょこんと生える小さな角を見てギョッと目を瞠る。そして、リアムから距離を取るようにじりりと後退った。

「ひぇ、お、鬼……。え、えぇと……、あっしの頭のやつは売れませんが、近いものなら、これとか」

流石はグロッソの商人というべきか。男はリアムに怯えながらも商魂たくましく棚に手を伸ばして布を引っ張り出す。

続けて同じ棚からいくつか抜き出すと、ソラの前に掲げて見せた。

「これは、貝を砕いたものをコーティングしてあるんで、光を反射して綺麗でさぁね。それから……こっちはミロセクトの幼虫の、ミロラーヴァの繭で作った生地なんで、通気性がいいと評判で。あとは……これはちょっとお値段が張りやすが、マーメイド種が魚の鱗《うろこ》から紡いだ糸で織ったもので、貴重なものでして、ほぼ新品同然でさぁ」

「ふぅむぅ？」

ソラは商人の腕の中で並べられたそれらを見比べてからリアムを見る。

リアムはソラと目配せしてから、ミロラーヴァの繭で作った生地を手に取った。そして両手でしっかりと握って、軽く左右に引っ張る。パン、パンと生地の伸びる小気味いい音が響いて、ほぅと声を出した。

「これは、中々頑丈に織ってあるんだな」

「ええ、旦那。この生地にしたミロラーヴァが生息していたのは凶暴な魔物の多い場所で、繭も凄く質のいいものが採れたようでさぁ。他の所で採れる繭はもーちょいと、柔《やわ》ですからねぇ」

リアムはそれを聞いて、ソラに頷いてみせる。ソラはそれを受け取って小脇に抱えた。

「じゃあ、これ買おうね。あとは……薬草採取したり、ポーションの素材集めるのに向いてる装備はどんなの？」

「そうだな……ソラは小柄だから、中古屋で揃えられるものはあまりないと思うんだが。少し探してみようか」

そう言って、リアムは籠を掻き回したり、棚を覗き込んだり、いくつかは実際に手に取って確認してみたりと忙しい。ソラはその後ろをひよこのようについて回った。

リアムが基本的に選んでいるのは、やはり布製品より革製品のようだ。手入れすれば長く使えるもののほうが得だから、ソラとしても多少値が張っても構わない。初期投資の一環と思おう。

「いくつか見繕ってみた」

リアムがあちこちから目敏《めざと》く見付けて来たのは、指先の出たグローブと膝当て、それからベルトに装着して使う、小物入れ用のポーチと、同じくベルトに装備する短剣用のナイフシースだった。全て革製で、素人目《しろうとめ》にも状態は良さそうだ。

それから、ぐんにゃりと曲がった怪しげな形の短剣。柄に二か所穴が空いていて、そこに指を入れてしっかりと摑めるようになっている。

刃には紋様が刻まれており、その不思議な形と相まって、ソラにはとても美しいナイフに見えた。なによりも一番綺麗だと思ったのは、透き通った青白磁《せいはくじ》のような色をしているナイフの刃だ。水晶か、なにかの樹脂のような、雲の霞《かす》む春の空に近い淡い水色は、ソラの心を一瞬で摑んだ。

「このグローブは柔らかいモルホック牛の革で作ってあるから、手先を使う細かい作業にも向いている。膝当ては、採取で膝を突くことが多いだろうから硬めのものを。あとは、このポーチとナイフシースは揃いだな。中古屋で揃いは珍しいし、さっき言ったヌヌルバの尾で出来ているから水汚れには強い」

「ふむふむ」

「で、こっちは、ダガーに見えるが小型のボウイナイフだ。しっかりとしたダブルヒルトも付いていて持ち易い。短剣の中では少し大型だが、武器としてだけじゃなく日常的に利用出来るタイプのナイフだな。食材を切ることも出来るし、薬草を刈ることも出来る。ソラは力がないが、これは回すように刃を当てればごく軽い力で切れるんだ。……護身用としても優秀」

「ほおぉ！　ちょっと専門用語過ぎてなに言ってるか分かんない部分もままあったけど、リアムがそう言うなら間違いないね！　買う」

饒舌《じょうぜつ》に、どこか楽しげに話すリアムの様子を見てソラの表情が綻ぶ。

もちろん、冒険者として長かったから知識があるというのもあるだろうが、こういったものが純粋に好きなんだろうなとソラは思った。

リアムが手の平の上でくるり、くるりと器用に二回ナイフを回し、次に軽く宙に投げてキャッチする、などと使用感を試している姿がなんだか眩しい。宙で回転しているナイフを摑むなんて、どんな曲芸だよとソラは心でツッコミを入れる。ソラなら落ちてきたナイフで腕ごと持っていかれるだろう、絶対。随分とナイフの扱いに慣れているようだ。軽いな、とポソリと呟く声が聞こえてきた。

「あとは……あれは買ったほうがいい」

パシ、と音を立ててナイフを受け止めたリアムが、隅に置かれた細い棒だけで出来たマネキンのような展示物に目を向けた。

ソラも釣られてそちらに目をやると、全て揃いの防具一式をそのマネキンもどきが身に着けていた。

「ほぉ！　旦那、お目が高いですねぇ！」

目敏く、ならぬ耳聡《みみざと》く聞き付けた店員が、感心した声を上げながら再び近寄ってきた。

黒い革で出来たそれらの防具は、フード付きのベスト、腕当て、膝当て、幅の太いベルトと、そこに吊り下げられたポーチ。一番目立っているフード付きベストは、フードの縁がパイピングされており丈夫そうだった。

「これはオアリザードの革でね、いやぁ昨日入ったばかりなんですがね！　いいですよ、オアリザードは頑丈ですからね！　それがね、なんとね、9万5000G《ゴールド》でさあ！」

「ソラ、これは買ったほうがいい」

「……え、でも」

リアムが店員に聞こえないよう、ぽつりと耳打ちをしてくる。しかし、ソラが見るに、これは明らかに男性用だった。

リアムが着るにしても、今の痩せた状態からすると少し大きいように感じる。値段も割と張るものだし、ううんと思い悩む。

しかし、リアムのこの強い押しにはなにかあるのかもしれない、とソラは改めてオアリザードの革製の防具一式を見た。

「ええと……じゃあ、それも」

「毎度あり！」

若干迷いながらもそう告げると、店員はにこにこと満面の笑みを浮かべた。慇懃な対応をしてくれた店員のお陰もあって、一先《ひとま》ずオアリザードの防具一式以外はいい買い物が出来そうだった。

リアムがなぜ、これを強く薦めたのか、それが分かるのはこの直ぐあとのことだった。

025　ソラはおかねのつかいかたをおぼえた

支払った金額は13万8000G《ゴールド》。

大量に購入したということで、店主がニコニコと合計金額から二割も引いてくれてこの金額だった。

ソラがリアムに財布を渡して支払って貰ったのだが、今まで金貨ばかり使って買い物していたせいで、釣り銭でずっしりと重たい。リアムは財布の中身を見て驚いた表情をしていたが、ソラがお金の使い方が分からないと耳打ちすると、納得して頷いてくれた。帰宅したら硬貨の使い方を聞こうとソラは決意する。

リアムがちまちまと銀貨や銅貨を組み合わせて支払ってくれたお陰で、随分と財布がスッキリと軽くなったので、なんだか嬉しい。忙しい時間帯なら迷惑になったかもしれないが、たまたま店が空いていてよかった。

「リアムリアムリアムリアムリアム！　とりあえず、はい！　まずこれ着けよう！　しゃがんで！」

「ああ、分かった」

ソラは買ったばかりの荷物からミロセクトの幼虫の繭で作った布を取り出した。リアムは言われたとおり大人しくしゃがみ、ソラに頭を差し出す。

ソラは布を広げて、リアムの角が隠れるように頭にくるりと巻き付けた。耳は出して、眉毛ギリギリから頭部全てが隠れるようにすっぽりと覆って、後頭部でぎゅっと縛る。

邪魔にならないように前髪をしっかりと持ち上げてから布をかけたので、厳《いか》つさが増したかもしれない。

肝心の角は上手く隠れて、少し突起があるように見えなくはないが、外見だけから鬼だと種族がバレることはないだろう。

「よし、とりあえずの応急措置だけど、これでいい？　そのうち、もっといい感じのにしよ！　これはなんか、工事現場のお兄さんみたいだし」

「そうか、なんでもいい。任せるよ」

リアムは額と頭に手をやり指先で触って確認してから、満足げに笑った。

足元に置かれた大量買いした荷物をリアムが全部持ってくれたので、ソラは綺麗に手ぶらだ。楽ちん。

「帰るか」

そう言って歩き出したリアムの背をソラが追う。

「うんっ！　あ、そうだ。あの、オアリザード？　の防具一式は、なんで買ったほうがいいって言ったの？」

「ああ、それか。これはな、オアリザードの革じゃないんだ」

「……うん？　どういう意味？」

リアムは歩きながら器用に袋を開いて、買ったばかりのオアリザードのベストを取り出し、それをソラに手渡すと、上から覗き込むようにして革の模様を指差した。

黒い革地を、細かく粒の揃った鱗がびっしりと覆っていて、光を飲み込みそうなマットな質感だ。そしてポツポツと灰色の斑点が並んでいる。

「これはワイバーンの革だ。あの店員は勘違いしたんだろうな。確かに、オアリザードとワイバーンは似ているんだが、この斑点の間隔がオアリザードはもっとまばらで雑なんだ。これは斑点が密で綺麗だろう？」

「へえぇ！　ワイバーン。ようやく聞いたことのある魔物の名前でちょっと安心したよ」

「ソラの世界にもワイバーンが？」

「いや、それはいないな。とにかく、店員さんは勘違いしてオアリザードだと思ってたんだ？」

「そうだ。そもそもワイバーンの革なんてまず出回らないから、間違っても仕方ないよ。耐久性が全然違うんだ。たとえば、オアリザードには致命傷になるような物理攻撃でも、ワイバーンにはかすり傷一つ付かない。この意味が分かるか……？」

「この防具めっちゃすげぇ！」

「そうだ、そういうことだ」

リアムが良く出来ましたとばかりに、フードの上から頭を撫でてくる。大きな骨張った手がソラの頭をすっぽりと覆い、リアムからは表情が見えていないのをいいことに、ソラはフードの中で表情をふにゃりと緩めた。

「ワイバーンには魔法攻撃も効き辛いから、本当にこの装備は優秀なんだ。あとは……なんと言っても値段だな。恐らく、今払ったの金額の十倍の値で売れると思う。どこかに売りに行くか」

「え……ってことは、これ95万G《ゴールド》で売れるの⁉」

「ああ、正規金額でワイバーンの装備を買おうと思ったら、十五倍は出さないと買えないだろうし、売値なら十倍ってとこが妥当だと思う。……それに、これは状態もかなりいい。上手く売れば十二倍の値が付くな」

「……もうあれじゃん、ワイバーンの革じゃないね、ワイバーン様の革だね」

ソラはぎょっとして手に持っていたベストを落としそうになった。慌てて両腕でしっかりと抱え直し、瞠目してリアムを眺める。

こういう事柄に関するリアムの知識には恐れ入るばかりだ。手の中のベストを撫でると、ザラザラとした鱗の感触が指先に伝わる。若干ひんやりとして気持ちのいい触り心地だった。

「ふうむぅ、まじかぁ……。あのさ、これ、売らないでリアムが使いなよ」

そう言うと、リアムは僅かに目を見開いてから、だが、と言いかけて口を開く。ソラはそんなリアムを遮ってさらに言葉を紡いだ。

「せっかく安く買えたんだし、もう手に入る機会もないかもしれないよ？　珍しいモノなんだよね？　それに、私は非戦闘員だから、護衛を兼ねているリアムが防御力高めだと安心する！　今はちょっと、ベストはブカブカかもしれないけど、筋肉が付いたらちょうど良さそうだし」

「…………本当に売らなくていいのか？」

「うん！」

「分かった。なら、ありがたく使わせてもらうよ」

ソラは手に持っていたワイバーン様をリアムの持つ荷物にぐい、と押し込みながらにっこりと笑う。

やはりソラも女の子なのだから、買い物は楽しい。無駄な物は一切購入していないし、いい物を安く購入出来たのも良かった。

リアムも長時間の買い物に付き合うのは苦ではなかったようで、ソラは一安心だ。ご機嫌で大鷲亭に帰るソラの足取りは軽やかだった。

＊＊＊

ソラは風呂から上がって、綿で出来た丈の長いナイトウェアに着替えてベッドの上に座っていた。入れ違いでリアムが入浴しにいったので、その間に帰宅中に決めたアレの下準備をすることにしたのだ。

ぺたんと楽に座って、手の中の革袋をひっくり返す。ジャラララと袋から出てきたのは、昼間と比べて大分量の減った硬貨で、毛布の上に散らばったそれらはランプの光を受けて煌《きら》めいていた。

ソラは白い指先で一枚ずつ摘んで、種類別に分けていく。

リアムが戻ったら硬貨の額面について教えてもらうつもりだ。硬貨は全部で六種類あるようで、六つの山が出来上がった。

昼間、リアムが小銭を優先的に使ってくれたお陰で、財布が軽い。仕分けはあっという間に終わり、ソラは手持ち無沙汰に指先でコインを弄《もてあそ》びながら、そのままぽすんとベッドに横になった。

「今日はリアムに悪いことしちゃったなあ……」

ＡＢＣたちに石を投げられていた時のリアムは、抵抗する素振りを全く見せていなかった。慣れているというか、そうされて当たり前だとばかりに、悪意を受けているのに一切の反抗心も抱いていないようだったのだ。

ソラは、もっと自分が気を配るべきだったと、昼間のことを反省していた。

リアムを一人にすべきではない、と改めて思う。鬼であることは、奴隷であることと同じくらい生き辛そうだ。片方だけでも厄介《やっかい》なこの二つが、リアムにはまるで枷《かせ》のように二つとも付いている。

「今度同じようなことがあったら……」

今度、同じようなことがあったら、ソラが彼の口になる。虐げられるのが当たり前だと思い込んでいるリアムの代わりに、文句を沢山言ってやるのだ。ＡＢＣ靴野郎共も、二度目はボコしてやるんだからな！

なんて考えていると、リアムが浴室から出てきたのでソラはそちらに視線を向けた。体からほかほかと湯気を上げながら濡れた髪を拭くリアムは、なんだかとてつもなく色っぽい。

「ちゃんとあったたまった？」

「ああ。ソラ、髪が濡れてる」

「え？　ああ、いいよこれくらい」

ソラは体を起こし、自分の長い髪を指先で摘んで持ち上げる。ほとんど拭いていない髪は多量の水分を含んでいて、今横になっていた場所が湿り気を帯びていた。リアムはソラの言葉を聞いて、その厳しい顔をさらに険しくさせ、大股でソラに歩み寄る。

キョトンとしてリアムを見上げるソラの頭に自分が使っていたタオルを落として、無骨な手でわしわしと拭き始めた。

「駄目だ。風邪を引くから」

「えっ、わっ！　大丈夫なのに……」

風呂上がりのリアムのほうがよっぽど髪が濡れているのに、ソラを優先的に拭いてくれるその好意に、心がむず痒《かゆ》く疼いた。タオルで顔が隠れているのをいいことに、ソラはにんまりと表情を緩める。

（なんか……、父さんにしてもらったの思い出すなあ）

最初は性急だったリアムの手付きは、はっと思い出したように優しくなった。そっとを通り越しておそるおそるといった様子で、ソラの髪を丁寧に、そして真摯に拭き上げていく。その様子は、人間と初めて触れ合う心優しい怪物が、力加減が分からず壊さないようにしている姿を思い起こさせた。

そのイメージが、なんだか今のリアムにしっくりと来てしまって、ソラは堪らず小さく噴き出した。一生懸命拭いているリアムには気付かれなかったようだが。

「はい、出来たよ」

「ありがとう！」

「ええと……金の額面だったか」

ソラの頭からタオルが遠退き、視界が広がる。綺麗にタオルドライされた髪は直ぐに乾くだろう。リアムは自分の頭にタオルを被せて、片手でガシガシと乱暴に動かしながら、ソラのベッドに腰かけた。

空いている手で仕分けされているコインを摘むと、全種類一枚ずつ手に取って、その大きな手の平の上に並べた。

「はい！　よろしくおねしゃ！」

「ああ、まずは種類だが……これが金貨と小金貨だ。額面は金貨が1万G《ゴールド》。小金貨は5000G《ゴールド》。ソラはほとんど金貨で支払いをしていただろう。小銭が凄いことになってたよ」

「ですよね……」

リアムは、手の平に乗る鈍く光る金色のコインを指差しながら説明してくれる。

金貨よりも小金貨のほうがひと回り小さいので、覚え易そうだとソラは安堵した。

リアムは説明を終えると、金貨と小金貨を山に戻した。そして手の平に乗っている別の硬貨を指差す。

「これが、銀貨。それから、小銀貨。額面は、銀貨が1000G《ゴールド》で、小銀貨が500G《ゴールド》。買い物をする時に使い易い硬貨だな」

「ふむふむ、なるほど」

リアムは銀貨も硬貨の山に戻しながら、足を組み替える。リアムの手が大き過ぎて、手の上のコインたちが異様に小さく見えた。ソラは山に戻されるコインを目で追いながら、真面目くさった顔でうんうんと頷く。

「で、最後が銅貨と小銅貨だ。額面は銅貨が１００Ｇ《ゴールド》で、小銅貨が10Ｇ《ゴールド》だ。端数はこの硬貨を使って支払う。覚えられそうか？」

「う、うん、なんとか。１Ｇ《ゴールド》とかのもっと小さい端数はどうするの？」

「一番小さい端数が10Ｇ《ゴールド》単位だから、存在しない。考える必要はないよ」

「そっか、なら安心だね」

ソラの手持ちの硬貨に無いだけで、さらに小さい単位の硬貨があるのかと思ったが杞憂だったらしい。

「それから、ここにはないが、白金貨という硬貨もある。額面は10万Ｇ《ゴールド》だが……、あまり使わないな。商人同士の取り引きや、仕事では重宝するようだが、普段使いには向かない。だから冒険者たちは報酬を金貨で貰うのが一般的だ」

最後の二枚も山に戻すと、リアムの手にはなにもなくなった。

ソラは頭の中で額面を何度も繰り返し反芻して、記憶に刻み付ける作業で必死だ。脳内に一覧表を作り覚え易くして、海馬にフル回転して貰っていた。

白金貨──10万Ｇ《ゴールド》
金貨───１万Ｇ《ゴールド》
小金貨──５０００Ｇ《ゴールド》
銀貨───１０００Ｇ《ゴールド》
小銀貨──５００Ｇ《ゴールド》
銅貨───１００Ｇ《ゴールド》

小銅貨──10G《ゴールド》
「た、多分覚えた！」

「そうか、じゃあ1860G《ゴールド》出してみてくれ」

「え!? あ、えーと……、銀貨が一枚と、小銀貨が一枚と、……銅貨が三枚？ それから小銅貨が……、六枚！」

仕分けされたコインの山から、記憶を呼び起こしながらたどたどしくコインを摘んでリアムに渡す。

「正解。じゃあ次は、7240G《ゴールド》出して」

「うんっ！ えぇっと……」

ソラは小学五年生でこの世界に来てしまい、それ以降、当然教育なんて受けていない。足し算、引き算、かけ算、割り算の、最低限の計算は出来るが、それでも今になって悔やむのは日本の高水準の教育を受けられなかったことだ。当時幼かったソラでも、日本の教育が高水準だったことは理解している。

それでもソラは頭が悪いわけではないので、リアムの丁寧な説明で直ぐに硬貨の使い方を習得出来た。

「よし、これなら大丈夫そうだな」

「わー、ほんと助かった！ ありがとうリアム！」

次々と出題される問題に戸惑いつつも、実際に店で支払う前の練習になったので本当によかった。

嬉々とするソラを見て、リアムも嬉しそうに微笑んだ。リアムの算数教室が終わったので、ソラは硬貨を革袋にちゃりちゃりと戻す。

（そういえば……。あの時は分からなかったけど、ジェイクはちゃんと払ってくれてたんだなあ）

片付けをしながらソラが思い出したのは、地図を購入した時のこと。

初めての買い物で緊張していたためか、その時のことをよく覚えていた。地図が８６０G《ゴールド》で、ジェイクの渡してくれた硬貨は銅貨が三枚だった。負担は三分の一のはずだったが、気持ち多めに出してくれたようだ。

ソラは硬貨を皮袋に仕舞い終えるとそれを、サイドテーブルにひょいと載せた。

リアムはソラのベッドから自分のベッドに移動して寝支度を整えているようだった。その背中を見ていると、昨日の夜中の情景がありありと思い出されて急に恥ずかしさが込み上げて来る。

また今日も、発情なさるんだろうか、このお方は。

026　部屋から出られてすらいないことに気付く三回目逃げたい

「もう寝るか？」

「……うん、寝る、けど。リアムは？」

「俺は……」

寝支度を整え終わったリアムがランプに手をかけて、いつでも消せるようにスタンバイしていた。

ソラは鬼の発情のことを既に知ってしまったので、ついつい気になり尋ねる。不足したソラの言葉を正しく理解したリアムは案の定言い淀《よど》み、視線をきょろりと一往復させると、半ば開き直ったように口を開いた。

「今からする」

「は、はい」

「……そう緊張しなくていい、手は出さないよ。まだ子供なんだから、気にせず寝ててくれ」

リアムは眉尻を下げて困ったように笑い、ランプの灯りを消して立ち上がる。それは本当に子供を諭すような、酷く優しい口調だった。ソラは暗闇で慣れない目を凝らしながらその姿を視線だけで追い、勘違いを訂正するために口を開く。

「私、十八だけど」

「……え？」

リアムがクローゼットの中の毛布に手をかけたままギクリと固まった。ソラはなんだか楽しくなって、追い打ちをかけるように、その暗闇に紛れる背に言葉を投げかける。

「四ヶ月前、無事十八になりました。いぇい！」

「マジか」

「マジだな」

「なんっ……え……、精々十五くらいの子供だと……」

リアムはクローゼットの前でオロオロと狼狽《うろた》えているようで、ソラは思わずぷは、と笑いを溢した。

成長すべき時にしっかりと食事を取れなかったソラは、発育が良くない。測ったことはないが、身長は百五十センチ程度しかないだろうし、少し肉がついてもまだ体が薄い。ロドリゲスに最初は客と認識されなかったことや、ミゲルがしゃがんで子供と目を合わせる仕草をしていたことなどからうっすらと自覚はあったが、やはり見た目がかなり子供っぽいようだ。

因みに身長と胸の成長はまだ諦めていない。

「い、いや、だからって手を出したりしないから安心……して……くれ、多分」

「いや、とてもじゃないけど安心出来る言い方じゃないな。もっと意思を強く持って！　じゃあ、私寝るから、また明日ね。おやすみ！」

ソラは一方的にそう告げると、毛布をすっぽりと頭まで引き上げて目を閉じる。

リアムは覇気のない声でおやすみ、と呟いてからベッドに潜り込んだようだ。この暗闇の中、ソラにはリアムの赤らんだ顔は見えなかったけれど。

＊＊＊

（あー、既視感）

夜中にふっと目が醒めたソラは、隣のベッドから聞こえる異音に溜息《ためいき》を零す。

つい先日も、この不自然に軋む音で異変に気が付いたのだ。そして今日も。

一体今は何時なのだろうか、そういう行為はトイレですべきなのではないか、隣に人が寝ていても気にならないのだろうか。

そんな疑問が浮かんでは消え、寝起きの頭がじわりと覚醒していく。

ソロリと布団から頭を出し、そっとリアムを窺う。最初はシルエットしか見えなかったものの、徐々に暗闇に目が慣れ、その姿を視認出来るようになった。

（……やっぱりだ）

ソラのベッドよりもリアムのベッドのほうが窓辺に近い。

柔らかく差し込む月明かりに照らされた横顔は、やはりきりりと精悍で美しかった。リアムは二つの黒い瞳が己を観察しているとも知らず、月と同じ金色の目を切なげに細めている。

前回はチラリと確認しただけで羞恥に染まった心も、二度目となっては多少動揺する程度で、行為を観察する余裕すら生まれていた。そのことにソラ自身驚きながら、いけないことだと思いつつ、黒曜の瞳をさらに凝らす。

ソラよりも幾分か焼けた肌は暗がりの中でもほんのりと朱に色付いて見える。それは、直接月明かりの当たっている頬や目尻が特に顕著で、色の乗った肌は艶《なま》かしい。薄く開いた口から溢れる息遣いはソラの耳にもしっかりと届いていた。

「……っ、ぁ……はぁ」

ベッドボードにゆるりと背を預け、恍惚《こうこつ》とした表情で忙しなく腕を動かす様は美しき獣のようにも思える。流石にその手元、つまり下半身までは、気まぐれな月の逆光のために見えなかったが。

実はソラは何度か、奴隷仲間の自慰を目撃したことがある。全て男性奴隷の行為で、女性奴隷はきっと隠すのが上手かったのだろう。その時は驚き戸惑い、そして不快だったので見ないフリを決めこんだものだ。

（あれ、そういえば……）

それなのに、今はなぜだか不快ではない。そう、昨日も決して不快ではなかった。驚愕に震え咄嗟に逃げ出そうとはしてしまったが、リアムの行為自体に嫌悪感は抱かない。そのことをとても不思議に思って、それがなぜなのかという探究心すら生まれる。

「……ぁ、く、そ……っ、イっ……」

ソラがぼんやりとしている間に、リアムの肩が緩やかに震えた。

一瞬大きくなりかけた声を、ぐっと唇を噛んで抑えたリアムは、手早く左手でなにかを手繰《たぐ》り寄せて下半身に押し付ける。一度、二度、ビクッと大きく体を弾ませ、リアムは声にならない声で鳴いていた。昨晩も思ったが、その絶頂は馬鹿に長い。

忘我してしまったようにトロリと蕩けた顔で、浅く何度も呼吸を繋げた。

だらりと力の抜けたリアムの左手にあったのはタオルで、なるほどそれに出したのかと一人納得する。余韻に浸るその横顔はやはり艶やかで、ソラは自分の頬がカッと熱くなっているのを感じた。

いつの間にか毛布を強く握りしめていたことに気付き、そっと指から力を抜いて離せば、手の平がじっとりと汗ばんでいる。

（……？　こっそり見てたのバレないようにするので、緊張したのかな）

その汗ばんだ手を、ソラは寝返りを打つフリをして自らの体の下に押し込む。

完全にリアムに背を向けると一瞬だけ背後からたじろぐような気配が伝わってきたが、そのままじっとしていたら、今度は安堵の空気に変わった。恐らくソラが寝ていると思い込んでくれたのだろう。

ソラは背後の気配に気を配りながら、胸中は逃げたい気持ちでいっぱいだった。しかし、リアムが起きている今は、当然逃げ出すことなんて出来ない。

（終わったならさっさと寝てくれないかなぁ）

そう思った次の瞬間、ソラは自分の耳を疑った。再び規則正しい肌を擦り上げる音が響いてきたからだ。

（えええっ!?　まだするの!?）

若干、呆れの気持ちが芽吹いたものの、ソラはなにも言わず石のようにじっと息を潜めた。

先程までは、視界に集中していたために気にならなかった音が、次々と耳に飛び込む。熱っぽく吐き出される色気のある低い唸り声、緩い摩擦音、身動ぐ度に鳴る衣擦《きぬず》れ、時折思い出したように軋むベッド、そして粘性の水音。それらは、存外なことにソラを気疎《けうと》いとは思わせず、不思議な空気の中でじわり、ことりと、眠りへと誘《いざな》った。

（こんなBGM嫌だ……）

完全に意識が落ち込む前、なにかに髪を撫でられた気がしたが、それが引き金となってソラは眠りの世界にどっぷりと沈んだ。

＊＊＊

「え？　でかくない？」

ソラの目の前にいるのは、巨大化したベアトリーチェ。

舌をたらんと垂らし、笑っているようにも見えるこの表情は、忘れもしない大好きなベアトリーチェだ。ただ、中型犬だったはずのベアトリーチェが、二階建ての家くらいの大きさになっているんだけど。

「べ、ベアトリーチェ？」

ソラが控え目に声をかけると、ベアトリーチェは嬉しそうに耳をピンと立てて、ブンブンと尻尾を振ってくる。ブンブンというよりも、このサイズの生き物が尻尾を振ると、ウォンウォンと風を切る音が鳴っていた。

ベアトリーチェはその大きな前足をのしりと踏み出して、ひょいとソラにじゃれ付くように飛びかかってきた。いつもやっていた調子で甘えられても、体の大きさを慮《おもんぱか》っていないそれはまさに攻撃である。当然ソラはベアトリーチェの胸下に埋もれるような形になる。

「ちょ、待って！　ムリ！　むりむりむり！　重いよ、苦し……死ぬ、死ぬから！　ベアトリーチェ！」

固い毛が顔に触れて、ちょっといい匂いがしたのだが、全身を圧迫されて息苦しいソラは、ベアトリーチェの下から抜け出そうともがく。

その大きな体でしっかりとのしかかられているので、一向に抜け出せる気配がなくどんどん圧迫されたソラは、ついに抵抗を諦める。

「あかん……死ぬ……」

ベアトリーチェはそんなソラの呟きに応えるように、溌剌《はつらつ》とした大きな声でワンッ！　と一鳴きした。

瞬間に、ソラはパチリと目を開けた。

「は……夢……」

夢とはいえ、懐かしい近所のアイドル犬に会えたことは嬉しいのだが、正直あまりいい夢ではなかった。

ソラはふ、と息を吐いて寝返りを打とうと体に力を込める。あれ、動けない。一切微動だにしない。

これではまるで、さっきの夢のようではないか、と視線だけで状況を把握しようと努める。ソラはガッチリとリアムの腕に抱き込まれていた。

(そりゃ、あんな夢も見るはずだわ。よし、逃げよう)

そして、ソラの太腿にグリリと熱く存在を主張してくるものは……。

もちろんひのきの棒ではない。リアムのリアム様だ。

ソラは奴隷仲間が『朝は元気だよな、ぎゃはは』と盛り上がっていたのを思い出した。

その時はなんのことだか、むしろ朝はぐったりだよね？　なんて思ってさっぱり分からなかったが、間違いなくリアム様のことを言っていたのだろう。ぎゃははではない、ソラの気持ちはぎゃあである。

リアムの太い腕がソラに絡みついて、ぴとりと引っ付いているため、リアムの顔が近い。髪が頬にさわさわと当たって、夢で嗅いだいい匂いがした。

美形が目の前にあるぜ、眼福《がんぷく》！　などとは思っていられない。

寝ている間にベッドに侵入されたのだ。でも、昨晩はソラの知るところで二回、しっかりと解消していたはずではないか。

ソラには手を出さないと言っていたが、これはまさしく貞操の危機であると言えよう。愛玩奴隷になる寸前で辛うじて守れた貞操は薄っぺらだが、今のところこの薄っぺらな貞操をリアムに捧げる予定はない。しかし、このままだといずれ貞操を奪われる気がした。

逃げるなら今だ、とソラの脳内で誰かが囁《ささや》いた。

「ぐぬぬぬ……」

ソラは自分の太腿くらいあるリアムの腕を摑んで、気合で少しずつ動かしていく。絡んでいるリアムの足も、空いているほうの足でじわじわと押し返した。

朝からこんな肉体労働を強《し》いられるなんて、と落ち込みながらソラはようやく自由になった体を寝台からそっと起こした。

（起こさないように……）

そろそろとベッドから降りて、ゆっくりと立ち上がって一歩踏み出す。床がきぃ、と小さく鳴ってソラは一度固まった。

ちらりと首だけで背後を窺ってみたが、リアムは寝台に体を沈めてすぅと寝息を立てていた。

ソラはホッと胸を撫で下ろし、テーブル付近に置かれていた荷物を取ろうとさらに一歩、二歩と歩みを進める。

すると、ぱし、と小さく音が響いてそれ以上進めなくなった。

「……？」

ソラが振り返ると、ソラの手首をガッチリと握り込んだリアムが無表情に見詰めてきていて、視線がバッチリとかち合う。

「で、逃げるなら今だ、とは？」

そういえば、どこかで声が響いたような気がしたとは思ったが、無意識に紡いだソラの声だったようだ。寝起きには違いないのだろう掠れた声で詰問され、ソラはぐっと息を詰まらせた。喉に空気が溜まるような感覚が不快だった。

「お、おはよーリアム。逃げるなら今だ？　いやいや、なんのことだか……。陳列棚、今だ！　って言ったんだよ」

「は？　意味が通らない言葉だな」

「はは、寝ぼけてたのかな私？　トイレに行こうと思って……」

ソラは引き攣った笑いを見せながら言い訳を並べ立てる。リアムは怪訝そうに疑り深く色を探って来たが、直ぐにソラの手首を離してくれた。

「トイレいってきまーす……」

行きたくもないトイレに向かいながら、ソラはリアムに気付かれないように肩を落とした。

前回も逃げようとして、部屋すら出られなかったことを思い出す。そして今回も。

ソラはとぼとぼと歩きながら、逃亡作戦の失敗を嘆いた。

027　しつこい！　名前がきもい！

「そういえば、なんで私のベッドにいたの？」

ギルドまでの道程を歩きながら、ソラは横目でリアムを見る。フードのせいで腹から顎辺りまでしか見えないのは、リアムの身長が高過ぎるからだ。

そもそも、逃げようとしたことにだけ言及され、ソラが悪いという空気感を出されてしまったが、元はと言えばリアムがベッドに侵入してきたことのほうが明らかに悪い。ソラは納得出来ないと顔面に不満を宿してリアムを問い詰めた。

「……寝惚けた」

今朝方ソラが使った言い訳をまるパクリしてそう告げるリアムの声色は固い。その言葉の真偽は定かではないが、ソラは一応納得した素振りでふぅんと返した。まぁ、絶対嘘だと思うけど。それはそれとして。

昨日買ったばかりの布を頭に巻いているリアムは人の目をあまり気にしなくて済んでいるようで、

ソラは胸を撫で下ろす。

「あ、そういえば、ギルドで冒険者として登録すれば、もう今日からでも直ぐにポーション売れるの？」

「ああ、今日からでも。登録するとその場でギルドカードという登録証を発行して貰える。売る時はそれを提示するんだ。依頼も今日から受けられるよ」

「へぇ！　なるほどね。あ、登録証？　私見たことあるかもしれない。確かジェイクが持ってたなぁ」

ソラが思い出したのは、グロッソの街に入る時のこと。あまりよく見なかったが、ジェイクが門番に提示していた小さなカードがあった。通行証よろしく出していたが、通行料の割引も受けていた。

ソラが宙を見ながらその時の情景を思い出している横で、リアムはソラの言葉を聞いて眉を顰《しか》めた。

「ジェイク？　誰だ？」

「え、覚えてないんだ？　奴隷商館から、気絶したリアムを背負って大鷲亭まで運んでくれたんだよ！」

「……へえ」

「今度紹介するねー！」

リアムの瞳が不安げに揺れたことに、ソラは気付かなかった。

＊＊＊

「それでは、コチラの用紙にご記入をお願いします。最初に、ギルドカードの発行手数料が700G《ゴールド》かかります。以後、手数料が発生することはありません。ただし、申請なく一年未使用ですとライセンスは剝奪されますのでご承知おきください」

受付の女性は前回ソラがジェイクと来た時と同じ人で、フードを目深に被るソラを覚えていてくれたようだ。にこりと優しく微笑んだ拍子に、たゆ、と胸が少し揺れて、ソラはフードの下で目が釘付けになる。

（優しそうだし、キレイだし、私もおっぱい欲しい）

ソラが軽く自分の胸に手を当てて落ち込んでいる横で、リアムが用紙を受け取る。やはり見た目がいいから、カウンターに軽く手をついて僅かに微笑を浮かべている様子はそれだけで絵になる。

ソラはリアムの横顔を見ながら、なんとも言えない気持ちが込み上げてきた。

「すみません。私は元冒険者で、今はライセンスを取り消されているのですが、また登録したい場合はどうすれば？」

「ああ！　そうでしたか。お名前を頂戴出来ますか」

「リアム・グレイ」

受付の女性はカウンターの横に置いてある大きな箱に手を翳《かざ》した。女性はそこからなにかの情報を引き出したようで、一瞬だけ目を瞠ったあと、直ぐ取り繕うように表情を戻す。

「リアム・グレイ様……ええと……ぇ、鬼。…………失礼致しました。元Bランク冒険者ですね。

そこまでランクが上がっていたのに申し訳ないのですが、再登録ではランクの引き継ぎは出来かねますのでご承知を。犯罪奴隷となりライセンスの剝奪、となっておりますが、再登録に当たり、持ち主様のご了承はいただいていますか？」

ソラは、リアムになにか嫌なことを言うつもりではと身構えるが、特にそういうこともなくサラリとしたものだったので心底安堵した。

「あ！　はい、持ち主！　私です！　購入証明書も持ってきました」

「承知いたしました、それではリアム・グレイ様はこちらの用紙にご記入を」

「ありがとう」

「いえ。記入が終わりましたらお声がけください」

リアムは二枚の用紙のうちの一枚を返して、新しく別の用紙を受け取った。骨張った手で用紙の片方をソラに差し出したリアムは、受付で羽根ペンを借りてそれも渡してくるが、おずおずと受け取ったソラは弱った様子でリアムを見上げた。ソラが受け取った用紙は白で、リアムの用紙はほんのりと桃色がかっている。

リアムはソラの視線に気が付き、心配そうな面持ちでソラを見る。

「……どうした？　書かないのか？」

「ええと……、私、この世界の文字知らない」

ソラはヒソヒソとリアムだけに聞こえるように耳打ちをした。リアムはなるほどと得心がいったようで、ソラの手の中の用紙をぴょいと指で摘んで取り上げる。そしてリアムの用紙と並行してソラの用紙にも記入していってくれた。

「そうだった、忘れてたよ。俺が書くから、ちょっと待っててくれ」

「うん、分かった！」

出番のなくなった羽根ペンを指でくるりと回し、ペンの尾につく淡い青の羽根を指先で突《つつ》く。なんの羽根かは分からないが、ふわりと触り心地がいい。

ソラはリアムの記入する用紙を身を乗り出して覗き込み、読めない文字の意味を一つ一つ聞いてみることにした。

「これは？　なんて書いてあるの？」

「年齢、だ」

「これは？」

「拠点」

「拠点？　住所じゃなくて？」

「冒険者には流れ者も多いからな。家を持たない奴のほうが多いくらいだ。俺たちの場合は、拠点は宿屋になる」

「へぇ！　なるほど……」

ソラが横からちょっかいを出すものだから、リアムの筆の進みが遅くなる。それでもリアムは嫌な顔一つせず、聞かれたことに丁寧に答えてくれた。

「これは？」

「得物《えもの》だ。ソラの用紙にはダガーと書いておいた」

「リアムは？」

「俺は大剣と書いたよ。しばらくは素手でいくけど」

「素手で……ゴリラかな」

「ああ。そのうちどこかで大剣を手に入れたいな」

「そう、だね……。大剣ってどんなの？」

リアムが用紙に記入するのを見ながらソラは尋ねた。リアムは手を止めて、曲げていた腰を一度ぐっと伸ばす。ソラの胸元まであるカウンターはリアムには少々低いらしい。痛そうに腰を擦っている。

「まぁ、大剣といっても、俺は長剣の感覚で扱うんだ。普通の長剣じゃ俺の体格に合わなくてな。俺が前に使ってたのは、刀身だけでソラの身長よりも長いものだった」

「私より大きい剣振るうの？　ゴリラかな」

「俺は力が強いからな」

昨晩、髪を拭いてくれたリアムの手付きを、怪物が初めて人間に触れる瞬間のようだと表現したが、あながち間違っていなかったかもしれない。ソラは頭を潰されずに済んだことを心の中で感謝した。

「ところで、ソラ、職はどうする？　俺が魔法剣士で、ソラは薬魔師《やくまし》でいいだろうか」

「ええと……」

ソラはリアムの言葉に言い淀んだ。

自分が薬魔師《やくまし》を名乗っていいものなのか、と急に不安が湧き上がってきた。もちろん、薬魔師《やくまし》になるつもりでここまで来たのだが、いざとなると少し尻込みしてしまう。

老婆のところでポーションの作り方を覚えたが、それも低級ポーションのみ。元々覚えるつもりなんてさらさらなくて、手伝ううちになんとなく低級ポーションの作り方を覚えただけ。

なんだか烏滸がましいような気がするのだ。だが、ソラに出来ることは他にない。

今考えると、老婆はソラをこき使っていただけでなく、生きる術を教えてくれていたのかもしれない。素材の処理の仕方、熱管理、保存方法まで、口は悪いがとことん丁寧に教えてくれたのだ。

老婆なりの親切心だったのだとも受け取れる。もう会えないので本当のところは分からないが、そう考えたほうがソラにとっても幸せだと思えた。だから。

「師匠……。うん、うん！　薬魔師《やくまし》って書いて！」

「ああ、分かった」

絶対に一人前の薬魔師《やくまし》になってやる。ソラは老婆への感謝の気持ちを込めて、そう宣言した。


リアムが用紙の最後の欄になにかを記入すると、書き終わった途端にその文字がグニャグニャと枠の中で踊り始めた。それは直ぐにバラバラになると、元の形とは似ても似つかない線の連なりに変わる。

「今の、なに？」

ソラはそれをマジマジと見ながら、驚愕の表情を浮かべた。

「名前を書いたんだ。書き終わったら個人名を特定されないよう、文字が書き換えられる。これは本人の署名が必要だから、ほら、ソラも書いて。フルネームは？」

「ソラ・オーノ……」

書いてと言われても、ソラは文字が書けないので羽根ペンを持ったまま佇む。

リアムは傍に置いてあった、ペン先のインク拭き取り用の小さな紙を一枚失敬して、その上にサラサラと文字を書いた。そして紙をカウンターの上を滑らせるようにしてソラに差し出す。

「これでソラ・オーノっていう文字になる。真似してサイン出来るか？　絵だと思えばいい」

「やってみる！」

ソラはローブの袖を軽く捲って意気込んで見せ、見本通りにたどたどしく写し始める。一瞬、本名とは違う名前を書いたらどうなるのか気になったが、大人しく自分の名前を書くことに専念した。

リアムの手本は迷いなく書かれているためか、そもそもが達筆なのか、美しい。ソラの文字はミミズがのたくったような感じだが、まぁご愛嬌だろう。

「ふ、ボボガがのたくったような字だな」

「…………」

書き上げたソラの署名を見て、リアムがそんなことを言いながら笑いを零す。

もう、いちいち気持ち悪い名前の生き物に突っ込むのも疲れた。ソラは押し黙り、ただただそのボボガがミミズと同じような生き物であることを願った。

先程のリアムの書類のように、ソラのサインも瞬く間に枠の中でグニャグニャと泳ぎ始める。そして元のサインとは似ても似つかない形になって、動きを止めた。

「提出するか」

リアムは用紙二枚を重ね、受付の女性に声をかける。

その様子を見ながら、リアムがいなかったら登録も出来なかったな、と感謝の視線を送った。

028　我ニート、就職したりてテンアゲじゃいっ

あっさりと書類が受理され、ギルドカードの発行までしばしの待機時間。

受付の直ぐ横にある壁一面の掲示板の前で、ソラとリアムは揃って佇んでいた。並んで壁をじっと見ているのは二人だけでなく、他の冒険者も多い。

「へぇ……、依頼って沢山あるんだねぇ」

「そうだな、絶えることはない」

ほぼ壁一面を余すところなく使って、沢山の依頼用紙がピン留めされている。貼られたばかりの新しいものもあれば、何年も貼りっぱなしらしいくたびれた紙もある。

壁は三つの区画に分けられており、それぞれに異なった色の用紙が貼られていた。

「ねぇ、これどういう種類別？」

「ああ、これは、左が依頼、真ん中がクエスト、右がその他だな」

「ほうほう？　依頼とクエストって違うの？」

「依頼は、個人や村が困った時に要請するものを指すんだ。たとえば、村に魔物が出たから退治してくれ、とか、護衛任務とかな。もっと身近な依頼だと、捜し物とかもある」

リアムは壁に貼られた依頼用紙に視線を滑らせながら説明した。つくづく、ソラに色々と質問されて面倒なはずなのに、リアムはなんでもないことのように丁寧に教えてくれる。リアムはきっと、なぜなぜ期の子供を抱えている親の気分なのだろうとソラは思った。うん、いい父親になるよ、絶対！

「じゃあ、クエストは？」

「クエストは個人や村からではなく、ギルドから常時募集されているものだよ。たとえば薬草採取。そういったものは、ギルドからしてみれば、いくらあっても困らないからな」

「ほーなるほど、一回きりの依頼と、ギルドが常に出してる依頼かぁ。じゃあこの右のは？　その他って？」

依頼の枠の中の用紙は、回転が速いためか基本的に新しい綺麗な用紙が多いようだ。それに対し、ギルドからの常時クエストの枠は常に貼りっぱなしのものが多いためか、古びた紙が目立つ。その場で我が物顔で鎮座している紙は、どれもこれも相当年季が入っていた。

となると、ソラが気になるのは右のその他だ。古い用紙と新しい用紙が混在していて、枠いっぱいに隙間なくピンで留められている。

「たとえば……、捜し人とか。ああ、これは仲間に向けたメッセージだな。こっちはパーティーメンバーの募集。これは……子猫の里親募集」

「つまり、なんでも掲示板ってこと？」

リアムはソラの問いかけに頷いて、クエストの欄に目を走らせながら押し黙る。

ギルドの掲示板とは、なるほど便利なものなのだな、とソラは思った。

ギルドに出入りする人間は、あちこちに出回るようなアクティブな人間が多いはずだ。或いは、荒事には向かなくても、依頼をするために訪れる人もいるだろう。

まさに、全ての情報はここに集まると言っても過言ではない。

様々な人間が出入りする場所にこういうなんでも掲示板が一つあるだけで、円滑に物事が解決することも多いのだろう。誰にとっても都合のいいシステムだ。

「午後になったら早速、出来ればポーションの素材集めに行きたいんだけれど、リアムも一緒に来てくれる？」

「ああ、もちろん。魔物が出るから一緒に行くよ。それならこのクエストを受けよう」

リアムはそう言って、クエストの掲示板の中の一つを指差す。長くて少しかさついた指先が紙に触れ、トンと音を立てる。

書いてある文字が掠れるくらいボロボロになっているから、特に古くから募集されているクエストなのだろう。文字の読めないソラはその用紙をじっと見ながら、首をぐいと横に捻る。

「これはなんのクエスト？」

「Fランククエスト、ムマリコという薬草の採取だ。草地であれば割とどこにでも生えている薬草だから、ポーションの素材を集めるついでに採取しよう」

「へぇ！　それ効率的でいいね！　そうしようそうしよう！　流石リアム、いよっ！　元冒険者！」

リアムは、ソラのこんなにも雑な褒め方でも照れくさそうな表情をしていて、親に褒められた子

供みたいだった。

ソラはほっこりとしながら、無性にリアムを撫でてあげたい気持ちが湧き起こるが、試しに背伸びして手を伸ばしてみたら肩までしか手が届かなかった。なので、肩を撫でておいた。ソラは満足気に笑い、リアムは不思議そうな表情だったが。

「ソラ・オーノ様。リアム・グレイ様。ギルドカードが発行されました」

カウンターの向こう側から受付の女性に声をかけられ、意識がそちらに向く。ソラが小走りで受付に行くと、カウンターの上にカードが二枚並べられていた。

「はい！　わっ、すごい、キレイだね！」

ソラは出来上がったばかりのカードを覗き込むと、思わず感嘆の声を上げた。

ギルドカードは、水晶を削り出して作ったような、向こう側が透き通って見えるカードで、そこにこの世界の文字で情報が記載されている。光が当たるとキラキラと反射して、斜めから見ると細かいホログラムシートを貼ってあるようにも見えた。しっかりバッチリ、写真よりも精巧ではない、ソラの似顔絵もどきが転写されているのだが、一体どういう技術なんだろうか。手に取ってみると、意外と薄くて軽い。七色に光る氷の膜を持っているようで、直ぐに割れたり欠けたりしてしまうのではないかとソラは心配になった。

リアムはそんなソラを微笑ましそうに横目で見ながら、カードを摑んで尻ポケットに突っ込んだ。なるほど、壊れ物のような見た目だが、リアムの乱雑な扱いを見るに存外頑丈なようだ。

「初期登録の発行手数料として700G《ゴールド》、お二人分で1400G《ゴールド》お願いします」

「あ、はい！」

覚えたてのお金の使い方を披露する機会が早速やって来たようだ。ソラはわたわたとしながら革袋を取り出し、中から銀貨一枚と銅貨四枚を取り出す。細い指先で摘むようにしてトレーに載せると、どうだという表情でリアムを見た。

リアムはソラに、よくやったと言わんばかりの頷きを返し、それからカウンターに少し身を乗り出すようにして受付の女性と対峙する。

「それから、Fランクのムマリコ採取のクエストを受注したい」

「承知いたしました。こちらはギルドからのクエストですので、期限や納期はありません。詳細の説明は必要でしょうか？　リアム・グレイ様は元冒険者様ですが……」

「ああ、いえ、彼女には私から説明しますので、問題ないです」

「承知いたしました。それではご武運を」

ソラを差し置いて話が進められてしまったが、どうやら無事クエストの受注は完了したらしい。受付の女性が丁寧な仕草でお辞儀をしてくれたので、ソラは慌てて同じようにぺこりと頭を下げた。

リアムが受取カウンターから離れるのを見て、ソラもあとを追う。

「これで、私も冒険者？　薬魔師《やくまし》？」

「そうだよ。感想は？」

リアムが開けてくれた扉を潜ってギルドから出る。

「なんか不思議な気持ち。就職じゃんね？」

「ふはっ！」

ソラの複雑そうな表情を見たリアムが思わずといった様子で噴き出すのを見て、ソラはポカンとした顔に変わった。くくく、と喉の奥で笑うリアムのツボがよく分からないけれど、こんなふうに声を上げて笑うリアムを見たのは初めてだ。

「そんな顔で笑うんだ……」

未だ冷めやらぬ笑いはリアムの口を上品に歪め、肩を小刻みに震わせている。

大鷲亭に戻ったソラとリアムは、早速ポーションの素材集めに出かけるための準備を整えた。と言っても、リアムはそのままの恰好《かっこう》で、ソラが防具とダガーを身に着けただけだけれど。そして、魔物の住む森へと出発した。

森へ向かう途中、武器の専門店の前でリアムが足を止めた。リアムは店の外にディスプレイされていた大剣をじっと見て、徐《おもむろ》にそれを掴む。

全長はソラほどあり、厚みのあるブレードと、それを支えるゴツい柄《つか》を見てビビるソラを横目に、リアムは片手でヒョイと持ち上げて軽く一振りした。

「……軽いな」

「やっぱりゴリラかな？」

ソラも持たせてもらったが、辛うじて両手で持ち上げられる重さで、柄を片手で握って振るうことなどとても出来なかった。

029　おどろおどろしいのは、ちょっと……いやめっちゃ無理

「待って、ソラ。ここからはちゃんと、俺の指示に従ってくれ」

「ていしゅかんぱく!!　なんてね、分かってるよ。森に入るのは初めてだし、魔物とかもいるんだもんね？　危ないから、ちゃんとリアムの言うこと聞くね！」

「ああ、そうしてくれ」

到着したのはちょうど日が一番高い正午で、辺りに広がる森の木の隙間からキラキラと木漏れ日が差し込んでいる。ふぅっと風が吹くと、木の葉が擦れ合ってサラサラ、サワサワと音を奏でた。

なんだかもっと陰鬱《いんうつ》な、鬱蒼とした森を想像していたソラは、爽やかさの溢れ出す森を見て機嫌が良くなった。

木と木の間隔は広く、四人くらいで横に並んで歩いても余裕がありそうだ。暖かな日差しに当たると、厚手のローブを着たソラには少し暑いくらいだった。

「んー！　めっちゃ気持ちいい系の森！　おどろおどろしい感じじゃなくてよかった！」

リアムがゆっくりと森の奥に踏み込んでいくのを、それ以上にのんびりと追いながら、ソラは腕を突き上げてぐっと伸びをする。肩の辺りでローブがくしゃりと皺を作り、フードの布が頬を擦った。肺に染み込む土と緑の香りが心地いい。

「奥に行くにつれてソラが言うような、おどろおどろしい雰囲気になっていくよ。この辺りは人の立ち入る領域だから、魔物も弱い。人の立ち入らない奥の領域には魔物だけでなく魔獣もいるから、危険度が増す」

「ほぉん……。そういえば、魔物と魔獣ってなにが違うの？　どう違うの？」

並んで森を歩くのはピクニックに来たようで楽しいが、そう聞くと少し怖くなってきた。

ソラがこの世界で見た魔物は、グロッソの街まで来る道中に襲われた植物系の魔物だけだ。それもジェイクが直ぐに切り捨ててしまったので、ゆっくりと見られなかった。もちろん、いのちだいじに！　をスローガンにしているので文句はないのだが。

ソラは奴隷生活の時代には、運良く魔物だとか魔獣だとかとは接することが無かったため、知識が乏しいのだ。どれくらいの種類がいるのかも分からない。

「ああ、その前に。俺は適性がないからポーション作りには明るくないんだが、どういうものを採取すればいいんだ？」

「あ、そっか、そうだよね！　えっとね、言い忘れてたけど私、低級ポーションしか作れないんだよね!!」

「あ、ああ……」

自慢気に低級ポーションしか作れないと宣うソラに、リアムはたじりと言葉を震わせた。

「だから今日は、主に販売用として低級ポーションの原料。それと、中級ポーション作りも練習したいから、原料があれば採って帰る！」

ソラは人差し指を立てて偉そうに仰け反りながら、そう説明する。

「そうか、分かった」

「で、具体的には……。あった、あれ！」

辺りにきょろりと視線を彷徨わせたソラは、直ぐに目当ての草を視界に捉えて、三つ奥の木の根本に視線を固定させると、そこへと駆け寄りしゃがんだ。リアムは戸惑いながらもソラの許に歩み寄ると、ソラと同じようにその隣にしゃがみ込む。

ソラは、木の根本の辺りに自生する、葉が三つ又に分かれた草を指先で引き千切った。その草を膝の上に置くと、今度は買ったばかりのボウイナイフを背側の腰から引き抜いて、それで木の根元の表面に生えた露の載る薄紫の苔を器用に削ぎ落とす。

苔が手の上にボトリと落ちて、ソラは腰にナイフを戻した。両手に素材を二つ乗せてリアムに見え易いように差し出すと、リアムはソラの手の平を覗き込んできた。

「低級ポーションの主な素材は四つ。ここにあるメルグラスと、フルモク苔。それからエキュリムの茎と、ティージュグラス」

「ほう」

メルグラスは低級だけでなく、全てのポーションの基本的素材となる草だ。三つ又に分かれた葉が特徴的で、地面を這うようにして広がる。

この葉には治癒を促進する効能が有り、患部に載せるだけでも効果があるらしい。治るのに一週間かかる怪我が、五日で完治するとかのごく弱い効能だが。これを他の素材と混ぜ合わせ、液体に効力を定着させるとポーションになる。軸となる、一番大切な素材。

フルモク苔は特定の樹木の根本の樹皮に生える、薄紫色の苔だ。肉厚な塊で、まん丸い胞子嚢《ほうしのう》を先っぽに付けた可愛らしい見た目をしている。苔なのに根もある。

滋養強壮にいい苔で、これをポーションに混ぜ込むことで、服用した際に元気いっぱーい！　になるらしい。

エキュリムは艶やかな赤色をした七枚の花びらを持つ、茎の短い花だ。

花にはなんの効能もないけれど、その茎に価値がある。薬品の効能を安定させてくれる作用があり、ポーションには欠かせない。

安定した品質が求められるポーション作りにおいて、重要な役割を担う素材と言える。

ティージュグラスは石の陰に生える草。葉の表面には毛が目立ち、その手触りはビロードにも似ている。

薬品の効能を引き上げて数倍の効力をもたらしてくれるが、高温に弱く扱いが少し難しい。ソラも慣れないうちはよくティージュグラスを駄目にしてしまい、老婆を怒らせたものだ。

ポーションとは。薬草、薬品の効能を極限まで高めた液体なのだ、とは老婆談。

ソラにはよく分からないけれど。

「こういうの見かけたら、リアムも採取しておいてね。エキュリムの茎とティージュグラスは見付けたらまた見せるから」

「ああ、分かった。じゃあ、この辺りで採取しようか」

「うん、りょーかいした！」

「俺からあまり離れ過ぎないように。ああそれと、ギルドクエストのムマリコだが、どんな薬草か分かるか？」

ぴしっと下手な敬礼をして見せたソラは、リアムに問われるとふにゃりと腕を崩す。そしてふるふると首を振った。

残念ながら、ソラの知識はポーション関連のみ。その知識には非常に偏りがあるのだ。一般的な薬草については全く知らない。

リアムはそんなソラの反応を見てから、先程のソラのようにきょろりと視線を周囲に彷徨わせた。

「ああ、あった。あれだよ。あれがムマリコだ。止血に使う薬草で、傷の上から貼るんだ」

リアムは少し離れたところにある木に近付くと、巻き付いている蔓から葉をブチリと千切ってソラに差し出して見せる。

「へぇー！　ハートの形の葉っぱなんだね！」

そのツルリとした表面は日光を僅かに反射して光り、葉の形とも相まって可愛らしい薬草だ。

「特に数量指定のあるクエストでは無かったから、見かけたら取る、程度でいい」

「あいよ！　ポーションの素材集めのついでに、これも見付けたら回収するね」

「よし、じゃあ、採取を始めようか」

「うんっ！」

それを合図に、二人は地獄の中腰作業を開始した。

＊＊＊

「それで、魔物と魔獣の違いだったか」

「あ、うんうん！　それ聞きたかったの」

リアムがその話題を引っ張り出して来たのは、素材の採取を始めて数十分経った頃のこと。

別に複雑でもなんでもない作業なので、採取するものさえ覚えれば直ぐに要領を摑めた。それはリアムも同じなようで、薬草をぷちぷちと引き千切る手際は悪くなさそうだ。

聞きたかったと言った割にはその話題をすっかりと失念していたソラだが、やはり改めて話題に出されると興味が湧いた。

ソラは手を動かしながらリアムに意識を向ける。二人の距離は三、四メートルほどで、付かず離れずの距離感なので、もちろんお互いの声は問題なく聞こえる。視線は地に向けたまま、リアムの声に耳を傾けた。

「簡単に言ってしまえば、知性の違いだな」

「知性？」

「そうだ。魔物には知性がほとんどない。種としてそこに存在しているが、個はないんだ。対するに、魔獣には知性があるから個がある」

「ん……んん⁇」

ブチブチと素材を毟っては持参していた麻袋に放り込んでいたソラは、リアムの言葉の意味を捉えきれずに疑問の唸りを上げた。背中越しに聞こえるリアムの声はくぐもっていて、しゃがんで作業をしているせいか、いつもより低い。

「好みがあるかないかを想像すればいい。スライムなどの魔物には好みがない。食欲とかの、種の生存のための欲求があるだけだ。でも、ドラゴンなどの魔獣には好みがある。たとえば、この個体は木の実が好きだとか、肉が好きだとか」

「あ、あー！　なるほどね。魔物には個性みたいなのがないんだ。けど、魔獣には知性があるから個性があるってこと？」

「そうそう。魔獣の中でも特に知性の高いものの中には、人語を操る種もいるし、戦術的な戦いを仕掛けて来る奴もいる。まぁ、そういうのはあまり人里や森の浅い場所には出て来ないが」

リアムの説明によると、魔物は知能も低く個としての意識がないらしい。スライムの話をリアムはしていたが、確かにゲル状の生き物に知能があるとは思えないので納得だ。

対するに魔獣が戦術的な戦いをするのはまだいいとして、人語を操るとは何事だろうかとソラは驚愕した。どういう種にそんな芸当が出来るのかは知らないが、比較的人間に近い声帯を持っているのだろうか？　それとも『聞こえ……ますか……今……あなたの脳内に……直接語りかけています……』というタイプなのだろうか？　非常に気になるところだ。

「はぁん、そうなんだねぇ。じゃあ、このあたりにいるのは魔物だから、そんなに危険じゃない？」

「ああ。……それでも毒を持つ種もいるし、爪や牙が鋭い種も多い。俺がソラを守るつもりだけれど、油断しないでくれ」

「そうだね、私毒消しポーション作れないし。気を付けます！」

ブチブチ、ブチブチとリアムとの他愛《たわい》もない会話の間に、草を毟る音が響いている。

この辺りは、ブーツが地面にふかふかと沈み込むほど、土が柔らかい。足を取られるような感覚と共に、ソラは足首に疲れを感じ始めていた。

じきに腰も痛んでくるはずだ。それまでに、出来るだけ多くの素材、薬草を集めなければ。

（師匠の家では、必要な種類の薬草は栽培してたから楽だったなぁ）

老婆のあばら家の裏手に質素な薬草畑があったことを思い出す。ソラはそこで、老婆の指示通りに薬草の収穫や手入れをしていたので、自然とポーションに必要な薬草の種類は覚えられた。上級ポーションの素材は種類があり過ぎて、覚え切れなかったけれど。

ここは管理されている畑とかではないので、沢山の野草が自生する中で必要なものだけを選んで採取するのは骨が折れる。ソラは無心になり、淡々と薬草の採取を進めた。

030　適材適所って言葉がありましてですね

「ソラ」

「ん？」

採取を始めて三時間ほど経っただろうか。太陽はてっぺんから少し逸れて、斜めから体を照らしてくる。

黙々と作業したお陰で、ソラの手元の麻袋は四つともパンパンに膨れ上がり、そろそろ満杯になりそうだった。

少し離れたところにいたリアムに声をかけられて、ソラは手を止めて首だけで振り返る。しかしフードを被っているせいで背後が見えず、一度脱いでから改めて振り返った。

草を毟っていたはずのリアムが立ち上がって、しゃがむソラのほうを見ている。いい感じに疲労が溜まっていたソラは、口を開くのが些か億劫《おっくう》だった。

「おいで」

「ん！」

リアムの表情からはなにも読み取れず、ソラはこてんと首を傾げながら立ち上がる。なんの用かは分からないが、呼ぶからには理由があるのだろう。

ほんのりと痛む腰を土で汚れた手でトントンと叩きながら、何事かとリアムの傍に近寄った。

「気を付けろ。あそこ、なにかいる」

「ん？」

「ほら、そこだ」

リアムが指差したのはソラがしゃがんでいた場所よりもさらに奥の茂みで、ソラはリアムの横に並んで指差された茂みを見る。言われてみればなんだか少し、茂みが動いているような……いないような……。微妙な揺れ具合である。

「んー……」

風じゃない？　とソラが言おうとしたタイミングで、その茂みが明確に意思を持ってガサガサ、と音を立てて揺れた。ソラのほうがよっぽど茂みに近い場所にいたのに、そこになにかいるなんて全く気が付かなかった。

音を立て始めた茂みを見て、それまで無表情だったリアムの眼光が俄然《がぜん》キツくなる。

——その瞬間。

ザザッ！　と激しく茂みが揺れたかと思うと、そこからなにかがソラ目掛けて一直線に飛び出してきた。え、うわ、なに⁉と叫ぶ間もなく、ソラの背中に固いものが当たった。

ソラは、確かにこの目で茂みから飛び出してくる生き物を見ていたはずなのだ。それが、どういうわけか今は、視界がリアムの腹部でいっぱいになっている。

「っ、……ソラ、ここにいて」

「ん⁉」

あまりに一瞬の出来事で、ソラは状況を直ぐには理解出来なかった。

恐らく、横から伸びたリアムの手がソラの腕と腰を摑んで、ぐいっと横に引いたのだろう。そのまま木に押し付けられる形でリアムに庇われているのだ。リアムは拳一つ分の距離を取ってそうっとソラを覗き込んできた。その顔は不安そうな面持ちで、それでいて困ったように、口だけを歪めて優しく微笑んでいる。壁ドンならぬ木ドンである。優しく押し付けられているので痛くはない。

「……悪い」

リアムは近過ぎる距離感に照れたように視線を逸らすが、たった今魔物に襲われかけたソラはそれどころではない。照れていられるほどの余裕綽々《よゆうしゃくしゃく》ぶりが不思議で目を丸くする。

ソラに向かって飛んで来たはずの生き物は、ソラという標的が目の前から急に消えたことで、ゴロリと地面を転がる。イタチに似たその生き物は小型犬くらいの大きさで、地面で体を波打たせてからバランスを取って立ち上がると、こちらに向き直ってリアムを睨んだ。

「借りるよ」

リアムが、ソラの耳元でポツリと呟いて体を離す。

急に開けた視界に、ポカンとして壁……いや、木に凭れかかったまま、ナイフを持つリアムの背を見詰めた。え、ナイフ？

慌ててソラが木と腰の間に手を突っ込んで自分のベルトに触ると、ナイフシースに入れてあったはずのソラのボウイナイフがなくなっていた。腰を引かれた時だろうか、それとも離れた時？　気付く間もないほどの早業だった。

リアムは大股でその生き物に近寄ると、地面にダガーを突き刺すようにしてアッサリとその生き物を仕留めてしまう。ぴっと辺りに粒状の鮮血が広がって、それを見たソラはカチリと固まった。

リアムはふぅ、と息を吐き出してから地面からダガーを引き抜く。生き物からもダガーが抜けて、もう一度血飛沫《ちしぶき》が散った。二度目の血飛沫のほうが派手で、リアムのボトムスに当たってパタタと生々しい音が鳴る。

「…………」

「待て、まだいる。そこにいてくれ」

終わったものかと思いリアムに駆け寄ろうとしたソラは、低い声で制されて慌ててその場に留まる。リアムが言い終わるや否や、リアムに向かって数匹のイタチモドキが合図をしたかのように一斉に茂みから飛び出してきた。

ソラにはリアムの動きを目で追えなかった。ナイフを構えたまま、腰を落としてぐるりと一回転したように見えたけれど、それも定かではない。ザッ、ザシュッ、ギッ、と皮膚を裂くような音が何回か響いて、止まった。

本当にソラにはなにが起こったのかよく分からないままに、気が付いた時にはリアムの足元には複数のイタチモドキが血塗れで絶命していた。

「リアム……、も、もういい？」

ここに至って、ようやく人語らしい言葉を発することが出来た。ただいま人間界。

ソラが不安げにリアムの背に声をかけると、自分の声が思いの外揺れていて、震えていて、小さくて。そこで初めてソラは自分がぷるっぷると震えていることに気がついた。

「ああ、いいよ」

そう言いながらも、リアムはソラに視線を投げることはなく、大股で三歩ほど歩いて茂みに近付く。素早くズボッと草の中に手を入れてから腕を引き抜くと、その手にはイタチモドキが首を摑まれてプラリと垂れ下がっていた。

どうやら他の個体より小さめのこの子は、リアムを恐れて飛びかからなかったらしい。ソラは惨殺現場を見ないようにしながら、リアムの傍にぱたぱたと駆け寄った。

「はぁ、びっくりした。リアム、ありがとう」

「俺の仕事だから、構わない。……これはホーンディーゼル。そう強くない魔物だ。ソラがポーションを売りに行く時にこれも一緒に売ろう。戦闘なんて久々で焦ったが、ホーンディーゼルでよかった」

「うえぇ、こんな可愛い見た目なのに凶暴なんだ」

最初は無抵抗だったホーンディーゼルは、我に返ったのか、長い胴をくねらせてリアムの腕から逃れようと必死にもがいている。猫を摘むように首の後ろを摑んでいるので爪も牙もリアムの腕には届かないが、見たところかなり鋭いようだ。

ソラはホーンディーゼルが碌《ろく》な抵抗が出来ないのをいいことに、じっくりと観察を続ける。

体毛は黒っぽいグレー。かなり暗めの色合いで、瞳は赤い。毛並みは野生のくせにツヤッツヤだった。ソラの髪はパサついているのに……。丸っこい顔に、ちょこんと耳が乗っていて、目もクリクリ。

そんな可愛い生き物が、ギューギューと甲高《かんだか》い声で鳴きながら歯を剝き出しにしてブチギレ中である。

殺傷能力が一番高そうなのは、リアムのように額に付いた角。毛皮と同系色の角はマットな質感で、鬼のものとは違い一本しかない。鋭く長い角で、これに刺されたらソラは一溜まりもなかっただろう。先程リアムに木ドンされなければ間違いなく刺されていた。

リアムはナイフを持つ手を宙で振り、刃についた血液を飛ばす。地面にピシャリと血が広がって、ソラは顔を顰めた。

「……ソラ。いざという時のために仕留める練習をしておくか？　俺が押さえておくけど」

「いや、いい！　いい！　いらん！　それはリアムの担当で‼」

リアムに目前までホーンディーゼルを突き出され、ソラは腕を体の前に出して手と顔をブンブンと横に振り、おおげさなまでに拒否する。頭を振り過ぎて頭痛がするくらいに。

リアムは、そうかと短く言って、持っていたダガーをくるりと器用に手の中で回し、逆手で持ってホーンディーゼルの喉元に一息に突き立てた。……それもなんだか、嬉しそうに。リアムの担当という言葉のなにがそんなに嬉しいのか。理解に苦しむ……。

実に無駄のないスマートな動きで、リアムは明らかに魔物を狩ることに手慣れているようだった。

血が周りに飛ばないよう首を地面に向けてからナイフを引き抜くと、ドバ、と地に向けて鮮血が溢れ出す。

「ひぇっ」

ギュ、と小さく一声鳴いて命の灯火《ともしび》を消したホーンディーゼルは体をだらりと弛緩させる。くたりとした体はまだ柔らかそうで、生きているように見えた。

ソラは情けないと思いつつも、怯えることしか出来ない。これは、ホーンディーゼルの急襲による怯えではなく、命を奪うことに対する怯え。

先進国生まれ、奴隷育ちのソラは、当然生き物を殺したことなんてない。特に日本にいた頃は、肉はスーパーで加工済みのものを購入していたので、生き物を捌いたことすらない。

漫画やアニメで見ると、異世界に突然飛ばされた人たちは、いとも簡単にモンスターの討伐をこなしていたけれど、ソラには生き物に刃を突き立てるのは難しそうだ。

目の前に生きた犬がいて、じゃあこのナイフで刺してみろと言われても、きっと日本にいるほとんどの人が出来ないのではないだろうか。たとえ死んでいたとしても、恐らくソラには刺せない。よっぽど追い詰められていたら別かもしれないけれど。

もちろん、必要に駆られて行《おこな》っていると理解している。否定するつもりはない。ただ、ソラには出来ないというだけ。

どうやら、ソラの撞着《どうちゃく》したこの問題は解決しなさそうだ。全然関係ないがマタギはすげえとソラは思う。

「大丈夫か？　少し顔色が悪い」

ダガーをボトムスの生地で拭っていたリアムが、ソラの蒼《あお》い顔を見て、心配そうに聞いてくる。そう言われて初めて、ソラはあまり体調が芳しくないことに気付いた。

コクコクと二回頷いてから、ソラは拭い終え綺麗になったダガーを受け取った。

「大丈夫。だけど、ぶっちゃけめちゃくちゃ怖かった。生き物を自分が殺すって、そう考えるだけでもう駄目だった。私、ほんとリアムを買ってよかったー……」

ソラが神妙な面持ちでそう言うと、リアムはあぁ、と思い当たったような声を出す。

そして惨殺現場に足を向け、いずれも見事に首に一刺ししてあるホーンディーゼルを集め始めた。未だに血の滴るホーンディーゼルの後ろ足を細い縄で纏めて一つに括《くく》って、一番近くにある木に逆さに吊るす。どうやら血抜きをするようだ。

「なるほど、言いたいことは分かるよ。ソラはそのままでいいから、気にするな。これは俺の仕事だから。俺に任せて」

た、頼もしい……。いつもの三割増しで男前に見えるリアムに尊敬と感謝の眼差《まなざ》しを送りながら、ソラは手の中のナイフをナイフシースに片付けた。

「暗くなり過ぎる前に帰ろうか」

「そうだね、結構疲れちゃった」

ソラは草でパンパンになった麻袋を見ながら同意する。

慣れないことをやったり経験したせいで、体も心も、既にくたくただった。

ソラはこの出来事で、リアムはソラが想像していたよりもずっと強いのではないかと思った。対峙した魔物が比較的弱かったというのも、もちろんあるだろうが。

だとしても、ソラが今まで生きてきた中で、目で追えないほどの動きが出来る人になんて、会ったことがない。

リアムの動きはあまりにも速過ぎた。もしかしたら、なにか魔法を使ったのかもしれないが。本当に一瞬で木に押し付けられたし、本当に一瞬で戦闘が終わってしまった。

ソラには冒険者のランクの違いがよく分からないが、元Bランクということで、うだつの上がらないような中途半端さを感じていた。アニメではSランク冒険者！　などの設定が多かったので、感覚がおかしくなっているようだ。

これは認識を改めたほうがいいかもしれない。元Bランク、すげぇ！

031　イッツバーン！　あ、中火で

森からの帰宅途中に寄った店で、分解式の鍋と掻き混ぜるための木ベラを買った。

シチュー鍋より少し大きめで、高さと内径が約四十センチの寸胴鍋《ずんどう》は、ソラが持つと抱えなければならないような大きさだ。これでも老婆の家で使っていた特大鍋と比べたら、その半分もない大きさなのだけれど。

六分割にバラバラに出来る鍋は、組み立てると大きいが、分割して重ねればそう場所を取らない。今後背負い鞄に入れて持ち歩く際にも重宝しそうだ。接合部分をカチリと嵌め合わせると水漏れしない鍋になるのだから、本当に便利なものだ。

アルコールコンロも購入しようとして、こちらはリアムに止められた。どうやらリアムが得意な魔法の一つが火の魔法らしい。『俺がいれば、コンロはいらないよ』と言われれば諸手を上げて賛成だった。ソラも余計な出費は避けたい。ただ、いずれリアムから逃走が成功した暁には、コンロを買おうと思う。

「はい、それでは！　ソラちゃんのポーション作り、はっじめっっるよー！」

大鷲亭の自室に戻ったソラは、ガタガタと耳障りな音を立てながら、窓辺までテーブルを持って行こうとする。フンフンと呼吸を荒げながら引き摺ろうとするのだが、木製の堅牢な造りの重いテーブルは少しずつしか動いてくれない。

見兼ねたリアムが隣からひょいとテーブルを奪って、窓辺に持って行ってくれた。こんなクソ重いテーブルを引き摺るんじゃなく持ち上げるなんて、ゴリラかな？

「俺はなにをすればいい？」

「んえ？　一人で大丈夫だよ。火にかけるタイミングで声かけるから」

テーブルの上に、木ベラと、ナイフシースごと腰から外したボウイナイフ、それから採取したばかりの素材の入った麻袋をドーンと並べる。

先程大鷲亭の女将に水を入れてもらっていた大鍋を、リアムに頼んでテーブルの上に載せてもらう。満タンに入った水がたぷたぷと水音を立てている。

因みにホーンディーゼルの死体は、ソラの『なるべく遠くへ置いて』の要望通り、クエストで受けたムマリコが詰まった麻袋と共に、部屋の隅にちょーんと置かれている。

リアムの出番はしばらくないと伝えると、リアムは不満そうな、というか不安そうな表情になった。しかし、ここからは手順を一つでも間違えると効能が失われてしまう。

そんな顔をされても、リアムに構いながら作業するのは難しいのだ。

「うーん……」

ソラの困ったような声が響いて、じっとソラを見るリアムと視線がぶつかる。もう室内だからと頭の布は外しているので、ぬるりと光る黒い角が顕《あらわ》になっている。

しばしの逡巡ののち、ソラはピンと閃《ひらめ》いてつま先を上げた。足元に転がっているほうの小さな麻袋を掴むと、口をほどいてからリアムに渡す。

「じゃあ、これ！　中級ポーションの材料なんだけど、あとで作るの練習するつもりだから仕分けしてくれる？　ごちゃまぜで採取しちゃったから」

「……！　ああ、やる」

「うん、お願いね！」

きっと犬ならぴこんと耳が立っただんろうな、というくらいの反応で、リアムは嬉しそうに麻袋を受け取った。その嬉々とした反応を見て、ソラはほっと胸を撫で下ろす。

さて、ここからソラはポーション作りの作業に入る。

火傷しないようにしっかりとローブを整えて、前開きの隙間から腕だけを出した。

「よし、やるぞー！」

テーブルの上で大きな麻袋を開くと、わっさぁとティージュグラスがはみ出してくる。レモンのようなほんのりとした酸味のある香りはティージュグラス特有のもので、ソラはこの香りが好きだった。

テーブルの上で傷んでいる葉を取り除きながら、大鍋の中にどんどん放り込んでいく。

「もりもり入れるよー」

相変わらず、ソラの作業中の独り言は抜けない。

ヒタヒタになるほど沢山のティージュグラスを入れると、鍋から水が零れそうになる。そのあたりで投入するのを止めて、麻袋の口を再びしっかりと縛った。

ティージュグラスは薬品の効能を数倍にしてくれるが、熱を加え高温にすると、上手く液体に溶け出さないのだ。だから水を沸かす前に入れて放置し、しっかりと薬効を抽出してから加熱する必要がある。

「んで、次！」

ソラはティージュグラスの薬効が水に溶けだすのを待つ間に、フルモク苔の入った麻袋を開く。麻袋から掻き出すようにしてテーブルに広げた。

採取したばかりのフルモク苔はサラサラとしているが、このまま根が付いた状態で放置しておくと、その根からヌルリと粘性の液体を出し始める。その粘性の液体こそが滋養強壮の効果を持つらしい。ソラはコレを苔ローションと呼んでいる。

なら、そのローションをポーションに入れればいいのでは？　と思っただろう。ソラも最初はそう思った。

だが、この粘性の液体は水溶性ではなく、その状態になってしまうと湯に入れても混ざらず、水に油を入れたように浮いてしまうのだ。だから、フルモク苔の根がローションを出してしまう前に、根を取ってやらなければならない。煩《わずら》わしいが大切な作業だ。

ソラは机に広げたフルモク苔をひっくり返して、丁寧に根を取り除いていく。毛細血管のような細い細い根はごく軽い力で千切れるので、ガンガンいこうぜ！　の気持ちで取り組んだ。

「目が疲れる作業なんだよなぁ」

そうぼやきながら、ぷちぷち、ぷちぷちと根を千切っていく。この根は中級ポーションの材料になるので、一か所に纏めて置いておく。

白いふわふわとした根が積み重なると、なんだかワタアメのように見えた。ぐぅ、と素直に反応するお腹を押さえ付け、作業に集中する。

「これくらいあればいいかな。で、次！」

根を切り離した苔をテーブルの端に避けて置き、新しい麻袋を開いた。

コロコロとストローのようなエキュリムの茎が机になだれ込み、ソラは慌てて麻袋の口を縛る。

「おっと……、こんなにいらない」

テーブルの上にタオルを敷いて、上にエキュリムの茎を綺麗に並べて置く。ナイフシースからボウイナイフを取り出して、いざ！　と構えた。

元々エキュリムは短めの茎なのだが、それをさらに一センチほどに細かく切っていく。細ネギを切るようで楽しく、ソラはこの作業がお気に入りだ。

そういえば、と思い出して、ソラはナイフの動かし方を変えた。

これを購入する時、リアムはナイフの刃を回すようにして切ると力が要らないと言っていた。早速、とばかりに茎に当てた刃を滑らせるようにして回転させると、力を入れずとも刃の重みだけでスルンと切れる。……が、まな板代わりのタオルまで一緒に切れた。これは凄いと感動している暇なんてない。

ヤバイと慌てたソラは、タオルを捲ってテーブルを確認するが、傷は付いておらず心底安堵した。

（うん……これはちょっと切れ味良過ぎかな。お肉を切る時だけこの切り方にしよう）

順調に茎を切り分けていき、小さな円柱型になった茎を一山に纏める。


ここまで準備して、ようやくリアムの出番だ。

「リアム！　火が欲しい！」

青臭くなった手をぷらぷらと揺らしながら振り返ると、リアムは真剣な顔で腕立て伏せをしていた。渡した中級ポーションの素材は綺麗に仕分けし終わり、手持ち無沙汰になって体を鍛えていたらしい。

床で腕立て伏せをするリアムの前には、麻袋から出された素材が選り分けて置かれている。とても丁寧な、ちゃんとした仕事ぶりである。

「中火くらいで、鍋の下にお願い」

「分かった」

立ち上がってテーブルに近付くリアムの邪魔にならないよう、ソラはスペースを空ける。ついでに、とテーブルの横側から手を伸ばして、窓を開け放った。外は逢魔《おうま》が時《とき》になり薄暗く、昼とは違った湿り気を帯びたぬるい風が入り込んでくる。

「よし、窓も開けたし、ドドンと火つけちゃって！　イッツバーン！」

「いや、中火なんだろう？」

「そうだった」

金属製のクッカースタンドに載せた鍋の手前で、リアムが鍋を指差すようにして人差し指を立てる。また、あの面白い中二病的なのが聞ける！　とワクワクしたのに、期待はずれにもリアムは特になにも詠唱せず、指先を少し動かしただけだった。

途端、リアムの指先に三センチくらいの小さな炎の球が渦巻いて綺麗な円を描く。その炎は赤でも青でもなく、なんと黒。地獄の炎とでも呼ぶのがピッタリな色合いだ。ぐるりと水面のように波打つ黒い炎は禍々《まがまが》しいながらも幻想的で美しくて、ソラはほぅと見惚《みと》れる。

「キレー……」

ソラは一人目の主だった魔術研究家の男の許で色々な魔法を目にしたが、詠唱せずに魔法を使うことは無かったし、火の魔法も普通に赤色だった。

リアムはその指先でちょんと鍋の底を突《つっ》く。黒い炎が鍋に移り、ブワ、と鍋の底を覆うようにして広がって、チリと小さく音を立てた。

「中火だとこれくらいか。……ソラ？」

「えっ、あっ、ごめん。うん、それくらいで！　ねぇ、中二病は？」

「ちゅうに……なんだ？」

「なんか魔法使う時に唱える小っ恥ずかしいやつ！　ないの？」

ソラは鍋から目線を外さず、リアムに問いかける。リアムは直ぐに思い至ったようで、小さな声で詠唱のことかと呟く。

「詠唱はもちろん、規模の大きな魔法では使うよ。俺は魔力量が大きいから、鍋を火にかける程度の火力では詠唱しない。詠唱を唱えると最小限の火力でもこの窓と窓枠が吹き飛ぶが」

「吹き飛ぶ!?　マジかよ!!　詠唱しないでくれてありがとう!!」

そりゃ大変なことになるところだった。大鷲亭の修理費をポンと出せるほどソラの懐は暖かくない。ソラはおおげさなほど感謝しながら、木ベラを持った。

「あと、なんで炎黒いの？」

「分からないが……、昔から俺が火魔法を使うとこの色になる」

「へぇ……」

リアムを鍋の前から追いやり、ソラがテーブルを陣取る。

まだ煮えていない鍋に木ベラを突っ込み、器用に鍋からティージュグラスの葉を取り出した。掻き混ぜる用途のヘラなのでやり辛いことこの上ないが、鍋の縁と木ベラで挟むようにしながら少しずつ。粗方の葉を取り出すと、薬効が溶け出した水は鮮やかな緑色に変わっていた。

とりあえずここまでは問題ない、とソラはふぅと息を吐き出す。真剣な表情に切り変わったソラを見て、リアムは邪魔しないように下がってベッドに腰かけた。


「そういえば、ポーションの効果ってどう違うんだ？」

「低級とか中級とかってこと？」

「ああ。俺が冒険者だった時は低級と中級しか使わなかったから、あまり詳しくないんだ」

「ううんと……それを言うなら、私薬魔師《やくまし》なのに、初めてポーション使ったのがこの間の靴屋三兄弟に石投げられて怪我した時だよ？　ちょっとまってね」

ソラは、低級ポーションしか作れないということもあり、あまり効能の度合いについては詳しくない。行き倒れたソラを拾った老婆はケチだったので、ズタボロだった足をポーションで治してはくれず、薬草を貼り付けただけで治療を終えた。

返事を言い淀ませながら一度木ベラを置いて、肩がけカバンに近付く。ゴソゴソと中を漁って取り出したのは小さな本で、それをじゃーん！　と効果音付きでリアムに渡す。

「あった！」

「この本はなんだ？」

「それ、ポーションのレシピ本！　私の師匠の家からパクってきた」

「……へぇ」

リアムはもの珍しげに本をマジマジと見詰めて、パラパラと捲り始めた。ソラは直ぐ様テーブルに駆け寄って、再び鍋に手を付ける。

古ぼけて角の取れた本は何度も読み込まれている様子だった。ソラの手の平サイズの本は中の文字も相応に小さい。

「私は文字読めないから……多分それに詳しく書いてあると思う」

「読もうか？」

「うんっ！　聞きたい！」

リアムの提案に嬉々と乗っかったソラは、ポーション作成作業を続けながら、耳だけを彼の言葉に傾けることにした。リアムは該当箇所を見付けると、普段話す調子よりもややゆっくりと、そして落ち着いた声色で読み始める。

「低級ポーションについて。低級ポーションには擦り傷、打撲、捻挫、軽い疲労、浅い切り傷を癒す力があります。これ以上の症状も多量を消費すれば治癒率は僅かに上がりますが、中級以上のポーションの使用をお勧めします。だそうだ」

「ふむふむ」

「中級ポーションについて。中級ポーションは低級ポーションで治癒が可能な症状に加え、さらに火傷、骨折、重い疲労、縫合を必要とする切り傷を癒す力があります。これ以上の症状も多量を消費すれば治癒率は僅かに上がりますが、上級以上のポーションの使用をお勧めします。続けるぞ」

ソラの背後で、ペラリと紙を捲る音が聞こえた。リアムが読み上げる声は聞き取り易く心地いい。

「上級ポーションについて。上級ポーションは中級ポーションで治癒が可能な症状に加え、さらに重度の複雑骨折、部分的な壊死《えし》や死肉、部分的な欠損を癒す力があります。これ以上の症状も多量を消費すれば治癒率は上がりますが、エリクサーの使用をお勧めします。完全に切り離された四肢などの欠損には効果が有りませんが、傷口の治癒は可能です。また、全てのポーションにおいて失った血液を補うことは出来ません」

「あー、リアムの腕の抉れた傷には上級ポーションが効くけれど、ミゲル爺の足が生えたりはしないってことかぁ」

「……エリクサーなんて霊薬、本当にあるか疑わしいがな」

ソラがミゲルの義足を思い出しながらポツリと呟いた言葉はリアムには届かなかったようで、本を繰り返しパラパラと捲りながらリアムは呟く。

血液が補えないということは、傷が治っても出血多量で死んでしまう可能性があることを示唆している。ポーションが便利なアイテムであるのは間違いないが、決して万能なアイテムではないのだとソラは改めて心に留める。

老婆のところで全てのポーションの素材を覚えるには、三ヶ月という期間は短《みじ》か過ぎた。元はといえば手伝いをするだけで、薬魔師《やくまし》になろうなんて全く思っていなかったのだから、尚更だ。

薬草の種類。外見的特徴。それぞれの薬草に合った栽培方法。採取した素材の処理の仕方。処理済み素材の保管の仕方。薬効の抽出方法。鍋に入れる順番、そしてタイミング。

中級、上級ポーション作りにおいて、この全てを理解し完璧に行えるようになるのはまだ先だろう。

「とりあえず今日は低級ポーション作りだけれど、少しでも早く中級ポーションを作れるように練習するね！」

ソラが明るく意気込んでそう言うと、リアムは微笑を浮かべて、そうだなと同意した。

032　イッツバーン！　あ、とろ火で

「ええと、次は……」

治癒効果のあるメルグラスを、特に処理せぬまま鍋に入れる。メインとも言える大切な素材だ。

ようやくここにきて鍋の濁《にごり》に気泡がふつふつと出始めていたが、冷たいメルグラスの葉が入ったことで温度が下がり、気泡が消えた。

ポーション作りにおいてこのタイミングの見極めが一番難しいのだが、老婆にみっちり仕込まれたソラにはお手のものだ。木ベラでくるりと掻き混ぜると、くゆる湯気から葉の爽やかな香りが立ち上ってきた。それは部屋に留まらず、開けた窓から外にふわりと流れ出ていく。

「うん、いい感じ！」

しばらくすると再び気泡が出始めたので、今度は根を取ったフルモク苔をボトンと鍋に入れる。湯に浸されたフルモク苔は、水をかけたオニギリのようにホロホロと崩れて小さな薄紫色の粒になる。しっかりとした塊だったはずなのに、いつ見ても不思議な光景である。

放っておくと重さで底に沈んでしまうので、鍋の底から持ち上げるようにしてしっかりと掻き混ぜる。ぐるぐる、ぐるぐる。

鍋の前で作業をしているので、うっすらと汗が出てきた。それを腕で拭いながら、ソラはせっせと掻き混ぜる。ぐるぐる、ぐるぐる。

徐々に湯が沸いてきて、ぐつりと動き始めた。完全に沸騰させず、九十度程度を保たなければいけないので、掻き混ぜ続ける。

「リアム、少し火を弱めたいんだけど」

「どれくらい？」

「とろ火！」

鍋を混ぜる手を止めずにリアムにそう言うと、リアムは立ち上がってソラの後ろから手を伸ばす。背中を抱くように覆われて、ソラは少しだけドキリとした。ほんの少しだけ。

リアムの腕が鍋の下に差し込まれ、炎を摑むように握り締める。いや、炎を取ると言ったほうが正しいだろうか。

急に炎に触ったりするものだから、ソラはぎょっと目を見開いて、思わず液体を掻き回す手を止めてしまう。リアムの手に取られた炎は一瞬で消えて、鍋の底に張り付く火の量がぐっと減った。そしてリアムの体がソラの背中から離れていった。

「熱くないの？」

「俺の魔法で作った炎だから、熱くはない。これを火種として薪《まき》とかに火を付けたら、そっちの炎は熱くて触れないけどな」

ふぅん、と鼻で返事を返しながら、ソラは再び掻き混ぜ始める。漫然と返事をしながら、なるほど、そういうものかと考える。

リアムの炎純度百パーセントなら熱くなくて、リアムの炎を火種として燃えたものは純度が低いから熱いということなのだろうか。ソラは魔法には詳しくないので、こういう話を聞けるのも楽しいし嬉しくなる。

「ん？　どしたの？」

「いや……ポーション作りを見るのは初めてだから」

混ぜ続けている腕が強張ってきた。ソラがぐるりと肩を回すと、まだ近い位置にいたリアムの腰に肘が当たる。

リアムは興味津々といった様子で、ソラより頭三つ分は高い位置から鍋を覗き込んでいて、ソラはふふ、と笑いを溢した。

「ぐるぐる混ぜるの、リアムもする？　やってみる？」

「うん？　いや、俺は出来ないだろう」

「なんで？　混ぜるだけだから簡単だよ？」

「いや、俺は出来ない」

「えええ？　ホントに混ぜるだけだよ？」

リアムは覗き込んでいた体勢を真っ直ぐに戻して、心底不思議そうにソラを見た。いや、そんな不思議そうに見られても、こっちこそ不思議なんだが。

なぜ、鍋をかき混ぜるだけの単純作業を、そこまで出来ないと言い切り拒否するのか。なんだか会話が噛み合っていない気がして、二人してお互いを見ながら首を傾げた。

「俺には適性がないから、無理だ。俺が混ぜるとポーションにならないだろう？」

「んんん⁇　なんでポーションにならないの？　適性ってなんのこと？」

リアムはポカンという効果音の似合う唖然とした顔をして、直ぐに表情を引き締めるとソラから離れてベッドに腰かける。長い足を組んで、腿に肘を突くとこう言った。

「そうか、ポーションが作れるくらいだから適性のことも知っていると思っていたが。……人にはそれぞれ、適性があるんだよ。その適正によって、使える魔法が限られてくるんだ」

「ふむふむ？」

「そもそも魔法には種類があるんだが、それは知っているか？」

「いや、知らない。教えて！」

そう言いながら、ソラは仕上げに細切れにしたエキュリムの茎を鍋に入れた。そして掻き混ぜるのを止めて、木ベラをテーブルに置く。

あとはとろ火で沸騰させないようにして、二時間程度煮込むだけである。本当はもう少し掻き混ぜてもいいのだが、興味のある話題に食い付くことにした。

ソラはテーブルから離れて、リアムと同じようにベッドに座った。膝を突き合わせるような形で向き合い、リアムの話に耳を傾ける。

「魔法の種類は豊富で、主に使用されるのは火、水、土、風、雷の五種類だ」

「あー、なんかそれっぽい」

「変わり種で音、光、闇、毒とかもあるが、それらは使い勝手があまりよくなかったり、使い手がかなり限られているから覚えなくていいよ。……で、話を戻すが、これらの魔法を使うには、適正があるかどうかが重要になってくるんだ」

「なるほど？　適性があればその魔法を使えるの？」

「そうだな。俺の場合は主に火と雷に適性がある。火と雷ほどじゃないが、風と闇もまぁまぁ、使える。他の属性の魔法はほとんど無理だな」

リアムは指を折って数えながら説明し、ソラは四つ指が折られたのを見てほうと息を吐き出した。

「へぇ！　一種類だけじゃないのは普通？　それともリアムが優秀なの？」

「一応、普通の範囲だと思う。大抵皆、二、三個は適正があるものだ」

「そうなんだ……」

「で、ソラには適性がない」

「…………………は？」

「だから、ソラには魔法を使う適性がないんだ。たまに、そういう人間がいる」

ソラはリアムの言葉にキョトンとして、それからみるみるうちに肩を落として俯いた。そんな馬鹿な、ここまでワクワクさせておいて、そんなことがあるだろうか。せめて、もう少しオブラートに包んで、婉曲に言って欲しかった。

「そんな……。この話の流れで、私の魔法属性ナンダロナってめっちゃ楽しみにしてたのに……。私にもなにか魔法使えるのかなって。なのに、そんなことある？　悲し過ぎない？」

ズーンという効果音が聞こえてきそうなほど落ち込んだソラを見て、リアムが慌て始める。

「わ、悪い……だが、魔法を使う適性がないことこそが、ポーションを作る適性なんだ」

リアムは自分のベッドからソラのベッドに移り、隣に座ってソラの俯いた顔を覗き込んだ。そしてフードに手をかけて、ゆっくりと外す。急に視界が明るくなったソラは顔を上げて、リアムを見詰めた。

「最後に掻き混ぜる時に魔力を流し込むだろう？　適性のない人間の魔力じゃないと、ポーションにならないんだと聞いている」

「え、待って。魔力を流し込むってなに？」

「流し込んでないのか？」

「流し込んでないな」

「…………多分、無意識に流し込んでいるはずだ」

なんてこった。どうやらソラは無意識のうちに魔力を垂れ流していたらしい。

「ともかく、ソラには魔法を使う適性はないが、ポーションを作る適性がある。俺にはポーションを作る適性がないが、魔法を使う適性がある。ポーションの作り手である薬魔師《やくまし》が少ないのは、適性のない人間が少ないせいだ」

「え!?　もしかしてめっちゃレアなの!?」

「いや、そうでもないが……まぁ、少ない」

「なんだよ！」

異世界転生ボーナスとか、チートなんてもんは無かった。上げて落とすのが上手過ぎるだろう。

ちょっとくらい特別ななにかがあってもいいと思うが、悲しいかな何一つ無さそうだ。

ただ、そのあとに続けられたリアムの言葉を聞くところによると、やはり無適正というのは若干珍しいようで、喩えるなら元の世界での法医学者と同程度の人数しかいないらしい。

確かに、コンビニの店員さんに比べれば法医学者のほうが人数は少ないだろうが、いなくはない。世界に数名しかいないとか、日本で一人だけしかいないとか、そこまでレア度が高いわけじゃない。少ないけれど、いる。

薬魔師《やくまし》は、その程度の割合で存在しているらしい。

「だが、ソラは魔力の質がいい。魔力の質がいい者がポーションを作ると品質がよくなるから重宝されるし、魔力の質がいい人間は少ないよ」

「……つまり、レア!?」

「そうだな。ただ、魔力量は少ないみたいだから、他の仕事に従事するのには向かないだろうが」

「ねえ、なんで私、そんな中途半端にポンコツ感あるの？　上げて落として楽しい？　高低差激し過ぎるよ、ジェットコースターもびっくりだよ」

リアムの言葉を鵜呑みにするならば、ソラの魔力はかなり使い勝手が悪そうだ。

ついこの間、シャワーを浴びようとして魔石に触れた時のことを思い出す。あの時は、湯の温度が異様に熱く、量が少なかった。リアムはその時も、魔力の質が良く、量が少ないと言っていた。

翌日からはいい感じに湯よ出ろ！　と念じながら魔石に触れたら、温度の量も安定したけれど。

ソラは日本にいた頃からそうだった。思えば昔から、本当に中途半端に運が良かったように思う。

そして結果も中途半端だった。

学校帰りにガチャガチャで遊んだら、一番欲しいなと思っている景品が出る確率が高かった。ただ、出た玩具は壊れていたり、塗装が甘かったりしたけれど。

母に連れられて行った街の福引では、特賞や一等賞は当たらないものの、三等賞が当たったり。ただ、トースターやマッサージ器など、小学生のソラには興味のないものばかりだったけれど。コンビニで引いたクジは五枚引いて五枚とも当たりなんてザラだった。ただ、ソラの食べられないものが景品なことが多かったけれど。

そんな小さいことで運がいい代わりに、なんとも微妙な、塩っぱい結果で終わるのがソラクオリティーだ。……別に悲しくなんてない。

閑話休題。ともかく、ソラには薬魔師《やくまし》以外の道は無さそうだ。老婆に拾って貰えたのも、ソラが魔法を使うのには適さない無属性の魔力を持っていると分かったからかもしれない。

魔力の測定などどうやるのかは知らないが、たとえ難しくても老婆ならやってのけそうな気がするし。

「まぁでも、分かった。とにかく私は魔法が使えないってことなのね」

「そうなるな」

「つまんないのー」

ソラは拗ねた様子でむくれてベッドに仰向けに倒れ込む。せっかくの異世界生活なら魔法らしいものの一つでも使ってみたかった、と諦め切れずにパタパタと足を動かした。

リアムが上から見下ろす体勢で、ベッドに腕を突いてソラの顔を覗き込む。反対の手でソラの前髪にそっと触れて、目にかかる髪をサラリと横に流した。

「そう落ち込むな。薬魔師《やくまし》はそう多くないと言っただろう？　ポーションはかなり重宝されるんだ。ソラが作れば助かる人がいるんだから」

「うん……。うん、そっか、そうだよね。あ！　やばい、鍋！」

リアムにそう言われるとほっこりとした気分になり、単純な思考で直ぐに機嫌が上向く。

話に集中していたせいで鍋を見るのを忘れていたソラは慌てて体を起こし、リアムの下からするりと抜け出してテーブルに近付いた。

「よかった、もう少しで出来そう」

エキュリムの茎を入れたことで、澄んだ緑色だった液体が乳白色を含んだ優しい緑色に変わってきている。

最後に、老婆のあばら家から持ってきた、色んな種類の石が入った小さな皮袋を取り出す。ソラの手の平に収まるほど小さな袋を開いて、中から緑色の石を摘んで取り出した。これは魔石らしい。高価なものだが、ポーション作りをするなら欠かせない。

『中の魔力を定着させるための魔石だよ、ヒヒヒ』

そのときは分からなかった老婆の言葉の意味が、リアムに色々と教えてもらった今ならば分かる。ポーションに流し込んだソラの魔力を、液体に定着させるために使うようだ。

ソラは魔石が割れないように、ゆっくりと鍋に沈めた。もう少し煮詰めて、若干のとろみが出れば完成だ。

素材集めからポーション作りまで非常に疲れた一日だったが、明日これを売れば即金が手に入る。

鍋を優しくぐるぐると掻き回しながら、ソラはポーションの完成を間近にして顔を綻ばせた。

033　初任給は美味しいもの食べるのに使うって相場が決まってんだよ

「全部持ってくれるの？　重くない？」

「これくらい問題ない」

「そうだ、ゴリラだったわ」

リアムが低級ポーションの詰まった木箱を二段に重ねて持つのを見て、ソラは心配そうにリアムの周りをウロチョロと動き回った。当のリアムはなんでもない様子で、表情も変えずに木箱を持ち上げている。

昨晩、疲れて先に眠ってしまったリアムに毛布をかけてあげてから、ソラはもう一度鍋いっぱいのポーションを作った。まぁ、火が必要な場面では起こしてしまったけれど。

昨日はリアムの例の行為を見ずに済んでホッと……したというのはここだけの話だ。

フルモク苔を未処理のままにしておくとローションを出してしまうので、袋いっぱいのフルモク苔の根を取り外す作業がてらのポーション作り。鍋を掻き混ぜ過ぎて、ソラの腕は一晩経ってもパンパンだった。

容器はガラス製であればなんでもいいので、大量購入したスープの空き瓶を綺麗に洗って再利用することにした。容器を開けた時点で火の魔法は解けているので、ただの瓶になっている。

通常、ポーションはスープ瓶の三分の一くらいの大きさの瓶に入れて売るのだが、手元にこれしか無いのだから仕方がない。大きい容器だと少し使い勝手が悪いのだが、まぁ少しずつ使えばいいだけだから問題ないだろう。

今後はポーション瓶も購入しなければと心にメモをした。

布巾で液体だけに濾《こ》しながら、とろとろと瓶にひたすらポーションを流し込んでいった結果、寸胴鍋二つ分の液体は四十本のポーションになった。通常サイズの小さなポーション瓶であれば百二十本ほどになるだろうか。

一本いくらで売れるかは分からないが、最低限生活が出来るくらいの稼げればいいな、とソラは夢想した。

「ところで、ポーションてどこで売るの？　道具屋？」

「ポーションはギルドでしか売れない。……というか、ギルド以外で売るのは禁止されている。体に使うものだからな、安定した品質のものじゃないといけないから、ギルドが統轄管理しているんだ。で、ギルドから道具屋に卸している」

リアムが迷いない足取りでどんどん進んでいくものだから、どこか販売先にアテがあるのだろうかと、ソラは背後に引っ付いて追いかける。が、リアムの言葉を聞いてギョッとした。

「ぬ！　あのババア！　やっぱ違法だったか！」

老婆は村人にポーションを卸していた。悪そうな顔をしていたが、案の定違法だったらしく、その片棒を担がされたソラとしては憤りを隠せない。

＊＊＊

ギルドの前で、ソラは財布代わりの革袋を握りしめてワナワナと震えている。そんなソラをリアムが心配そうに見詰めていて、往来を行く人々はそんな二人を訝しげに見ている。

「は…………」

「は？」

「初めて自分で稼いだぞーう!!!!」

ソラは拳を天高く突き上げ、財布を掲げる。

顔面をくしゃくしゃに歪めて噛み締めるようにして笑い、大声で叫んだ。急な大声に怯《ひる》んだリアムがソラの隣で体をビクリと震わせた。

ギルドは低級ポーションを一本１５００Ｇ《ゴールド》で道具屋に卸しているらしい。薬魔師からの仕入れは一本１０００Ｇ《ゴールド》、ソラの持って行ったポーションは約三倍入っていたので、一瓶３０００Ｇ《ゴールド》で売れた。四十本全てで、12万Ｇ《ゴールド》になった。

それから、リアムの仕留めたホーンディーゼルも素材として買い取って貰った。爪、毛皮、牙、尻尾が買取対象になり、一匹当たり２０００Ｇ《ゴールド》、十匹で2万Ｇ《ゴールド》だ。そしてＦランククエストのムマリコの葉は、一枚30Ｇ《ゴールド》、二百八十枚で８４００Ｇ《ゴールド》。

クタクタにはなったものの、昨日一日で14万8400G《ゴールド》の稼ぎなら悪くはないはずだ。

というか、むしろソラの想像よりも断然いい。リアムに聞いたところ、8000～1万5000G《ゴールド》がFランク冒険者の平均の日給らしいので、かなりの稼ぎと言えるだろう。

経費を抜いてもかなりの儲けだし、ポーション用の素材もまだ半分ほど残っている。

「はー、めっちゃ嬉しい！　ふへへ、初任給……初任給嬉しいなあ……。よくやった、私！　よくやった、リアム！」

「ソラ、周りが見てるからもう少し静かに……」

ソラはニヘニヘとだらしなく笑いながら、革袋にすりすりと頬ずりをした。リアムに窘められようと関係ないとばかりに表情の緩みは収まらない。

「よし、じゃあスープ生活はそろそろ終わりにして……リアム」

「ああ」

「ご飯を食べに行こう！」

＊＊＊

ギルドからそう離れていない食事処は、ウエイトレスのお姉さんが店内を忙しなく動き回っている、明るい雰囲気の店だった。

清潔なテーブルは好印象で、ソラはにこにこと微笑む。ぼんきゅっぼんなお姉さんは猫の亜人で、歩く度に左右にゆらゆらと揺れる尻尾がとても可愛らしい。

テーブルは全てお揃いなのに、椅子があちこちから掻き集めたようなバラバラのデザインだったので、見た目に楽しかった。

「で、どれにします旦那ぁ！」

ソラは椅子に座り直し、メニューを開きながら嬉々として尋ねる。

「まだ見てるから少し待ってくれ、奥さん」

ソラが言った旦那とは旦那様の意では無かったし、リアムもそれが分かっているはずなのに。わざとらしく奥さんと返すなんて、なんと性格が悪いのだろうとソラはむくれた。

「む……、私人妻じゃないし」

「そうだな、人妻じゃない。少なくとも人妻特有の色気は無さそうだ」

「なにを⁉　お色気ムンムンとは言わないけど、多少はあるよ！　ほら、ほら、この辺とか！」

揶揄いを含んだ口調でそう言われれば、ソラはムキになってローブからバッと手を出した。そしてローブの裾を摑んでスルスルと腿の辺りまで上げて見せ付けるように太腿を晒す。

隣の席に座っていた狼の亜人の男が、ソラの白い生足を見てニヤニヤしながらピュゥと口笛を吹いた。

「っ、……店、店だぞここは！　おい、やめ……！」

「色気ある？　ある？」

「ある、あるよ！　あるから、足を仕舞ってくれ！」

ソラの奇行に慌てたのはリアムだ。リアムは隣の狼の男を一睨みしてから、ソラの手からメニューを奪い、それで太腿を覆って隠す。狼の亜人は気不味そうに顔を逸らした。

満足気にふふんと鼻息を鳴らしたソラは、ローブを摑んでいた手を離して足を隠すと、リアムの手からメニューを取り返す。そしてメニューを見て絶望した。

「文字読めないよ、リアム……。タスケテ」

「だろうな。どんなのが食べたいんだ？」

「ええと……そうだなあ、チーズ！　チーズが入ってるのがいい！　この世界にチーズある？」

「ああ、あるよ。待ってくれ、今見る」

ソラには不要になってしまったメニューをリアムに渡して、読めはしないが一応横から覗き見る。

ギルドで見た用紙の書体よりも、丸っこくて柔らかい印象の文字が沢山並んでいる。

リアムの二の腕にぴとりと体を寄せて、メニューをじっと眺める。写真でも付いていたら分かり易いのに。

「そうだな、モレルル口茸《だけ》のチーズがけ、モルホック牛乳のチーズオムレツか。どっちにする？」

「ひゃー！　どっちも美味しそうだねぇ！　れろれろ茸ってのはちょっと分かんないけど」

「れろれ……えろ、ゴホン、モレルル口茸はある種の魔物が嗅ぎわけて見つける茸《きのこ》だ」

「なにそれ、トリュフかな？」

「サクッとした歯ごたえの、黒くて薫り高い茸だな」

「なにそれ、トリュフだな」

淡々と説明される内容はソラの記憶にあるトリュフと酷似していて、なんとも言えない気持ちになる。

だが、チーズのかかったモレルル口茸も美味しそうだけど、チーズ入りのオムレツにも興味がある。

しかもオムレツに入っているのは、モルホック牛乳から作ったチーズらしい。

ソラは前に一度、ジェイクからモルホック牛の包みパイを一口強奪したが、あれは美味しかった。

その牛のミルクから作ったチーズなんて、どれほど美味しいのだろう。

「ソラ、涎《よだれ》」

「はっ」

緩くなっていた口からタラリと唾液が垂れており、ソラは慌てて袖で口を拭った。

リアムはソラの思い悩む一連の様子を見て、それじゃあとメニューを指差した。

「両方頼めばいい。俺もなにか一つ頼んで、ソラが食べ切れなかったら俺が残りを食べる」

「いいの？」

「ああ、どうせ一人前じゃ足りない」

片手を上げてウエイトレスを呼ぶリアムを見ながら、こういう優しいところが素敵だよなあと、ほんわり心が温まった。


「んんんんー!!　めっちゃうまぁ！」

控え目に言って、料理は最高だった。

モレルロ茸のチーズがけは、芳《こう》ばしく焼いた茸が香り高く、清涼な森の中にいるような香りが鼻を抜けた。元の世界のトリュフはスライスしたり刻んでトッピングする程度の使用方法だったが、ソラのにぎり拳二つ分ほどもある大きな茸はしっかりと焼かれて丸々出て来た。やはり似ているだけで別物の茸らしい。

そして、チーズがけは正しくはチーズソースがけだった。ニンニクの効いたソースに仕立てられたチーズは茸の風味と相まって口の中で溶けると、しんなりとした茸に絡まって暴れ回る。美味の暴力を受けてノックアウト寸前のソラは一度グラスの水を飲んで口をリセットした。

「はー、お口が幸せー……」

蕩けた表情でうっとりと呟いてから、モルホック牛乳のチーズオムレツにも手を伸ばした。ナイフをオムレツに入れると、柔らかな卵が裂けて中からチーズがトロリと溢れ出してくる。まさに、事件は現場で起こっていた。

一口大に切り分けて、チーズをたっぷりと絡めてパクリと食べると、事件現場が口内に変わる。

「うぉ《お》いひ《し》ふ《す》ぎる」

「こら、ちゃんと食べてから話せ」

「ふぁい」

ふわふわの卵に蕩けたチーズが絡まって、もう美味しさが言葉にならなかった。

胡椒《こしょう》がピリリと効いたオムレツと、ほんのりミルクの香りがするチーズ。誰だ、こんなものを考えた奴は。けしからんもっとやれ。

「は……、こっちも美味い……」

「リアム、それなんのおにく？」

「これはロックバードの肉。普通にステーキだ。一口いるか？」

ソラは野菜のたっぷり入ったスープに口を付けながら、リアムに視線を流した。ちょうどリアムが優しげな表情で唇に付いたソースをぺろりと舐め取っているところで、ソラは一瞬ドキリと心臓を弾ませた。

リアムの注文した料理は、しっかりと火の通った肉に甘酸っぱい香りのソースがかけられていて、そのソースがじゅわじゅわと熱い鉄板を鳴らしている。再び口の中で唾液が暴れ始めて、ソラは細い喉をゴクリと鳴らした。

「た、たべる」

リアムが、器用に切り分けた肉をフォークに刺してソラの口元に寄せる。目の前に迫るロックバードのステーキは脂が染み出してキラキラと光っていた。ソラは大きく口を開けて、フォークにかぶり付いた。

「んっ！　んんー！」

柔らかいロックバードの肉は舌の上でホロリと溶けて、濃い目のソースと絡まる。口いっぱいに広がる芳醇《ほうじゅん》な香りとピリリと香辛料の効いた味に、ソラの目元と口が弧を描いた。少しザラリとした感触が舌を伝い、一瞬遅れて刺激が襲う。かなり粗めに挽かれた黒胡椒が口の中で躍り、ソラはきゅーっと目を瞑って味わった。

「そんなに美味しいか？」

「んん！　んん、んんんん！」

ソラの様子をニコニコと見詰めるリアムに、ソラは首を何度も縦に振って頷く。

ごくんと嚥下してから、頬に手を当ててはぁ、と熱っぽく溜息を吐いた。

「色気がないと言ったのは訂正するよ、ソラは色っぽい」

＊＊＊

なんでこんなことになっているのか、とソラはげんなりと天を見詰めた。

地上は遥《はる》か上で、手を伸ばしても届きそうにない。日の落ち込んだ空には月が爛々と光り、重なり合う二人を照らしていた。

「っ、……は、はぁ……」

「わー！　我慢、我慢だよリアム！」

絶賛ソラの下でハァハァと言っている大男にそう言うが、聞いているのかいないのか、リアムはぼんやりとした表情で頷いた。

潤んだ金色の瞳は空に浮かぶ月より濃い色で、昼間にソラのことを色っぽいと言ったが、今のリアムのほうがずっと色っぽいと思う。美味しいご飯を食べていたあの時に戻りたい。

ソラはもう一度天を眺めて、なぜこんなことになったのかと嘆いた。

033　初任給は美味しいもの食べるのに使うって相場が決まってんだよ

034　降りたい！　逃げたい！　離れたい！

事の発端は七時間前、昼食を食べ終わって大満足な二人が森に入った時点にまで遡る。

ポーションの材料はまだ残っているが、資金繰りのことを考えると、もっと沢山作っておいたほうがいいだろうと。追加で素材を集めるために、昨日と同じ森に足を運んだ。

最初の二、三時間程度は順調に採取をしていたのだ。くだらないことを言い合いながら、汗まみれになって。

リアムもここ何日かで、かなり環境に慣れてリラックスしているようだったし、トラブルなくやれそうだと思った矢先だった。

少し離れたところにメルグラスの群生地を見つけて、ソラはなにも考えずに駆け出した。

「リアム、ここ！　ここにポーションの素材めっちゃある！」

「ソラ、駄目だ、それ以上行くな！」

「ラッキー、こんだけあればしばらくはメルグラスいらな、いいいいいいぃぃいぃぃ!?」

リアムが切羽詰《せっぱつ》まった声をかけた時には既に遅く、ソラはメルグラスが特に密に生えている場所へ近付こうと足を踏み出していた。そして、踏み出した足は地面を捉えることなく宙を掻く。草で覆われていて見えなかったのだが、ソラが足を出した場所に地面はなく、ソラはそのままバランスを崩す。

「ソラ！」

ソラがぎゅうと目を瞑り、来る衝撃に備えようとした瞬間。全身を暖かく弾力のあるもので包まれて、そのまま転がり落ちる。

ごろごろと、上下左右、前後も分からないほど転がって、転がって、転がって、転がって。ようやく回転が収まったところでそっと瞼を開くと、ソラはリアムにしっかりと抱き込まれていた。

ソラが踏み出した場所は崖のようになっていて、どうやらそこを転がり落ちたらしい。リアムの筋肉のお布団のお陰でソラには傷一つ付いていないが、リアムは……。

「り、リアム！　大丈夫!?　ごめ、ごめんなさい、私が制止も聞かずに、落ちたからっ……！」

「っ、いい。ソラは大丈夫か？」

「私はリアムのお陰でどこも痛くない。リアムは……」

ソラはリアムの胸元から顔を離して、焦燥に駆られながらリアムの全身を見た。

恐らく、主に背中と腕に打撲と擦り傷、そして足首の捻挫。もっとも、背中と腕はワイバーン様の防具のお陰で、大したことはないようだと少しホッとする。そう酷い怪我にはなっていない。問題は足だ。たった今怪我をしたばかりなのに、リアムの足首は既にブーツの上からでも分かるほど腫れ上がりつつあった。

「あああああ、ヤバイ、まずい、どうしよう……」

とりあえずリアムのブーツの紐をほどいて、慎重に緩めていく。足首に負担をかけないよう、丁寧にゆっくりとブーツを脱がせた。

「っ……」

「ごめんね、痛いね、痛いよね。なんでポーション全部売っちゃったんだろう、一個だけ残しておけばよかった……。私、ちょっと助け呼びに行ってくる」

ソラがリアムの足首に触れると、熱を持っているのが分かった。骨は折れていないようだが、もしかしたら少しくらいヒビが入っているかもしれない。ソラのひんやりした手で少し押さえて熱を取りながら、今朝ポーションを全て売り払ってしまったことを後悔する。が、あとの祭りだ。

兎にも角にも、リアムは動けそうにないからソラが助けを呼びに行こうと、辺りを見回した。

どうやらここは大きな穴のような場所で、優に六畳ほどはありそうな広い空間の周りは、全て四メートルほどの崖に覆われている。その場でぐるりと回転したソラは、どこかよじ登れそうな場所を捜した。その中でも、たった今転がり落ちてしまった場所が一番低い。

ここから登るしか帰還の手立てはなさそうだ。傾斜の強い崖を見上げる。そして絶望した。

「いや、無理だな。俺の身長でも、怪我をした状態でこの高さはちょっとキツイ。ソラには登れない」

「で、でも！　なんとか！　やってみるから！」

半ば意地だった。自分の短慮のせいでこうなって、リアムに怪我まで負わせてしまったと、ソラは気持ちばかりが焦る。

ソラの身長より少し高い位置に、土の壁面から突き出した太い木の根が見えた。ソラは四、五歩の助走をつけて、その壁から突き出した根に飛びかかる。

（やった、上手く摑めた！）

両手ではしっと根を摑み、それを足かかりにしてさらに上の根に手を伸ばす。もう少しで届く、というところでズルリと足が滑り、ブチと無情な音が響いて根が千切れた。

ソラは重力に逆らわず尻から盛大に落ちて、背中を強打する。

「ぎゃんっ」

「ソラ、やめろ、やめてくれ。怪我するだろう……」

「いたた……うう……うん、分かった」

リアムが痛みで辛そうに顔を顰めながら、ソラを心配して声を絞り出した。

ソラは断崖絶壁を未練がましく見上げながら、大人しくリアムの隣に腰かける。膝を抱え込んで小さくなった。

「リアム、ほんとにごめん……」

「いや、ソラのせいじゃない。怪我がなくて良かったよ。……とりあえず、風魔法でソラを上げてみるか？」

「え、そんなこと出来るの？　出来そう？」

リアムがう、と少し呻きながら腕を上げて、ソラに手の平を翳した。ふ、と浅く息を吐きだしてから、すぅと大量の空気を吸い込む。

〈込めるは言霊、欠けなく満たされし風の器よ。清き空の息吹をここに知れ〉

今のこの切羽詰まった状況ではもう、リアムの台詞を揶揄うことも、ドン引きすることも、クスクス笑うことも出来やしない。

リアムが真剣な表情で詠唱を終えた途端に、ソラの体がふわりと僅かに浮く。安定しないふわふわとした心地で、ソラは慌ててバランスを取った。

「わ、わっ！　すご、浮いてる！」

そのままソラは、ペタンと座り込んだポーズのままゆっくりと上昇を始めた。なんとも不安定で摑む場所もないので、己のバランス感覚だけが頼りだった。

が。一メートルも上昇しないうちに、ゆるゆると下降し始める。

「あー、すまない。無理だな、これが限界だ。やはり風魔法はあまり得意じゃない」

ソラはのったりとした動きで地面に降り立ってから、リアムを見て首をフルフルと振った。

再びリアムの隣に座り、腫れた足首に優しく触れる。

「ううん、いいの。それより、どうしよう……」

「明日になればこの辺りを冒険者が通るかもしれないし、来なくても足首の腫れさえ引けばなんとか登れると思う」

「そっか……、じゃあ、ここで野宿だね」

ソラがジェイクと五日間の旅をした時は、野宿は街道の傍で行《おこな》っていた。完全に森の中で一晩過ごすのは初めてで、どこか心細かった。

＊＊＊

そして、それから数時間もしないうちにソラは思ったのだ。全く、本当に、どうしてこんなことになったのだろうと。

完全に日の落ちた空は暗く陰り、冷え込んだ空気が流れてきて体の熱を奪う。ソラはあまりの寒さに、壁面から突き出す根をナイフで切り取って薪代わりにし、リアムに火をつけてもらった。だが、そんな小さな火で誤魔化せるほど夜の寒さは甘くはなく、時間が進むにつれてどんどん空気は冷たくなっていった。

指先、足先は冷えて白くなっているし、ガタガタと震えるほどではないにしても、体の内側が熱を放出していく。そんなソラを見兼ねたリアムが声をかけてきたのだ。

『俺の膝の上に乗ればいい、少しは暖かいはずだ』と。それが四時間前。そして、今に至る。


リアムがこうなってから、優に二時間は経っていた。

リアムはソラの腰に大きな両手の平をぴとりと付けて、ローブを強く握りしめている。胡坐《あぐら》を掻いて座るリアムの膝に、向かい合う体勢で座るソラは、異様に熱くなったリアムの体温をモロに感じてガチリと固まっていた。違う、この暖の取り方は望んでいない。

「大丈夫？　我慢、出来そう？」

「分からない、が……昨日、抜いてないから……、かなりキツイ」

そういえば、昨晩は性欲よりも睡眠欲を優先させて寝こけていたのだ、とソラは思い至る。リアムの吐く吐息が熱を帯びてソラの髪に吹きかかり、ゾクリと背筋が震えた。

ソラは唐突に自分の汗の匂いが気になり、リアムから少し距離を取ろうと身動ぐ。もぞ、とリアムの膝の上で動くと、リアムはソラの体を抱き留めるようにして腕に力を込めた。

「……ぅ、……は、そこで、動かないでくれ……」

「ええっ、そんなご無体な……」

腰に付けていた手をぐるりと回され、完全に抱き込まれる。ソラは身動きが取れず、首を反らしてリアムを窺い見た。地面にだらりと伸ばしたソラの足が砂利を蹴ってじり、と音を立てる。

「ねぇ、なんかヤバそうだから、寒くてもいいから降りたいんだけど。ていうか離れたいんだけど。ぶっちゃけ逃げたいんだけど」

「駄目」

無情な一言で一蹴されたソラは、おおげさに大きな溜息を吐いた。見上げたリアムの表情は頬が上気し、じんわりと汗ばんでいる。

「今動かれると本当にマズイ、頼むから大人しく俺の上にいてくれ」

ソラの臀部《でんぶ》の下で存在を主張するリアム様に、うんざりと肩を落とす。

そして覚悟を決め、ソラは口を開いた。

０３５　鬼だからは万能な言葉ではない、決して

そもそも、だ。元はといえば、ソラがリアムの制止を聞かずに走り出してしまったのがいけなかった。

ある意味ソラの自業自得とも言える状況で、リアムはかれこれ二時間も必死にこの状況に耐えてくれていた。通常の人間より強い鬼の本能を理性で抑えつけるのは、きっと容易なことではないだろうとソラは思う。

だから。その、自分のせいだというほんの少しの罪悪感が。そして、今のこの異様な雰囲気が。

ソラにこの言葉を言わせたのだ。

「よし、分かった。許可するから、抜いて！」

ぎゅうぎゅうと強く抱き締められ、ソラは圧迫感から息苦しさを感じていた。

このまま体の下でハァハァされ続けるのはソラの精神衛生上良くないし、かといって我慢しきれなくなったリアムに襲われては堪らない。いっそ、まだ理性のあるうちに抜いてもらったほうがい

いと、ソラは覚悟のこもった声で告げた。

対するリアムはその台詞を聞いて、正気なのかとでも言いたげに瞠目する。今まさに正気でない状態の人間にそんな顔をされる謂れはないのだが、ソラはまさしく真剣だった。

「ここで……、っ、……この至近距離で一人で処理をしろと？」

「せや。だって私のこと離せないんでしょ？　離せるなら是非とも離して。降りたい。逃げたい、捨てたい。無理なら抜いて……！」

リアムのソラを抱き締める力が、一層強くなった。

ソラの頭に口元と鼻を寄せ、頬ずりをするように左右に首を振る。なにやら考え込む様子のリアムを他所に、ソラは大胆なことを言ってしまったのではないかと些か後悔を募らせていた。だが、言ってしまったものはあとの祭りだし、なによりこの状況のまま一晩明かせるとは、とてもではないが思えない。女は度胸！　とばかりに息を吸い込んだ。

「離せない……、が、ギリギリまで我慢、する」

そう告げる声が既にギリギリなことに気が付いているのかいないのか、リアムは美しい形の眉を歪めて苦しげに呟いた。

いつもよりさらにトーンを落とした掠れた低い声が鼓膜を震わせ、ソラはふいと顔を背ける。

「ほんと？　我慢、出来るの？　出来てなくない？」

腰を抱いていた腕が片方だけ外れて、その腕が太腿に置かれた。指が少しだけ動いてざわざわと太腿をなぞり始め、ソラはパチリとリアムの腕を叩く。だが、力を入れていない叩き方ではなんの効果もないようで、リアムは手を動かし続けている。

ソラはむっと唇を突き出して、さらに強くリアムの腕を叩いた。今度はぱちん！　と先程より大きな音がして、だがそれでも。リアムの手が止まることは無かった。

「悪い……、だが、ソラのこの太腿……はぁ、柔らかくて」

「自分の二の腕揉んでなよ」

「滑らかだし……くそ、はあ……頭が焼き切れそうだ……」

もう焼き切れちまえよ。とは言わずに、代わりに抗議の意を込めてソラはリアム手の甲をむぎゅ、と抓った。流石に少し痛かったのか、リアムの不埒なおてが止まり、ソラは満足気にふふんと笑う。

「いっ……ぁ、ソラ……」

「痛いんだよね!?　うっとりこっち見るのやめて！」

まさか、彼には被虐趣味があるのだろうか。それとも今の行為のせいで目醒めてしまったのだろうか。

ソラは引き気味に背を反らそうとするが、リアムにぴったりと引っ付かれているせいで、少しの隙間も生まれなかった。

リアムはソラの首に顔を寄せて、すんすんと匂いを嗅いでいる。その湿り気を宿した吐息が首筋を掠め、ソラは一瞬ピク、と肩を震わせた。

「ん……」

「っ、ソラ……？　どうした？」

「や、なんでもない。そこで喋らないで」

リアムが首元で話す度にゾクゾクと背中をなにかが駆け上がり、ソラは未知の感覚に眉を寄せる。

リアムが先程、そこで動くな、とソラに言った意味が少しだけ分かった気がした。

「あー、駄目だ……。駄目かもしれない」

「……！」

リアムの息はどんどん荒くなっているし、本当に限界が近そうでソラの焦りが募る。先程からソラの下で屹立している楔が、服越しにも分かるほどとても熱くなっており、その熱量がリアムの興奮度を表しているようで決まりが悪い。

リアムの体は全体的に筋肉質で硬いが、そこの硬さは他の部分とは一線を画していた。

「はあ、ソラ……ぁっ、……くそ……ごめんっ……」

「えっ？　あっ、ちょっ……」

ついに我慢が利かなくなったのか、リアムはソラを掻き抱いたままにゆるりと腰を動かし始めた。ソラの臀部に押し付けるように腰を揺らすリアムは、擦り付ける快感を味わっているようだ。

うっすらと開いた唇は濡れ、漏れ出るのは小さな喘ぎ。明確に意思を持って擦られる熱の塊に、ソラはリアムの肩を掴んだ。

「っ……、リアム！　抜いていいって言ったけど、これはなんか違う！」

「無理……、腰……っ、止まらなっ……い」

窘める色を乗せた声は黙殺され、ソラは抵抗も出来ず緩やかに揺さぶられ続ける。

何時間も我慢していた分、一度箍《たが》が外れるとあとは雪崩《なだれ》のようにリアムの理性は溶け落ちた。昨晩は抜かずに寝たこともそれに拍車をかけている。冷えた空気が熱気に変わるような錯覚に、ソラはぐらりと目眩を覚える。

燃やしていた木の根が灯火を消し始め、辺りは暗闇に飲まれそうになっていた。僅かな炎の灯りを受けてリアムのアンバーの瞳が獰猛《どうもう》に輝き、ソラはぎゅうと胸の奥が締め付けられる。

「昨日、して……ないから、……っはあ、も、出る」

ソラの背中に両腕を回し、両肩をガチリと掴み、下半身をソラにグリグリと押し付けてきた。リアムとしてはかなり力加減したつもりでも、ソラにとっては巨大な蛇に絡め取られているかのような拘束感で、腕の中の窮屈さに息を吐き出す。

一層強くなった一連の行為にソラが慄いていると、リアムは小さく呻いて体を震わせた。

「くっ……、っ……」

「り、りあむ……」

「……イ、く……は、ぁっ」

「うええ!?」

ソラの尻の下で楔がビクリビクリと何度も暴れ、それ自体が独立の意思を持った生き物であるかのように蠢いた。リアムの腹筋には力が入っていて、ソラの胸下で腹が弾むのが感じられた。喉の奥で詰めたようなリアムの声は苦しげで、それでいて恍惚としていて、ソラはコクンと喉を鳴らす。

達するというのはそんなにも気持ちいいものなのかと、好奇心が少しだけ疼いた。

「は、はー、っ……はあ」

荒い呼吸を繰り返しながら、リアムのソラを閉じ込める腕の力が徐々に抜けていく。リアムのボトムスの下で未だにビクビクとしているのは、余韻なのか、それとも。

体を密着させた至近距離で、こんな男の姿を見たことがなかったソラにとっては全てが初めての経験で、リアムが達したらしいということしか分からない。

「だ、大丈夫？」

控え目に声をかけて聞いてみるが、リアムは快感で潤んだ瞳でぼんやりと宙を眺めていて、ソラとは視線が絡まらない。それでも声は届いているようで、半開きの唇から言葉を紡ぎ出した。

「いや……っ、は……まだ、出て……るっ」

「……長い」

どうやらビクビクしたままなのは余韻ではなく、まだ達している最中だかららしい。分厚い生地のボトムスから白濁はまだ染み出していないが、そう時間を置かずに染み出てくるだろう。そうなると当然、ソラのショートパンツやローブも濡れてしまうので、一刻も早くリアムの上から降りたかった。

「ふ……、はあ、……」

長い長い時間をかけて、ようやくリアムの楔は動きを止めた。

「ねえ、射精って、こんなに長いのが普通なの？」

「鬼、だから、な」

「そ、そっか」

肩で呼吸をするリアムがだらりと腕を落とす。早速とばかりにボトムスに染み出してきた白濁のせいで、ソラの下半身は湿っぽさを感じ始めていた。慌てて脹脛《ふくらはぎ》に力を込めて腰を浮かせ、這う這うの体でリアムの上から退く。今度は止められることなく降りられたが、むわと青臭い臭いが辺りに広がって、ソラは顔を顰めた。

「ねぇ、こんないっぱい出るのも普通なの？」

「鬼だから……」

「ふぅん……」

ボトムスから染み出した量は思いの外多量で、コップの水を下半身にぶち撒けたのかと思うほど濡れていた。一晩でなんとかギリギリ乾くだろうかという量だ。

ソラはその状況に困惑しつつも、ようやくこれで終わったと安堵の息を零す。だが、リアムは無情な言葉をソラに投げかけてきた。

「悪い……、まだ収まらない」

「え⁉　今出したよね⁉　しかも私のお尻使ってオナニーしたよね⁉」

「ソラが俺の上に乗って……たのが悪い、萎えない……」

「なんでだ！」

「鬼だから」

「とりあえず鬼って言っとけばなんでも許されると思うなよ」

ソラが引き気味にそう言うのに対し、リアムは陶酔しているような表情で。ようやくリアムの上から降りたのも束の間、ソラは手首をきゅ、と握られてしまった。

それはこの全ての行為が愛からくるものだと思わせるほど優しい手付きで、ソラは思わず抵抗せずに引き寄せられる。そして、リアムが絶望の一言を紡いだ。

「もう一回、いいか？」

036　ど早漏過ぎて驚いたで候

ソラは頬をヒクつかせて、はは、と乾いた笑いを浮かべる。

もう一回、だと？　今の一回で既にゴリゴリとSAN値を削られているというのに、もう一回？

下半身がドロドロになるくらい射精したくせに、もう一回？

だが、事実としてリアムの熱は引いていないようで、ボトムスの下で強く主張する塊はリアムを前屈みにさせている。リアムから体を離したことでハッキリと見えるのだが、明らかに不自然に膨らんだままだった。

「……分かった。どうすれば早く終わるか教えて」

「……ソラ？」

「なんかあんまり詳しくは知らないけど、男の人って女の人に手伝ってもらったほうが早く終わるんでしょ？　私手伝うから、早く終わらせよう」

そう言ってやると、リアムの喉仏がゴクンと上下に動いた。ソラの目を探るように見詰めて、餌の前でマテをさせられている犬のように期待のこもった表情をしている。

リアムが掴んだままのソラの手を力なく引き、ソラはそのまま大人しくリアムに向かい合う形で膝を突く。

目の前でこんなことをされるのは嫌だが、それよりもこの空気がずっと続くことのほうが嫌だった。ならば少しでも早く終わらせようと、ソラは打算的に提案をする。この異様な空間に中《あ》てられて、ソラの正常な判断能力は麻痺しつつあった。

「意味を分かって、言っている、のか？」

「大丈夫、分かってる。そんな純粋無垢《じゅんすいむく》じゃないし」

ソラは下世話な奴隷仲間の話を思い出しながら頷く。もちろん経験はないし、吹き込まれた内容が内容なだけに知識に偏りがあるのも認める。しかし、なにも知らない清純な乙女ではない。

「どうすればいい？　教えて」

「っ……」

覚悟を決めたソラとは対照的に、リアムはなんだか困っているように見えた。先程は明らかに欲が勝っていたが、一度吐き出して少し治まったのだろう。幾分か冷静に考えられるようになったのだろうか、とソラはリアムの双眸を見詰めた。

一方のリアムは欲と理性の間で葛藤し、ソラにそんなことを言わせてしまった罪悪感に苛まれていた。正直な思いとして、リアムにとってソラは大切にしたい相手なのだ。こんな扱いをするのはリアムにとって本意ではない。

だがこのまま我慢をすると、力任せにソラを組み敷いてしまうかもしれないという不安も募る。

ただ一言、〈禁欲しろ、触れるな。これは命令だ〉と言ってくれればいいのに。

そうしたら、リアムが暴走してもソラを傷付けたりすることはない。命令に違反しようとすると、傷付けるより先に死が訪れるのだから。だが、この優しく小さな主人は命令をしてくれない。

ならば、せめて、早く終わらせて。全ての欲を吐き出してしまえば。

リアムはゴクンと音を立てて喉仏を上下させ、蕩けた表情で摑んでいたソラの手を引いて自らの腹筋に触れさせた。

「触り方は……、任せるから触れて、くれ」

「ん……分かった、どこ触られたい?」

手首を離して貰えたソラは、リアムの腹部を服の上から指先で撫でる。指先に固い肉の感触が伝わって、筋肉の筋に沿ってさらに指を這わせていく。

「はっ……、ん……、どこでも。ソラが触れているだけで……気持ちいい……」

「そっか、分かった。……これは?」

「んっ……」

ソラは指をするすると上へ動かしてリアムの胸の乳首を探り当てる。服の上からなので直ぐには見付けられず、何度かその辺りで手を往復させた。

リアムが乳首に触れられた瞬間に一際いい反応をするものだから、嫌々だったソラの気分が少し乗ってきた。

「へえ、悦《よ》さそう……」

「あっ、……っ、待て、俺は、そこは……嫌っ……んんっ」

リアムの制止の声は聞かず、見付けた粒を指の腹でくにくにと押し潰す。

ごく優しい力加減で擦ってやると、リアムは腰を浮かせる。一度目の射精前より明らかに反応が良くなっている。

「んっ、……ぁ、は……っく」

「嫌って言う割には……ん、なんでもない」

嫌って言う割には随分感じてるね？　なんて、どこかの悪代官かエロオヤジが言いそうな台詞だったので、ソラは口を噤んだ。

だが、この小さな胸の飾りを弄《いじ》るだけで大の男が可愛らしく喘ぐ様子に、どんどん機嫌が上向いていく。爪の先でカリ、と引っ搔くと、リアムは太腿を大きく痙攣させた。

「あっ……っ、ん、ゃ、はぁ、……ぁ」

リアムのボトムスで押さえつけられている熱棒が窮屈そうで、ソラはじっとその股間を見詰めた。

これ以上中で出してしまうと、朝までに服が乾く見込みはなくなりそうだ。

「ねぇ、リアム、これ出してあげたほうがいい？」

「っ……、い……やめっ！」

ソラは前のめりになりながら、リアムの屹立を反対の手の指でツンと突いた。

そしてベルトに手をかける。他人のベルトなんて外したことはないし、片手ではやり辛くてもたつく。乳首を弄っていた手も滑らせて、両手でゆっくりとベルトの金具を外した。カチャ、と金属音が響いて、ウエストの締め付けが緩んだリアムは大きく息を吐き出す。言葉では否定を口にするくせに手を止められる気配はなく、ソラはそのままボトムスを寛げた。

「っえ!? なにこれ……」

ボロンと飛び出した剛直を見て、ソラは完全にフリーズする。小さい頃に父のものを見た時はこんな感じではなかった。絶対違った。

内臓の色をしたリアムの剛直は、まさに剛直と呼ぶに相応しい大きさで、ソラの眼下に存在感を持って屹立している。

ボトムスにかけたままの自分の手首と比べても遜色ないか少し太いくらいで、ソラは慄いて手を引っ込めた。

体格と逸物《いちもつ》は比例しないと奴隷仲間は言っていたのに、嘘じゃねぇかと心で謗《そし》る。間違いなく二メートルの長身に見合うだけの大きさだ。これが女性器の中に入るなんてソラには信じられない。

「っ……ソラ？」

「えっ、あっ、いや……」

急激に威勢のなくなったソラをリアムが不思議そうに見るが、ソラはタジタジとしか言葉を返せず押し黙る。先端から漏れ出る透明な蜜と、ブワリと増した青臭さが生々しく、ふいと目を逸らした。

ここまで来るとリアムは完全に理性を飛ばしてしまっているようで、虚《うつ》ろな熱に浮かれたような瞳をソラに向け、はぁはぁと呼吸を乱す。

「さ、触る……？」

「……無理、しなくていい」

それでもリアムのなけなしの理性がそうさせるのか、やはり口から出るのは否定の言葉だった。

「ううん、触る……」

ここまでさせておいて放置なんて女が廃る。ここは度胸だ、ええい、ままよ！　と。ソラはなんとかリアムの屹立へと視線を戻し、その肉々しい楔に指を伸ばした。小さな手で、きゅ、と優しく先端を握り込む。

「っく、あっ、やばっ」

それは一瞬の出来事で、ソラはポカンとしてしまう。指先で楔に触れた途端、ただでさえガチガチに硬かったそれが一瞬より膨らんだように張り、びゅくびゅくと白い液体を撒き散らした。

「えっ、えっ？」

「は、……っ、くそ、ごめ……っぁ」

噴き出した子種が勢い良くソラの手とローブを汚していく。

体温よりも熱いとすら感じる液体は、どろどろとソラの手にかかり、手の甲を伝って流れ落ちた。

ソラの知識では、一定の刺激を与え続けてから出るものだと思っていたのに。それが、触れただけで。

「はっ……ぁ、気持ち、いい……」

幾度となく痙攣を繰り返し、ビク、と陰茎が跳ねる度に先端からびゅうと子種が飛ぶ。

地面にボタボタと落ちる量は相当なもので、土の茶色と白濁の白が織り交ざった。

「ま、まだ出るの？」

勢いは少し落ち着いてきたものの、未だに精液を吐き出し続ける様子に、ソラが引き気味になりながら尋ねるが、リアムは心を奪われたように放心していて返事がない。

一度目と同じくらいに長い射精は、凶暴な形状をした楔がびちゃびちゃになるほど続いた。異様な濃さの子種はゼリーのように半固体状になっていて、水っぽさはあまりない。

とりあえず見守るしかないとソラが思った頃にようやく、リアムの長い射精が終わる。とんでもない量だった、ドロドロを通り越してびちゃびちゃに近い。

今日は外だったからいいが、これがベッドの上だとシーツが死んでしまう。

初めてリアムが大鷲亭で処理した時も、二度目にソラが目撃した時もベッドの上だった。わざわざ丁寧にタオルを当てていた理由がようやく分かった。

「終わった……?」

「ん……、ソラ……悪い」

なぜ謝っているのか分からないけれど、ソラはうんと頷く。そして剛直から手を離そうとして、リアムに再び手首を掴まれた。なんだか先程のデジャヴのようで、ソラはガチンと固まる。

おそるおそるリアムの顔を見上げると、リアムは切なそうに眉を下げて、情欲的な表情でソラを見詰めていた。そして酷く申し訳なさそうな声色で、再び絶望的な言葉を紡いだ。

「……ごめん……まだ……」

「嘘だろ!?」

思わず楔をぎゅうっと握り締めてしまう。硬さを損なっていないリアムの剛直は、その締め付けにも素直に反応してビクンと痙攣した。

「な、何回出したら……終わる?」

「つぁ、……分からない……」

ソラは憮然として、一向に萎える様子のないリアムのリアム様に鋭い視線を突き刺した。

初めてソラの隣で自慰をしていたとき、『一回で終わったことを褒めろ』と言っていたけれど、リアムのその時の努力が今になって身に染みて分かった。是非とも今日こそ努力をして欲しかったけれど。

駄目だ、欲に塗れたリアム、ヤバイ。めちゃくちゃ捨てたい！　そう思いながら、今度こそと剛直に添えた手を動かし始めた。

037　四度目の逃亡阻止はダークホースB

触れた楔はしっとりと指に吸い付く心地で、表皮がふにゅりと柔らかい。しかし中の芯は熱く滾《たぎ》り、指を窄めても押し返されるほどに硬かった。初めて触れる男性の象徴に興味深々のソラは、マジマジと見ながらゆるゆると手を動かし始めた。

三度目の絶頂も呆気ないもので、ソラが手で扱《しご》き始めてから一分程度で訪れた。一度目、二度目と変わらないほど多量の精液を撒き散らし、それでも萎えない剛直にソラはうんざりと肩を落とす。

四度目はまた胸の飾りを弄りながらで、この辺りでリアムは意識を朦朧とさせ始めた。一瞬力を失くしたものの直ぐに硬くなり、まだ終わらないのかとソラは溜息を零す。

五度目はもう少し強く擦ってくれ、とお願いされて。

力加減が分からず、それまではこわごわと触れていたが、今度はあまり気にせずゴシゴシと擦ってやった。むしゃくしゃしてやった、後悔はしていない。と言いつつも、ここまで来ればもう慣れたもので、ソラの手淫は上達しつつあった。

そしてソラの腕が疲れ果てた六度目でようやく萎え、ソラは安堵と歓喜で小躍りしそうになった。

クタクタのソラとは違って、リアムはなんだかスッキリとしているようで腹立たしい。

地面に撒き散らした白い……は、リアムが全て土をかけて証拠隠滅していた。

慣れたものか？　慣れたものなのか？


ソラが水筒に入っていた僅かな水で手を洗い寝支度を整えると、リアムが子供のようにソラの腰にしがみついて寝てしまう。

腕を外させようかとも思ったが、暖を取るのにピッタリだったので、そのままにさせておいた。

そして現下。深夜になろうかという時刻、ソラは寝付くことが出来ずに、空に浮かぶ月を見ていた。

眠っているリアムの黒髪に指を通して撫でてやると、気持ちよさそうにソラの腹に顔を押し付けてくる。まったく、どちらが年下なのか分からない。

思いも寄らぬトラブルでこんなことになってしまったが、ソラが想像したよりも、リアムに触れることも触れられることも別に嫌では無かった。あまりの精力にドン引きはしたけれど。いや本当に。

鬼の精力は強い、と字面ならこんなにもアッサリとしているのに、体感すると実態はとんでもない。六回も出したのに、ちょっとスッキリしたわ！　くらいの平然さだったので、多分二桁を超える回数くらい余裕なのだろう。ソラはブルリと身震いをした。もちろん嫌な意味で。

「はぁ……」

ただ、ソラがなんだかモヤモヤするのは。

——リアムが欲情したのは、それが鬼の本能だから。

と、そこまで思ってソラはフルフルとかぶりを振って思考を散らす。

明日になればこの状況は変わるだろうか。一刻も早く大鷲亭で熱い風呂に入りたい。

そのためには、なんとかしてこの壁を這い上がらなくてはならない。リアムの足首の腫れが引けば登れるのだろうか。もし駄目なら、もう一日ここで過ごすことになってしまうのだろうか。

なんだか考えるのも億劫になって、ソラは思考を完全に放棄した。全ては明日になってから考えよう。そう思いながら、ゆっくりと瞼を閉じた。

＊＊＊

ソラが目醒めたのは、なにかが頭にハラハラと降りかかる感覚があったから。

耳元でカサ、カサと乾いた音がして、ソラはゆるゆると目を開ける。同じタイミングでリアムも起きたようで、腰に巻き付く腕の力が抜けてゆっくりと離れた。

「あっ、起きた」

「起きたな」

「生きてたね」

そんな声が耳に飛び込み、ソラはぐしりと目を擦る。声がしたのは上のほうからで、上半身をゆっくりと起こして、朝日で眩しいそちらを目を細めながら見上げた。

「ふぁーぁ……ん、なに？」

見上げてみたものの、声がする方向はちょうど朝日が逆光になっていてなにも見えない。

「ん……ソラ、朝か」

リアムも上半身を起こして、軽く腕を屈伸させている。関節がクキと音を立てて、それからソラと同じように上方に視線をやった。

ソラが自分の頭に手をやるとカサリと音がしたので、髪に絡まったそれを指で梳くようにして手に取る。手の中にはひしゃげた枯れ葉が乗っていて、同じような枯れ葉がソラとリアムの周りに多量に撒布されていた。

なるほど、耳元でカサカサと音を立てていたのは枯れ葉だったのかと、ソラは納得してもう一度崖の上を見る。だが、やはり逆光で上にいる人物は見えなかった。

「だれ？」

「っ……」

ソラが寝起きの掠れた声で問いかける横で、リアムが首を上に向けたまま固まっている。

どうやらリアムには上にいる人物が見えているようで、怯えの入ったその目線を不思議に思ったソラは警戒度を一段階上げると、土の壁で太陽光が遮られている場所に体をずりと這わせて移動した。

「どうする？」

「どうするって、多分困ってるんじゃん？」

「助けるの？　でもアイツ鬼だよ？」

日陰に移動したことで、上にいる人物の姿がようやく鮮明に見える。その人物が見覚えのある三人組だったので、リアムが緊張した面持ちで固まっている理由が分かった。

「あ！　お前らは靴屋三兄弟‼　また石投げに来たんか！」

「兄弟じゃねぇよ！」

「靴屋でもねぇし！」

「石も投げてないよ！」

ソラがビッと指差しながら言うと、ＡＢＣはそれぞれツッコミで返してきた。

ソラは固まったままだったリアムの腕を摑んで、全力で引っ張った。リアムはビクともしなかったけれど、一瞬遅れて腕を引かれていることに気が付くと、自発的にソラのほうへと下がる。

傍まで寄ったリアムを庇うように背中に隠すと――いや、正確には隠れ切れてはいないけれど、摑んでいた腕に一瞬だけ力を入れてから離した。

ソラはＡＢＣに向けて目を眇めながらがるがると威嚇して見せた。

「じゃあ、なにしに来たの！」

「いや、俺らは採取クエストを……なぁ？」

「そうそう、そしたらお前らがそこで倒れてたから……なぁ？」

「だよね、だから枯れ葉落として起こして……ねぇ？」

三人で顔を見合わせながら言うその様子に嘘はなさそうで、ソラは緊張で強張っていた体から力を抜いた。なるほど、今、ソラやリアムに話しかけるのも少し気不味そうにしている。

どうやら前回の投石事件を少しは反省しているのか、あからさまに敵意を見せて来ることはなかった。

「なに？　じゃあ助けてくれんの？」

「……んー、まぁ、助けては……やりてぇんだけど」

「どうする？　多分手伸ばしても届かないぜ？」

「あ、僕ロープ持ってる」

ＡＢＣは、崖の上でロープを囲んでボソボソと相談し始めた。ソラとリアムから完全に意識が外れている。

それをいいことにソラはリアムに向き直って、未だ緊張した面持ちのリアムの頭をぽふと撫でた。リアムの緊張は抜けないままだが、それでもソラに撫でられると僅かに目を細め、それから強張りを解く。

「大丈夫。多分今回は石投げられたりしなさそうだから。それより、足首はどう？」

「……まだ、少し厳しい」

「うーん、じゃあやっぱあの子たちに助けてもらうしかないか。ロープあれば登れそう？」

「ああ、それなら大丈夫だと思うよ」

「分かった」

見たところ腫れは収まってきているようではあるが、それは昨日と比べての話。一晩明けてもまだかなり腫れている。

ソラは心得たとばかりに頷いてその場で立ち上がると、口元に両手を当てて簡易メガホンを作って、大声でＡＢＣに声をかけた。

「うぉぉーい！　靴屋三兄弟、ロープちょーだーい！　たすけてー！　助けてくれたら前回石投げたことチャラにしてやるからー」

「大人しく待ってろって」

「採取用のロープだから長さが足りないんだよ」

「あ、こっちの蔓使えないかな？」

上でわちゃわちゃと相談し合っているが、ソラには手伝うことも口出しすることも出来ないので大人しく待機する。

ソラが慌てて自分とリアムの身なり、主にリアムの股間をガン見して確認したところ、既にドロドロは乾いていて問題ないように思える。屋外なので、情事の後香も残ってはいなさそうだ。……ただ、距離が近いと臭いそうだけれど。

救助してくれるというならありがたい。軋轢がある仲ではあるが、蟠《わだかま》りの残る間柄でも助けてくれるのかと思うと、ホッとすると同時に少しだけ嬉しさが込み上げてきた。

＊＊＊

四苦八苦しながらもＡＢＣがソラを引き上げてくれるや否や、ソラは脱兎の如く駆け出した。

もちろん、リアムから逃げるためである。昨晩の尾を引く余韻はソラに逃亡という選択肢を選ばせた。

突然走り出したソラに驚いたＢが咄嗟にソラを取り押さえ、逃亡は敢え無く失敗に終わる。いや、ソラも本気で逃げ出したいわけではなく、とりあえずなんとなく走り出したくなっただけだと供述した。

もちろん、怪我をしたリアムを置いていくだなんて、そんなことはしない。……そんなことはしない。

そのあと直ぐにリアムを引き上げてくれたＡＢＣは、汗だくの額を拭ったり地面に座り込んで呼吸を整えたりと忙しそうだ。

ソラはともかくとして、体重のあるリアムを引き上げるのは一苦労だったようで、ぜぇはぁと呼吸音が響いていた。三人共ガタイがいいとは言えないし、かなり疲れただろう。

「ご苦労！　助かったよ、ありがとうね」

「ご苦労ってなんだよ！」

「あー、ホント疲れた、もう無理」

「僕も疲れた……」

「すまない、ありがとう」

これ以上逃亡されないよう、ソラの手をガッチリと摑んだリアムが控え目に声をかけると、三人はまた顔を見合わせて気不味そうに口を引き結んだ。

ソラはニンマリと意地の悪い笑みを浮かべ、顔を緩ませたままAに話しかける。

「ほぉん、ほぉん？　前回のこと反省してるみたいだねぇ？」

「ばっ、うるせぇよ！」

「ビリー、あのあとめちゃくちゃ後悔してたよ。俺もだけど」

「だよね、女の子に石ぶつけちゃったって」

三人の言葉を聞いて、ソラはグリンと首を傾げて人差し指を顎に当てた。

「ビリーって誰？　そんな知り合いいない」

「俺だよ！　俺がビリーだよ！」

「いや、君はAだよ」

「Aって誰だよ、お前腹立つなホント！」

ぷりぷりと怒って見せるA……もといビリー……いや、やっぱAだな。

ぷりぷりと怒って見せるAはソラに噛み付きそうな勢いだが、この間のような陰険な雰囲気は感じられない。リアムはどう思っているか分からないが、ソラはひとまずこの三人組が自分たちを見付けてくれたことに感謝した。

「改めて、三人ともありがとうね。お礼に、ポーションあげる。低級ポーションだけど」

「え、マジ？」

「ポーションくれんの？」

「普通にありがたいよね」

「そっか、よかった！　じゃあ夕方辺りに大鷲亭って宿屋まで取りに来てくれる？」

「は？　取りに行くの？」

「お礼なのに俺たちが取りに行くのかよ」

「なんか理不尽感あるけど」

「だって、今から作らないといけないんだもん」

「手元にないもんをお礼にしようっていうのかよ！」

「いやまぁ、貰えるなら行くけどさ」

「お姉さんは薬魔師《やくまし》なんだね」

人口密度の高い会話から置いていかれたリアムは、ソラの隣で痛めたほうの足を僅かに宙に浮かせて黙って聞いている。なんだか不安そうにしているその様子に気が付いたソラは、リアムの手を握り返した。

「リアム、大丈夫？　こんな石投げてくる鬼畜たちが宿屋まで来るの嫌？」

「鬼畜……とまでは思わないが……いや……、大丈夫だ。帰ったらこいつらにポーションを作るんだろう？」

リアムはやはり些か納得のいっていない顔ではあるが、助けて貰ったのは事実なので強くは反対しない。この間の今日で遺恨の残る状況だが、リアムも少し警戒心を薄くしたようで、前回よりかなり表情が柔らかかった。

「うんっ！　リアムの足治すためにポーション作ったら、どうせ余るから」

ソラとリアムが話す背後で「俺らに寄越すのは余りかよ……」とAが呟くが、ソラは気にせず昨日採取した薬草が入った麻袋を回収した。リアムはソラの言葉を聞いてあからさまにホッとした様子で、ソラが麻袋を纏めるのを手伝い始める。

なにが不安でなにに安心したのかは分からないけれど、リアムの直ぐ不安になるところは中々抜けないなぁとソラは苦笑を浮かべた。

「じゃあ靴屋三兄弟、また夕方ね。助けてくれてありがとう」

麻袋を両手に抱えながら、ソラは三人に向き直る。ＡＢＣはこれから採取クエストをするらしいので、ソラはリアムと共に見送ってから森を後にした。

038　当然洗濯は貴様だァ……

宿屋に戻る途中の雑貨屋で、香水を小分けにするための小さな瓶を大量に購入したソラたちは、一刻も早くと逸る気持ちを抱えながら大鷲亭に帰還した。

香水瓶は約六センチの高さで、平底フラスコのような丸いフォルムの薄いガラス製の容器だ。ソラの手で持ってみてもかなり小さい容器は、特にこれといって華美な装飾はない分、値段も控え目。十個で1200G《ゴールド》と実に安価だった。

蓋はコルク栓になっており、ガラスの蓋じゃないことも低価格に拍車をかけているのだろう。まさにポーション瓶として使用するのにピッタリで、二百個近く購入した。


ソラとリアムは帰宅して直ぐ、体中に付着した色々な液体の痕を洗い流すために湯浴みをして、サッパリとしてからポーション作りに励む。

ソラがポーションを作っている間にリアムがお洗濯係を引き受けてくれたので、ありがたくがびがびのローブを渡しておいた。

昨日採取したフルモク苔は一晩のうちに既にローション化してしまっていて使い物にならなかったので、一昨日採取した処理済みのものを使用した。麻袋がローションでドロドロになっていたので、これもリアムが一緒に洗濯した。

途中気疲れで何度もウトウトしてしまったが、それでもなんとか鍋いっぱいのポーションを作り上げる。淡い緑色の液体は目に優しく、益々《ますます》眠気を誘発させられそうだった。

ソラは買ったばかりの香水瓶にポーションを流し込んで満足気に頷くと、洗濯が終わってベッドに腰かけているリアムに大股で歩み寄った。そして怪我しているほうの足首を露出させた。

「ポーション完成したよ！　かけるね？」

「ああ。……頼む」

されるがままといった様子で足から力を抜いたリアムに、ソラはゆっくりと瓶を傾けて患部にポーションを流しかけてやる。リアムの服が汚れないよう、ボトムスの裾を折り込んで握った。とろみのある液体がリアムの患部に塗布され、じわじわと腫れが引いていく。

丸々一本なくなるのはあっという間で、じんわりと時間をかけてリアムの足首の腫れはなくなっていった。だがそれでも不安なソラは、二本目のポーションをキュッポンと音を立てて開け、リアムの口元へと寄せる。

「はい、念のため、飲んで！」

「……んっ！」

リアムがなにか言おうと口を開いたのを見たソラは、すかさず口の中に瓶の口を入れた。ポーションを流し込むと素直に飲み始めたので、指先をちょいちょいと上に向けて動かし、一気、一気とジェスチャーする。直ぐに空になったポーションを見てようやく安心したソラは、改めてリアムの足首に触れてみた。

「どう？　痛みは？」

見たところもう腫れもないし、少し強く指で押しても痛みは無さそうだ。リアムはソラの手を退けさせてベッドから立ち上がると、地面に足を付けたり足首を回したりして調子を確認する。

「大丈夫、そうだ」

「はぁー……よかったぁ……」

自分のせいで不必要な怪我をさせてしまったリアムの治療が終わったことで、ソラの双肩に重くのしかかっていた重責が下りた。もし、ヒビが入っていたりしたら低級ポーションでは治せないので、かなり重めの捻挫だったのだろう。

ソラが全身から力を抜いてぐったりとベッドに横たわると、リアムがギシリと寝台を軋ませてその隣に座った。

「ソラ……、ありがとう」

「ううん、私こそ言うこと聞かなくてごめんね。守ってくれてありがとう」

リアムのぽそりと呟いた言葉は大きな声ではなかったけれど、ソラの耳にしっかりと届いた。ソラもトーンを合わせるようにして小さな声で礼を言うと、絡んだ視線からどちらからともなく二人して、くすくすと笑いが溢れる。

リアムの手がゆっくりと伸びて、ソラの肩にかかる黒髪を払う。ソラはそれを目だけで追って、くすぐったそうに身動ぎした。

「あ、そうだ。リアム、ＡＢＣにあげるポーション、入り口のとこ持って行っといて。一人十本ずつくらいでいいかな？」

ソラはピョコンと上半身を起こすと、テーブルの下を指差しながらリアムにそう言った。

まだ片付けの終わっていないテーブルの上には、薬草や鍋、ナイフが出しっぱなしで、テーブルの下には出来上がったばかりの大量のポーションが置かれている。

リアムはＡＢＣの話題が出ると口を引き結び、それからものすごーく小さな声で『一本で充分だろ』と宣う。ものすごーく小さな声だったが、ソラには確かにリアムの台詞が聞こえ、むっとして唇を突き出した。

「十本！　十本でいいの！　入り口のとこ持って行っといて！」

「……はいはい」

ツンとしながら言い放つソラに呆れたように言葉を返すリアムは、肩を軽く竦めて降参のポーズを取り、やれやれといった様子でポーションを移動させに行く。

その背中を見ながら、ソラは疲労回復のためにポーションを開けて中身を呷った。

＊＊＊

三人組は約束通り薄暮時に現れ、喜んでポーションを持って帰った。

最後までリアムは不服そうにぶすっとしていたけれど、あんな状況で助けて貰ったのだからお礼くらい渡してもいいだろうとソラもむくれ返す。リアムはソラが拗ねるとどうしていいか分からないようで、急激に態度を軟化させ甲斐甲斐しく世話を焼いて機嫌を取った。

「ところで……」

「ああ」

「昨日のことなんだけど……」

「……ああ」

風呂上がりの就寝間際。切り出しにくい話題だったが、これは話しておかなければとソラは言いにくそうに口を開いた。

「昨日は私が崖から落ちたのが悪かったし、リアムの種族的な問題を考えるとアレも仕方なかったって分かるから……」

もじりと視線を落としながらそうこぼすと、リアムはソラを探るように見詰めてくる。

「ええと……、本能タイムが来た時にたまたま私が必要以上に近い距離にいたからそうなっちゃっただけで、早く終わって欲しくて私から迫ったっていうのもあるし、それでもリアムは私に無理矢理を強いて来たりはしなかったし、ギリギリまで我慢してくれたし！　なにが言いたいかっていうと、だから……お互い水に流すってことで……！」

ソラは言い辛さを誤魔化すように大きく息を吸うと、勢いに任せて一息で言い切る。

若干早口で捲し立てるようになったソラの言葉に、リアムは必ずしも納得していないらしく、複雑な表情を浮かべていた。

「それは……分かってる。……ソラが俺に同情して、罪悪感を感じて手助けしてくれたことも……

分かってる。だが、俺は……」

神妙な面持ちで言葉を選びながらゆっくりと話すリアムは、そこまで言って一度口を噤む。そして口を開いてなにかを言いかけて、また直ぐに閉じるというのを何度か繰り返してから、諦めたように肩を落として力を抜いた。

「…………いや、なんでもない」

「ん……なに？」

「いいんだ。お互い水に流そうってことだな。分かったよ」

ソラはリアムの言いかけの言葉が気になったものの、話したくなったら話してくれるだろうか、と思い、深くは追及せずに頷いた。それ以降はお互いいつもどおりの空気に戻り、リアムをトイレに見送ってからベッドに潜り込んだ。

この時きちんと聞いてあげていれば、リアムを不安にさせることは無かったのかもしれない。もちろん、結果論ではあるのだけれど。

０３９　額を隠す兆し、期待のこもる眼差しぃ！

「おー！　ソラ、ちょうどいいとこに来たな。ちぃとソイツ貸してくれや」

まだ早朝と言える時間。ソラとリアムは揃ってギルドを訪れていた。

ガッガッと義足を鳴らしながら、いつかのようにカウンターの奥から近付いて来た人物にソラは目を向ける。

リアムも同じように目線を投げているが、相手が何者だか分からないようで、さり気なく庇うようにソラを背に隠した。

「ミゲル爺、こんにちは！　なに？　どうしたの？」

ソラはリアムの背からひょこっと頭を出して、ニコニコと笑いかけ、明るい調子で返した。

フードを被ったままなのでにんまりと笑った口元しか見えないだろうが、ミゲルは気にした様子もなく、前回と同じようにカウンターをひょいと飛び越えてくる。そしてリアムと対峙するようにその前に立ちはだかった。

「……ギルドマスター！　カウンターを飛び越えるのは止めてくださいと、いつもあれほど！」

「あー、悪《わり》ぃ悪ぃ。……ふーん、コイツがねぇ。ナイト気取りか、まぁいいんじゃねぇの」

買い取りカウンターの内側にいる職員が抗議の声を上げるが、ミゲルは片手を上げてごく軽い調子で謝罪する。そして、顎に手を当てて無精髭を撫でつけながら、半ば威嚇気味のリアムを品定めするように上から下までじっくりと見た。特に、布で隠れた額を。

そして意味ありげにニタリと笑う。ミゲルは視線をソラに移し、前回のように膝を曲げてぐっとしゃがみ込んだ。

「お前んとこの奴隷貸してくれ。登録書類見たけど、冒険者になったんだろ？　しかも奴隷と一緒に。それが元Bランク冒険者だってんだから、驚きだよなあ」

「あ、はい！　でも私は冒険者ってよりいうも、ポーションの販売がしたかったから登録しただけで……。というか、貸してくれってどういうこと？」

どうやらミゲルはギルドマスターとしての権限を大いに利用してソラたちの書類を見たようで、それが合法なのか非合法なのかは分からないが、どうやらこちらの事情は把握しているようだ。

だがそんな、貸してくれ、なんて簡単に言われても、とソラは躊躇う。リアムは消しゴムやCDやゲームとは違って、『これ貸してあげるよ！　又貸しはやめてね！』というわけにはいかないのだ。ソラは妄想力逞《たくま》しく、リアムが又貸しされるのを想像して少しだけ頬を緩ませてから、慌てて引き締めた。

まずは理由を聞いてみるのが先決だろうとじっとミゲルを見詰めていると、ミゲルは立ち上がってテーブルを指差した。

「リアム、だっけか。大丈夫だ、ソラのこと取って食ったりしねぇからよ。俺はバインッ、て感じのほうが好みなんだ。ホラ、詳細話すからそっち座れ」

「……ああ」

「はーい！」

ギルドに入って直ぐの左手には、いくつかのテーブルが置いてあって、サロンのようなスペースになっている。待ち合わせや休憩に使う人が多いようだが、ソラは、これまでの数少ないギルドへの来訪時には、待機時間には依頼の掲示板をのんびり眺めていることが多かったので、使ったことはない。

今日は、ギルドに持ち込んだ低級ポーションとムマリコの採取クエストの査定が終わるまでは、どちらにしても暇なのだ。ならば話を聞いてみようかと、ソラは緩慢な動きでテーブルに着いた。

「実は、近くの森に氷竜《アイスドラゴン》が出たって話でなぁ」

「氷竜《アイスドラゴン》か……、それはまた厄介だな」

「あいすどらごん……？」

リアムはそれを聞いて顔を顰めているが、ソラには聞き慣れない単語だったので、思わずポツリと呟いた。

ミゲルは一瞬ピクリと眉を動かして反応したが、直ぐに普段通りの表情に戻る。

「ソラは氷竜《アイスドラゴン》を知らねぇのか？」

「い、いや……知ってる」

やべ、またこれか、とソラは肝を冷やす。

きっと氷竜《アイスドラゴン》は、この世界で知らない者はいないほど有名な存在なのだろう。咄嗟に知っているふうを装うが、ミゲルは納得していない顔のまま、それでも話を続けた。

「かなりグロッソに近いとこまで来てるみてぇだ。雪国でもねぇこんなとこに、なんでいるのかは分かんねぇんだがな。うちの職員が見たってんだから確かなんだろう」

「俺も……雪国以外で氷竜《アイスドラゴン》が出たという話は聞いたことがない。本来は寒冷地に生息する、かなり手強い魔獣だ」

ソラは話の腰を折らないようにと口を噤み、二人の会話に耳を傾ける。リアムは腕を組んでなにやら考え込むようにテーブルに視線を落とした。

どうやらリアムは、氷竜《アイスドラゴン》を知らないソラにも分かるように、自然に会話に織り交ぜて説明してくれているらしい。ああ、言葉選びが上手いなと、ソラは感心しながら椅子の上で縮こまった。

「でだ、一昨日から討伐隊を組み始めた。だがグロッソは商人の街だからな。常駐してる冒険者のレベルはそう高くねぇ。直ぐに動ける冒険者となりゃ、尚更少ねぇ。ガレオスの街なら冒険者のレベルも高いんだがなぁ」

「そうだな、ガレオスは周りの森が深いから魔物や魔獣も手強い。冒険者も質がいいのが多くいるな。俺も昔はガレオスにいた」

「だな。お前は元Bランクの冒険者だ。だから氷竜《アイスドラゴン》討伐隊に加わってほしい」

リアムはミゲルの言葉になんの反応も示さず、無表情のままだった。

代わりに驚いたのはソラだ。急に出てきた他の街の存在はともかくとして、リアムは戦力になると考えて勧誘されているのだと分かると、酷く困惑した。手強いモンスターの討伐に誘われるほど、リアムの戦闘力は高いのかと。そして今度は複雑な気分になった。

「ええと……、リアムはどうしたいの？」

ミゲルは要件を言うと返答を待つことにしたようで、足を組んで膝に手を突いてのんびりと構えている。しかし、ソラがリアムを窺い見ると、どうも乗り気ではなさそうだ。

「いや……確かに俺はBランク冒険者だったが……。五年も前の話だ。筋力も落ちていてまだ回復していないし、得物もない。過去と同じ動きが出来るとはとても……」

「なぁに言ってんだ。確かにちぃと細っこいが、お前は魔法も使えるだろう？　……いいか、今回の討伐隊は俺と、目撃したギルド職員も込みで八人。うちほとんどがCランクの冒険者だ。氷竜《アイスドラゴン》と遣り合ってギリギリってとこだろうよ。そこにお前一人入ってくれりゃあ、戦況はこっちに傾く」

俯き気味に手を開いたり握り締めたりするリアムは、ミゲルの言葉を聞いて顔を上げる。ミゲルの逆手にした拳がテーブルを軽く叩き、コンコンと音が響いた。

なるほど、氷竜《アイスドラゴン》はかなり強い魔獣なのだなと、ソラは今の言葉で理解した。

そもそも、冒険者のランクがどうすれば上がるものなのかも知らないが、それでも、それだけの人数を集めなければならないほどの強敵なのだろう。あと、ミゲルも参加するというのには驚いた。

その足で大丈夫なのだろうか。

「だが、氷竜《アイスドラゴン》の討伐となればCランク以上の依頼だろう。俺はこの間再登録をしてFランクだから……」

「だーうるせぇなぁ！　んなもんある程度どうにでもなるし、得物は他の冒険者の遺品を貸してやる。うじうじしてねぇで、行くのか行かねぇのかハッキリしろ！　よし、聞けよ。報酬の話を先にしてやる。これはBランククエストだ。報酬は一人25万G《ゴールド》。Bランククエストにしちゃあちぃと少ないが、代わりにいい鍛冶屋を紹介してやる。それから素材は人数で等分。中級ポーションの支給は惜しまない」

どうだ、悪かねぇ条件だろ、とミゲルが言葉を続けながら手の平を打ち付けるようにしてテーブルを強く叩いた。薄っぺらなテーブルがバンと音を立てて揺れ、ミゲルの苛々とした気持ちを代弁する。一息に言い切ったミゲルは、椅子に深く腰かけてフンと鼻を鳴らす。

ソラが困ったように眉を寄せてリアムを見ると、「25万G《ゴールド》……」と小さく呟いているのが見えた。

「ソラ……、受けてもいいだろうか」

「え!? う、うん……リアムがいいなら構わないけれど……危ないよね？」

なにが琴線に触れたのか、急に乗り気になったリアムにソラは不審な目を向ける。もちろんリアムの意見は尊重したいが、それだけの強敵なのだとしたら、リアムの身が心配だという気持ちが大きい。それに鍛冶屋を紹介される理由も分からない。

難しい表情で固まるソラに気付いたのか、リアムがフードの中に手を差し入れて、ソラの頭をくしゃりと撫でた。

なにをしてくれる、髪ぐしゃぐしゃになったじゃん。これ、フード取らなきゃ直せないじゃん！

「大丈夫、なるべく危険は避けるし、怪我をしないように気を付けるよ。駄目か？」

「ソラはコイツの頭隠すの、布で充分なのか？　もっといいモンがあると思うんだが……」

そこでソラはミゲルの言葉にハタと固まる。そして、どういう意味なのかとミゲルの顔を見た。

ミゲルはその赤い目をきゅうと細めて笑い、話に食い付いたソラにさらに言葉を続けた。

「俺の知り合いの鍛冶屋は防具類の作製が得意でなぁ。額に当てるメタルプレートみたいなのも、頼みゃ作ってくれると思うんだが」

「リアム、受けていいよ！　ただし怪我は駄目、絶対！」

「あ、ああ……」

手首が千切れそうな勢いで手の平を返したソラにタジリとしながらも、リアムはゆっくりと頷いた。ソラはきゃー！　と小さく叫んで嬉しそうに顔を緩めると立ち上がり、ミゲルに近付いてその手を取った。そして、ふわりと優しく握った手をブンブンと振った。

ミゲルも赤い髪を揺らして嬉しそうに笑い、ソラを撫でようとローブの上に手を伸ばす。

「ミゲル爺さいっこぉ！　ありがとう、いやぁ私も布はどうかなと思ってたんだよねぇ！」

ルンルンとご機嫌になるソラとは対照的に、リアムがキッと目線をキツくしてソラの首の後ろ側を摑んで引っ張る。服で首が軽く絞まり、ぐぇと情けない声を漏らしたソラは、背中からリアムの腹にぽすんと収まった。

ソラを撫でようとしたミゲルは手を宙で止めて、やれやれと眉を上げてから手を引っ込める。

「だから、俺はバインッて感じのほうが……まぁいいか。急だが、出発は今日だ。正午に街の門で待ち合わせ。得物はギルドの二階に通してもらって、冒険者の遺品から好きなもん持ってけ」

「分かった」

「二人とも、頑張って行ってきてね！　ホントにホントに、怪我しないように気をつけて……！」

「はぁ？　ソラ、お前さんなに言ってんだ」

リアムにローブを摑まれたまま二人を見比べて、体の前で拳を作って激励を送るソラの姿に、ミゲルのとんでもなく呆れたような視線が突き刺さる。

まったく、馬鹿な奴だな、とでも言いたげな、心の底から呆れたような表情だった。

「お前さんも行くに決まってんだろうが」

「…………は？」

040　足手まとぅいになるので、あの、その……

どうやらミゲルは、ソラにも同行して欲しいらしい。奴隷の失態は主の責任になるということで、監督者責任の意味も込めて当然のようにソラもクエストに参加することになってしまった。

いやしかし、だがしかし。当然ながらソラは戦闘手段など持ち合わせてもいなければ、鈍くさいことこの上ない。この間崖から落ちたのがいい例である。

付いて行っても間違いなく足手まといになることは目に見えていた。だが、それをミゲルに言っても、『氷竜《アイスドラゴン》との戦闘になったら離れてもらうから問題ねぇよ』と言われ、なにがなんでも残りたいと主張しても『ははは』と笑って流された。はははではないのだが。

結果として半ば押し切られるような形になって、ソラは今、リアムと共に、待ち合わせ場所であるグロッソの門へ向かっているのだった。

「ぜーったい足手まといなのに……。ぜーったい私いても意味ないのに……」

肩を落としたままブツブツと呟くソラは気が沈み、ただでさえ鈍い歩みがさらに遅くなる。リアムはちらりと空を見上げ、太陽の位置で時間を確認するとソラの肩をツンと突いた。

「……そうは言っても仕方ないだろう。ほら、急がないと遅れるから」

「ひぇ!? うわっ」

リアムがソラの正面に回り込み、両脇に手を差し込んで抱え上げる。ソラは急に体が宙に浮く感覚に驚き固まって、大人しくなった。

リアムは自分の腕に、父親が子供を抱き上げたときのようにソラを座らせ、ソラはバランスを崩さないようにリアムの首に手をかける。ワイバーン様のフード部分をぎゅうと握り、急に高くなった視界に目を白黒とさせた。

「森に入るし、このほうがいい。足元も悪いと思うから。じゃ、行くよ」

「えっ、あっ、うん」

リアムが歩行を始めて気付いたが、その長い足によって繰り出される速度はソラの歩く速さとは全く違っていた。今は少し早歩きをしているのだとしても、明らかにいつもはソラに合わせて歩いてくれていたのだろうと初めて分かる。

「危ないから、ちゃんとしがみついて」

「あっ、はい」

あまり抱き上げられ慣れていないソラは落ち着かないが、快適には違いなかった。リアムとほぼ同じ視点で見る街の様子はいつもよりなんだか情報量が多い。

リアムの顔が近いのがなんだか照れ臭くて、ソラは周囲に視線を向ける。ほとんどの人を頭上から見下ろす形になる地上二メートルという高さはソラにとって未知の体験で、憂鬱だった気分が少し浮上した。

＊＊＊

集合場所には既に何人もの人が集まっていた。ソラはその中に見知った顔を見付けて、ぱぁっと表情を明るくする。

「ジェイク！」

ソラが名前を呼ぶと、振り返ったジェイクの視線がソラで止まった。ソラはジェイクの許へ行こうと、リアムの腕の上でモゾリと動く。

「ソラ！　と、リアムも来たんだ。元気だった？」

「うん、元気元気！　ジェイクも氷竜《アイスドラゴン》の討伐に行くの？　っと、わっ！」

が、リアムは反対の手をソラの背に回してガッチリと抱き締め、ソラを降ろしてはくれなかった。駆け寄れないソラの代わりにジェイクがソラの傍まで来てくれたので、リアムの腕の上からジェイクに手を伸ばす。意図を汲み取ったジェイクもソラに手を伸ばし、ハイタッチしようとした寸前でリアムが一歩下がる。バランスを崩しかけたソラは、あわあわとリアムにしがみついた。

「リアム！　危ない！　てか一旦降ろしてくれない？」

「……駄目だ」

ソラが目をキッと吊り上げてリアムを見ると、その表情は今まで見たことがないほど固いもので、ソラは気圧されてぱっと目を逸らしてしまった。ソラを抱える腕に力がぐっとこもって、リアムの表情はさらに険しくなる。

「ジェイク、ごめんね」

「いや、俺はいいんだけど……。ソラは嫌じゃないの？　嫌なことはちゃんと嫌って言わないとだめだよ」

ジェイクは合わさることの無かった手を引くと、そのまま緩やかに腕を組んでそう言った。しかし、その言葉はソラへ向けられたものなのに、ジェイクの顔はしっかりとリアムのほうを見ている。

爽やかさすら含んだ様子でニッコリとリアムに笑いかけているのだから、質が悪い。

「嫌……、なわけじゃないから……いいんだけど……うん」

ソラの言い淀みながらの「嫌じゃない」という言葉に、リアムは不安げに瞳を揺らす。

そしてソラがジェイクに向き直ると、リアムもジェイクに向けて僅かに笑みを浮かべた。

「……奴隷商館から大鷲亭までは世話になったと聞いている。ありがとう」

「ああ、いやいや。あの時は俺、ソラに雇われてたからね。仕事だったし」

お互いに意識がある時に会うのは初めてなので、ほぼ初対面のリアムとジェイク。元々ジェイクは愛想のいい人間だし、リアムだって初対面の人には丁寧に接する人なのに、二人の間には暗く淀んだ空気が流れていて、ソラは冷や汗をかく。この二人は相性があまり良くないらしい。

「あ、ジェイクは仲間と一緒に討伐クエスト行くの？」

「ああ、そうなんだ。あっちにいるよ」

話を変えようとソラが問いかけると、ジェイクは自分の背後を振り返った。ジェイクが指差した先の少し離れたところには、纏まって固まる三人組がいて、こちらをチラリと見ながらなにかを耳打ち合っていた。遠目なので種族などは分からないが、正直言ってこちらを見ながらの耳打ちはあまりいい気がしない。この距離なら聞こえるはずもないのに、なぜわざわざそんなことを……。

だが、いくら感じが悪くてもジェイクの仲間なのだから、とソラは目線を合わせたまま軽く会釈をしておいた。清々しく無視されたけれど。

「ごめんね、アイツら愛想なくてさ」

「ううん、いいの」

申し訳なさそうなジェイクにソラはふるふると首を振る。ソラが気にしていない様子なのを見て、ジェイクはほっと息を吐き出した。

「あー、皆集まってんな」

低い声が響いてきたほうを見ると、ダルげに歩いてきたミゲルが到着したところで、皆の視線が一斉にミゲルに突き刺さった。

ギルド会館の中では木の床だったのでガツガツと音を立てて歩いていたが、地面が土だと義足の音はそう響かないようだ。後ろに控えている明るい表情の男性は、恐らくギルド職員だろう。

「今からポーションの支給をする！　ここから森に入り約三時間の地点にある小川で一旦休憩、そのあとさらに行軍して目的地に向かう。討伐対象は氷竜《アイスドラゴン》一匹だ。今回はFランク冒険者がいるからな、背後で控えさせるが傷付かないよう守ってやってくれ。皆頼んだぞ」

ミゲルが手に持っていた木箱を地面に置くと、ギルド職員の男性が蓋を開ける。各々が取り出し易いように開かれた蓋をミゲルが足で踏みしめた。

士気を鼓舞する響きを含ませた声色は、皆の気持ちを一気に森のほうへと引き込んだ。

「リアム、中級ポーション貰いに行こ。低級ポーションは馬鹿みたいにいっぱい持ってきたからいらないよね」

「ああ、そうだな」

ソラがリアムの腕の上で前開きのローブを開くと、ジャラリとガラスの合わさる音がした。

ソラのローブの内ポケットという内ポケット全てに、低級ポーションが仕込まれている。その数約四十本。

もはやソラ自身がポーションだと言っても過言ではない（過言）ほどの量で、ソラのベルトに付けたポーチにも、そしてリアムの腰につけたポーチにも低級ポーションが入っている。

間違いなく足手まといになるであろうソラは体のあちこちにポーションを仕込んできた。低級ポーションなら気兼ねなく栄養ドリンク代わりに飲めるし、小さな傷にも重宝する。同行するメンバーに分け与えることも可能だろう。

役に立たない分、ポーション持ちとしての仕事くらいはしたかったのだ。まぁそれも、自分の足で歩いていない現状では、半分も果たせていないけれど。

リアムはソラを抱えたまま木箱からいくつかの中級ポーションを取り出し、器用に片手で腰のポーチに仕舞った。

「よし、皆。行き届いたか？　それじゃあ出発するぞ！」

周りからおう！　と野太い声が上がり、ソラとリアムも頷く。そしてソラを含める十五名は森へと足を進めたのだった。

041「私の原動力は食欲から。あなたの原動力はどこから？」「私は性欲から！」

以前リアムが言っていたことの意味が分かったのは森に入って一時間半ほど経った頃だった。

『奥に行くにつれ、おどろおどろしい雰囲気になるよ』

確かにリアムの言っていたとおり、既に辺りは木が密集して生えているせいで、森の中に差し込む太陽光がとても少なくなっている。薄暗い雰囲気は、まさにおどろおどろしいと言えるだろう。

これまでに遭遇したのは大きな蜂っぽい魔物と、薄い緑色のゲル状の魔物、それから石の翼を持ったコウモリのような魔物。どれもリアムが戦闘に駆り出されることはなく、ジェイクのパーティーメンバーの弓使いの女が遠距離から仕留めた。特に危険だということもなく、今のところは比較的安全な道中だ。

「リアム、私自分で歩くよ」

地面は岩がゴロゴロしていて、その上に分厚い苔が生えている。盛り上がった木の根や積み重なった枯れ葉など、足元はかなり悪い状況だった。今のところリアムに疲れは全く見えないけれど、ソラを抱えてバランスを取りながら進むのは神経を使うはずだ。

「駄目だ」

「疲れたらだっこしてもらうから」

「駄目だ」

「ケチ」

だが、その提案も敢えなく拒否され、ソラは目深に被っていたフードをさらに引き下げる。そしてリアムの耳元に顔を寄せて囁いた。

「ねえ、氷竜《アイスドラゴン》ってどんなドラゴンなの？」

リアムはああ、と小さく返事をしてからソラに顔を寄せると、周りには聞こえないように声のトーンをさらに落として返事を紡ぐ。

「氷竜《アイスドラゴン》は水属性の魔獣だよ。氷の魔法を得意とするドラゴンで、風属性の魔法にも適性がある。体長は成体で約三メートル。火竜《ファイアドラゴン》と違って不必要な獰猛さはないが、縄張りに侵入されると火竜《ファイアドラゴン》以上に怒る。雷属性の魔法に弱いから、俺とはかなり相性がいい」

「へぇ……、ならちょっと安心かな。ていうかおっきいドラゴンなんだね」

「いや、ドラゴン種の中では大型とは言えない。……そういえば、肉が美味いと聞いたことがある」

「……！」

ソラはその言葉に敏感に反応した。ドラゴンの肉。なんだそれは。

とんでもなく魅力的な食材ではないか。まさに日本生まれの若者全てのロマンが詰まった食材だ。

ソラの反応を見てリアムがふ、と表情を緩め、優しい顔で笑いかけてきた。

「討伐したら素材が貰えるから、肉を多めに貰おうか」

「うん、うん！　たべる！　もらう！」

陰鬱な森の中で気分が落ちていたが、ドラゴンの肉のことを考えると俄然やる気が出てきた。とはいえ、ソラに出来ることなんてなにもないのだけれど。

「ソラ、少し話せる？」

背後から唐突に声をかけられたソラが上半身を捻って振り向くと、そこにいたのはジェイクだった。

リアムはつい今しがたまでの穏やかな空気を潜め、警戒心を顕にしていた。

「うん、いいよ！　リアム、ちょっと降ろしてくれる？」

「いや、だが……」

ジェイクがわざわざそういう言い方をしてくるということは、恐らくリアムには聞かれたくない話なのだろう。ソラはリアムの肩をたしたしと二回叩いて降ろしてくれるよう求めた。

しかし、リアムは心の底から嫌そうな、そして不安げな、とても情けない表情をしている。ソラを抱く手が緊張しているのがローブ越しに伝わってきて、安心させるためにリアムの背をよしよしと撫でた。

なんだか昨晩から、リアムはこの表情をすることが多い気がする。

「大丈夫、ジェイクは悪い人じゃないよ。直ぐ戻るから、ね？」

「…………随分とコイツを信頼しているんだな。…………分かった」

リアムはソラに撫でられても表情を変えず、依然として不安げな面持ちのままだ。それでも不承不承といった様子で歩みを止めると、ソラを地面に降ろしてくれた。

「ひゃー！　ただいま地面！　恋しかった！」

しばらく歩いていなかったからか、ずっと揺らされていたからかは分からないが、地面に着いた足がふわふわとおぼつかない感じがする。ソラは一行に遅れないよう歩み出し、ジェイクの傍に寄った。

リアムは前方の冒険者たちに追い付き、会話が聞こえない位置にいるものの、明らかにソラとジェイクに意識が向いているようで、時々ちらり振り返ってきて視線が合う。

「……で、どしたのジェイク」

「いや、真面目に聞いておきたいんだけど、ソラ本当に困ってない？」

降り立った地面は案の定若干滑り易く、ソラは会話をしつつも足元に集中する。

ガタガタとした足場は直ぐに体力を削ぎ落としそうな勢いでソラを攻め立ててきた。一歩一歩をしっかりとブーツで踏み締めながら歩く。

「と、言いますと？」

「いや、君さ。なんか勢いで奴隷買ったとこあるじゃん。後悔してたり、困ったりしてないかなって、ずっと心配してたんだ」

若干言い辛そうに目線を落とすジェイクは、どこか照れ臭そうで可愛らしい。

しかも内容が内容だ。五日間共に旅をした依頼主と雇用者という、なんとも希薄な関係のはずなのに、ずっと心配していた、なんて言われて嬉しくないわけがない。

「……!!　ジェイク！　めっちゃ優しい！　ありがとう！」

ソラは感極まったとばかりに思わず大きな声を上げる。

でも、全てを言い終わらないうちに、少し先を行くリアムの首がぐりんとこちらを向いたので、慌てて声のボリュームを落とした。こわい。リアムの鋭い眼差しがこわい。

「で、どうなの？　鬼の相手は大変じゃない？」

この質問は以前にもされたが、その時のソラはジェイクの言葉の意味が分からなかった。しかし長らくリアムと行動を共にするようになったことで、今ならその意味が分かる。

「う、うん……」

ジェイクはリアムの精力のことを言っているのだ。というか今気付いたのだが、ジェイクはソラが鬼の性質を知った上で購入したと思っているようだ。

ということは！　つまり！　購入時から、ジェイクに『ドスケベ痴女』だと思われていたのだろうか。

動揺して嫌な汗をぶわりと噴き出したソラは、ばっと勢い良くジェイクを見た。

「違う！　私はドスケベ痴女じゃないよ！」

「……は？」

再びソラとジェイクに、リアムの鋭い視線が突き刺さる。睥睨《へいげい》してくるリアムに、ソラは再び声のボリュームを落とした。

「大丈夫！　基本的に寝る前にトイレで自分で処理してくれるし、無理矢理に手を出したりとかはされてないし、なんとか上手くやってる」

「あ、そうなんだ。……まぁそれ、鬼からするとめちゃくちゃきつそうだけど……、手を出されてないならよかったよ」

そう言ったジェイクはあからさまにホッとした様子で、よもや手を出されていないどころかソラから許可を出したことまであるだなんて、とてもではないが言える雰囲気ではない。曖昧に誤魔化すように笑って頷き、ソラは口を噤んだ。

ソラが率先してリアムのリアム様が鎮まるお手伝いをしただなんて言えば、間違いなくドスケベ痴女の称号を恣《ほしいまま》にしてしまうだろう。それだけは避けたい、なんとしても！

「心配してくれてありがとう」

「うん、困ったことがあればなんでも言って。俺はソラの弟なんでしょ？」

爽やかな笑顔がちょっとだけ揶揄いを含む意地悪な顔になったのを見たソラは、キョトンとしたあとにぷっと噴き出した。

そうだ、そういえばジェイクは私の弟だった、と思い出すと、あれからまだそう時間は経っていないのに、懐かしくすら思えてくる。

「そうだよ、ジェイクは私の弟！」

「姉さんが困ってたら、助けるのが弟の役目だからさ」

「ジェイクこそ、困ってることは――」

「ねぇアンタ。いつまで話してんのさ。いい加減ウチの、返してくんない？」

困ってることはない？　そう聞こうとしたソラの言葉を遮って入ってきたのは、ジェイクのパーティーメンバーである、ローブを着た弓使いの女だった。

０４２　シカトが一番こたえるってばーちゃんが言ってた

「えっ、あ、ごめんなさい」

ソラは日本人らしく咄嗟に謝ってしまい、それから遅れてその女に目を向けた。

ソラと同じようにローブを纏っているが、ソラの冒険者スタイルの短いローブとは違い、女のローブは地につくほど丈が長い。いわゆるソラのイメージするところの魔道士が着ていそうなローブで、ブカブカのソレを着ていても体型が分かるほど痩せ型の女だった。

「ジェイク、いつまでウチらから離れてんだよ。さっさと戻っておいでよ」

「ああ、うん……スカイラー。そうだね」

ジェイクは困ったように笑い、それでもまだソラと話すつもりなのか傍を離れる気配はない。

スカイラーと呼ばれた女は、ジェイクの態度にかなり苛ついた様子で、背に負う弓を揺らしながらソラに向き直った。

「ハン、こんな貧相なチビに構ってやるなんて、ジェイクったら随分お優しいこと。いいかい、アンタ。よく聞きなよ」

スカイラーが高圧的な態度でソラとの距離を詰めてきたので、ソラは咄嗟に歩く速度を上げて距離を取る。そのローブがはためくのを追うようにして、スカイラーはさらに距離を詰めてきた。

「ジェイクはウチらの攻撃の要なんだ。……取るつもりなら容赦しないよ！」

「へい……取るつもりはないです……。ていうか、それはともかく、ちょっと近いです。パーソナルスペースガン無視きっつい！」

キッとキツい猫目で睨んでくるスカイラーの顔にはソバカスが浮かんでいる。意地が悪そうな顔立ちだが美人だった。しかし、その近過ぎる距離感に頬を引き攣らせたソラは、スカイラーとの間に手を差し出して距離を取ろうとする。

それを見たジェイクがソラの手を摑んで引き、慌てて間に入った。

「ちょ、スカイラーやめて！　ソラは別にそういうつもりじゃないし、俺はこの子のこと――」

「おい……、もう話はいいだろう」

パシン！　となにかを叩くような音がジェイクの言葉を遮り、ソラは声のした方向へ目を向ける。ずっと前のほうを歩いていたはずのリアムがいつの間にか至近距離にいて、ジェイクの手首を握っていた。

パシンという音は手首を摑んだ際に出た音だったようで、一瞬遅れてそのことを理解したソラはぽかんとしてしまう。

「え、え？」

「長い。……ソラ、こっちおいで」

リアムはソラの反対の手を優しく取る。

ええと……。ソラの手首を摑むジェイクの手首をリアムが摑んで、ソラの空いている手とリアムの空いている手も繫がっていて……。機関車も驚きの複雑な連結状態に、ソラは目を白黒とさせた。

「ちょっと待ってよ！　っ、いっ……」

ジェイクが小さく呻いて、ソラの手をパッと離す。キチ、と軋むような音が鳴ったので、もしかするとリアムがかなり強い力で握ったのかもしれない。

リアムはジェイクがソラの手首を離したのを見ると、自分もジェイクの手首を離す。ジェイクは自らの手首をフルフルと振って痛みを逃がしながら苦しそうに片目を瞑った。

ソラは別に、ジェイクに強く握られていたわけではないので痛みは無かったが、真似をするように手首を軽く回してフルフルとさせる。

「アンタ、話の邪魔をする気？」

スカイラーがリアムを睨み上げるが、リアムは完全に無視を決め込み、ソラを先程のように抱き上げた。腕に尻を乗せると、反対の手を背に添えてソラが落ちないように抱え込む。

「無視してんじゃないよ！　聞いてんの⁉」

「ソラ、かなり遅れてる。早く追いつかないと」

「え、お、おん……ソウダネ」

きぃと甲高い声で喚《わめ》くスカイラーなどまるで眼中にないというような態度で、これには流石のソラもスカイラーが可哀想になってチラチラと視線を送ってしまった。

その同情的な視線すら気に入らないスカイラーは、カッと顔を赤くするとパサリとフードを上げる。中から金色の髪が飛び出して揺れ、それを見たリアムはぎゅっと眉間に皺を作り心の底から嫌そうな表情になった。

「はっ、こんなチビに傅《かしず》いて、なんか弱みでも握られてんの？　ねぇアンタ、顔はいいし、体格だっていい。ウチらのパーティーなら高ランク帯の依頼も受けられんだ。さっきギルドマスターが言ってたFランク冒険者って、このチビのことだろう？　ウチらと来ればもっと稼げるよ、どうだい？」

その言葉にいち早く反応したのはジェイクで、スカイラーの肩を掴んでリアムから離れさせようとする。

「スカイラー、やめろよ！」

「うるさいよ！　ジェイク、アンタがアタシに意見するつもりなのか？」

しかしスカイラーの勢いは止まらず、ジェイクにもキツイ言葉を浴びせかけてきた。途端、ジェイクの勢いが目に見えて弱まり、ぐ、と黙り込んでしまう。どうやらパーティー内での力関係は、スカイラーのほうが上らしい。

二人がヤイヤイとやっているのを聞きながら、ソラはスカイラーの台詞に心が冷えるような感覚を覚えていた。スカイラーの物言いは辛辣だが、ある意味で的を射た言葉でもあるからだ。

本来ならリアムは高ランク帯の冒険者で、戦えもしないソラとは縁のなかった人間だ。

一度の依頼やクエストで、もっと多額の金銭を獲得することだって容易なはずで、ちまちまとポーションを作っては売るというスタイルは、あくまでリアムがソラに合わせてくれているだけ。それは、リアムの得意とする形ではない。今日だって、ソラは明らかに足手まといだ。

ただ、彼は奴隷だから、主人である自分に付き従ってくれているのだと理解しておかなければならない。リアムには困ったところもあるけれど、それでも一緒に過ごす時間はとても楽しい。だから、そのことをつい忘れてしまいがちになる。

リアムはこの生活も、奴隷の身分も決して望んではいない。当たり前だ。好き好んで奴隷でいたがる人間なんていないない。

そう考えたところで、ソラは冷水を浴びせかけられたような心地になった。

アホさが目立つソラだが、そういうことに気付くだけの聡さは持ち合わせている。リアムの今までの主人の中で、自分は圧倒的にいい待遇をしている自覚もある。故に、リアムから慕われるのは当然のこと。

恐らくリアムは、この生活を手放したくないと考えているだろう。が、それはリアムの本当の心なのだろうか、それともリアムの奴隷の心なのだろうか――。

「ソラ？」

と、ソラがそこまで考えたところで、リアムが訝しげな顔でソラのフードを覗き込んでくる。ソラはハッとして意識をリアムに向け、ぎこちなく微笑んだ。

リアムはその表情を見ると、スカイラーやジェイクから逃げるように歩行速度を上げて、あっという間に二人から距離を取った。

「ちょっと、そこのデカイの、まだ話終わってないよ！」

「スカイラー、頼むからいい加減にしてくれ……ソラもリアムもごめん。またあとで話そう」

スカイラーはまだ後ろでリアムに向かってなにか言っていたが、リアムは首だけで振り返ってジェイクにだけ頷いて返し、スカイラーに対しては清々しいほどのシカトをかまして、前方を歩いていた一行に追いついた。

「ソラ、大丈夫か？」

「うん、大丈夫。私、自分で歩きたいな」

「だが……」

「歩きたいの」

強く念を押すように告げたソラの言葉にリアムは渋々ながらも頷き、名残惜しげに地に降ろしてくれた。歩き出そうとしたソラの手を握って、並んで歩く。

ソラが軽く腕を引いてほどこうとしたけれど、リアムは絶対に離すつもりはないとばかりに、さらに強く手を握り込んできた。

ソラの倍ほどもある大きな手は少し乾燥してカサついていて、そして驚くくらい温かかった。

０４３　いやコレ雛かな？

「よし、ここで一旦休憩だ！」

ミゲルの太い声が響いて、ソラは疲労の溜まった足を止めた。

深い森の中でほんの少しだけ拓《ひら》けたそこには、キラキラと光を反射させる小川が流れており、これまでの鬱々とした雰囲気とは打って変わり清々しい雰囲気だ。水に匂いなんてついていないのに、なんだか湿気混じりの爽やかな香りがするような気もした。

皆、思い思いに休み始め、座り込む者や装備を確認する者、小川の水で顔を洗う者と、三者三様の行動を取っている。


先程までどんよりと思い悩んでいたソラだが、その小さな頭で考え続けることは難しく、なにより持ち前のポジティブさで既に気分は上昇傾向にあった。たった一時間ほどしか悩んでいないが。

シリアスらしいシリアスすら長く続かない自分に若干の呆れはあるものの、これも長所だと思うことにした。誰だ単純だなんて言った奴、名乗りを上げろ。

リアムの気持ちなんてソラには分からないし、変えることだって出来ない。ならば考え続けるだけ無駄なのだから、今までどおりでいいはずだ。そう思えば自然と、ソラの中の憂いは消える。

「リアム、つかれたああ」

「だから降りるなと言ったんだ」

小川の横の大岩に腰かけ、だるだると背を曲げたソラは自らの脹脛を揉みながら泣き言を零す。リアムは、それ見たことかと言わんばかりの呆れ顔である。

ソラの前にリアムがその巨体を跪かせ、ローブから出るソラの脹脛にそっと触れた。カサついた指が優しく脹脛に触れ、少し痛いくらいの絶妙な力加減で揉みほぐしてくれた。

「あー！　ありがと。ポーション飲む。はい、リアムも」

「……………ん」

疲れから若干片言言葉になりながらも、ソラはバーンとローブを捲り、内ポケットに仕込んである低級ポーションを取り出す。コルクの蓋をぽんと開けて小さな瓶を呷った。

そしてもう一本取り出すと、そちらも蓋を開けてリアムの口元に持っていく。リアムはソラの脹脛を両手で揉んでいるためポーションを受け取れない。口元に寄せられた意味を正しく理解して顔を傾け、リアムもポーションを飲み干した。

ポーションのお陰か、それともリアムのマッサージのお陰か、数分後には足は大分回復して楽になっていた。多分ポーションのお陰だ。

「リアム、私皆にポーションくばってくる」

腰かけていた大岩の上に立ち上がると、リアムも同じように立ち上がる。岩の上に立っても尚リアムのほうが高い目線に、ソラは僅かに憤りを覚えつつぴょんと岩から跳び降りた。

「俺も手伝おうか？」

リアムのその言葉に、ううん、と唸って思い悩むソラ。リアムはやることがない状況を嫌がるきらいがあるが、ソラは些細なことが原因でリアムに傷付いて欲しくもない。

あまりリアムが派手に行動して、鬼だとか奴隷だとかいうことがバレるのはよろしくないだろう。と、それとは別に、リアムの様子がおかしいことにも気が付いていた。ソラはなにか言いたげな、憂いを帯びたリアムを見て不思議な気持ちになる。

（なんか、崖の下ドロドロ事件のあとからリアムが不安定な気がする……）

ソラが他人と話すのを極端に嫌がるのだ。不安で不安で仕方がないと言わんばかりの態度で。情緒も落ち着かない様子だった。

今朝ミゲルからギルド討伐クエストを持ちかけられた時も、門前でジェイクと話した時も、森の中でスカイラーたちと話していた時も。そして、今も。ソラが一人で他人と話すことを嫌がっている。

ただ、それは嫉妬から来るものでは無さそうで、悋気なく独占したがるリアムのそれが、ソラを余計に混乱させた。

（いいや、考えても分かんないし）

「大丈夫。下手な動きで鬼とか奴隷ってバレるの嫌だもんね？　こういうのは私の役目かな。私サクッと配ってくるから、リアムはここで休んでて」

ソラは考えることを放棄して、冒険者たちの許に駆け出した。


「はいどーぞー、ポーション飲んでー」

「あ、ああ。ありがとう」

リアムがベッタリなため、あまり他の冒険者を観察していなかったソラは、ポーションを手渡しながら装いや種族をチェックして回った。

「はいどーぞー、ポーション飲んでー」

「お嬢ちゃん、すまんな、ありがとう」

種族はなんだか分からないが、手の甲や額の一部が鱗で覆われたオジサン。丸い耳の付いた若いお兄さんは、多分耳の色的にネズミかチンチラの亜人。

「はいどーぞー、ポーション飲んでー」

「うるさい、話しかけんじゃないよ」

「スカイラー、そんなこと言うならあげない」

ジェイクとミゲルは人間で、ジェイクのパーティーメンバーも皆人間だ。でも、ジェイクのパーティーメンバーたちには、ソラちゃん特製低級ポーションを受け取って貰えなかった。感じ悪いこと山の如しである。

「はいどーぞー、ポーション飲んでー」

「ありがとうございます！」

ミゲルに付き添っているギルド職員は笑顔の素敵なワンコ亜人のお兄さん。

ソラは、最後にミゲルと話し込むジェイクの許へと駆け寄った。なにか大切な話をしているのかと思い一度足を止めたが、そういうわけではなさそうでちょいちょいと手招きされたのでホッとする。

ローブの中でゴソゴソとポーションを取り出し、手の平に乗せて差し出した。

「ミゲル爺！　ポーション飲む？」

「ああ、貰う貰う。ありがとな、ソラ。……ジェイク、とにかく気を付けとけよ。これ以上は俺も見過ごせねぇぞ」

「ああ……うん。分かってるよ。ありがとう」

ミゲルはポーションを受け取ると、なにやら難しい顔をしてジェイクに釘を刺す。気軽な様子で手招きされたのでホイホイと来てしまったが、やはりなにか大切な話をしていたのではないかとヒヤリとした。

「ぷっ、ソラ、君なんて顔してるの。大丈夫だよ、邪魔になんてなってないからね」

ジェイクは、ソラが叱られる前の子供のような顔をしているの見て噴き出し、ソラをフードの上からぽんと撫でる。

「……本当？　なんの話してたの？」

「ジェイクの仲間の話だ」

ソラが未だ怪訝そうに、二人の顔を交互に見比べながら尋ねてみると、実にアッサリとミゲルが返答してくれた。しかしジェイクの表情は固く、困ったような、それでいて笑っているような、複数の絵の具を混ぜ合わせたような複雑な表情をしている。

「スカイラーたちの話？」

「ああ、あの弓の女な。右の小柄な男がバル、左の髪が長い男がジョージ、だっけか」

ジェイクがチョコレート色の髪を揺らしながら仲間に視線を向け、ソラも同じようにスカイラーたちを見た。スカイラーの傍で寛ぐ二人は、ソラが先程ポーションを渡そうとしたらスカイラーに遮られてしまった二人だった。

（バルとジョージ……）

ソラは今しがたミゲルから聞いた名前を心で復唱してみるが、直ぐに意味のないことだと思って止めた。忘れる。興味なさ過ぎて絶対忘れる。

「……俺ね、昔ソロで洞窟に入ったことがあって、そこで死にかけてさ。四日間、誰にも発見されなくて……。その時、彼らに助けて貰ったんだ。それから彼らのパーティーに入った」

「そうなんだ。なんか……見た感じスカイラーの尻に敷かれてるみたいだけど？」

「尻に敷かれてるなんてもんじゃねぇよ。搾取されてんだろうが。報酬ちゃんと貰ってんのか？」

「あー……、うん、まぁ」

ソラが先程のスカイラーとジェイクの遣り取りを思い出しながら聞くと、ミゲルが憤った様子で語気を荒げてジェイクにそう言った。一方のジェイクは言葉を濁しながらポリポリと頰を掻いて気不味そうだ。

詳しくは分からないが、今の会話の流れからすると、恐らくジェイクはきちんと等分で報酬を貰っていないのだろう。

「ジェイクは才能あんだ。いい仲間に恵まれりゃ、直ぐにBランクに上がったっておかしくねぇ。今は無理でも、いつかAランクにだって上がれる才能がある。……けど、あんな奴らとつるんでたら上がるもんも上がらねぇぞ」

ソラはそれを聞いてマジマジとジェイクを見た。ソラの年齢とそう変わらないと思っていたが、それだけ強いとなると、実年齢はもう少し上なのだろうか。

徐々にヒートアップするミゲルの様子からは、情に厚い人であることが窺えた。豪気な性格らしいミゲルは心底ジェイクを心配しているようだ。

「俺ぁ、常に見てるからなってアイツらに伝えとけ」

「……うん、分かった。ありがとう、ミゲル爺」

ミゲルは怒った様子のままガツガツと義足を鳴らして皆の許へ戻る。取り残されたソラとジェイクは二人して目を合わせ、困った表情で笑った。

「そっかー……。あんまりいい仲間じゃないんだね」

「んー……でもやっぱり、助けてもらった相手だから……今まで一緒にいたんだけど」

ジェイクの物言いは柔らかいもので、やはりパーティーの仲間を悪く言うのは憚《はばか》られるようだった。

ソラはなんとか元気付けようと、ジェイクの手を取って手の平を開かせる。そしてその上にポーションをコロリと落とした。

「はい、飲んで元気出して！　ジェイクにだけ特別サービス、三本あげる！」

「ふふ、俺にだけ三本なんだ？」

「そうそう、他の人は一本だけ」

「ありがと、ソラ」

ジェイクの表情がいつもの優しい笑顔に変わり、ソラはホッと息を吐いた。誰かを慰めるのは苦手で、物で釣るようなこんなことしか出来ない自分が歯痒い。ジェイクが憂いをなくせるような言葉をかけてあげられればいいのに、と苛立たしい気持ちが湧き上がる。

それでも少しは元気になってくれたようで、ソラの気分も上々になったのでよしとすることにした。

「さぁ、こっからはいつ氷竜《アイスドラゴン》が出てもおかしくねぇ！　気ぃ引き締めて行くぞ！」

「よし、リアム、だっこ！」

「ああ、行こうか」

ミゲルの声を合図にして、各々が素早く荷物を纏めて立ち上がる。ソラがリアムに素直に甘えて手を伸ばすと、リアムは実に嬉しそうにソラを抱き上げた。

044　唯一のカッコイイ見せ場ですけど既にクライマックス

休憩地点から出発して三十分、ソラはリアムの腕の上で揺られてウトウトとし始めていた。辺りの景色は変わる様子もないし、見渡す限りの木、木、木。まさに三つ合わせて森。代わり映えのない風景と、リアムの心地いい高めの体温、それに揺れが加わり、ソラは首を左右にこてんこてんと揺らしながら船を漕ぎ始める。途中から首を支えるのが面倒になり、リアムの肩に頭を押し付けた。

さらに三十分後。真っ先になにかに気が付いて身を低くしたのはミゲル、リアム、ジェイクの三人だった。

急激に下がった高度にソラがあわわと眠気を飛ばしたのと同時に、ミゲルのハンドサインを見た皆が一瞬遅れて身を低くする。

「……いる」

リアムの低い声が耳元で小さく響いて、ソラは前方に視線をやった。三十メートルほど先から向こうは木のない拓けた空間になっているようで、その真ん中にかなり大きな岩が鎮座しているのが見える。縦横四メートルはあろうかという大岩だ。

ソラの目から見るとなんの変哲もない小さな広場だが、どうやら大岩のところになにかがいるらしい。これほど警戒しているのだから、きっと氷竜《アイスドラゴン》なのだろう。

「ソラ、お前はここにいろ。危ねえからな。……スカイラー、お前もだ。遠距離攻撃出来るのはお前だけだから、ソラの傍から攻撃を」

「しゃあないね」

ミゲルからそう言われたスカイラーは死ぬほど嫌そうな顔で頷き、茂みに体を滑り込ませて辺りからは見えないように身を潜める。

「リアム、怪我しないでね」

「ああ、分かってる」

ソラはリアムの腕からそっと降りて、同じように茂みに入り込んだ。スカイラーと並んで、茂みの隙間から皆を覗い見る。

「ジェイクのパーティーは左手から、俺とリアムは正面から切り込む、それ以外は右。俺とリアムがターゲットを取るから、残りは横っ腹から攻撃を叩き込め。無理はするなよ。……散らばれ」

緊迫した空気の中、ミゲルの冷静な指示が飛んで、一斉に指示通りの配置に就き始める。急ごしらえの討伐隊は十全に準備したとはとても言えないが、素人であるソラが見る分には統率の取れた動きが出来ているように思う。

リアムが背面に背負っていた借り物の大剣に手をかけ、ゆるりと前方に歩き出す。いつでも引き抜けるように準備しているのだろう。

ジェイクは腰の長剣二本の柄を両手で掴み、しゅるりと鞘《さや》から抜き出した。どちらも常識的な長さの長剣なので、リアムのようにスペースを気にして抜かない、などという気を遣う必要はないようだ。

三手に分かれた面々は互いに先走らないように注意しながら、ジリジリと大岩に向かって距離を縮めていく。

ソラは緊張した面持ちでそれを見詰めた。リアムの表情はこれまでに見たことがないほど真剣で、ホーンディーゼルの急襲の時は余裕のある表情だったのに、と息を呑む。

あと二十メートル、十五メートル、十メートル。徐々に距離が縮まるにつれ、緊迫感も増していく。

スカイラーが矢筒からするりと矢を抜き出して、音もなく弓につがえた。弓のしなるキキキ、キチキチと言う音がソラの耳朶を打ち、こくんと唾を飲み込む。

残り、五メートル。大岩まであと少しといったところで、空気を裂くような太い咆哮が響いた。

「Gyaaaaaaaaa！」

震えた空気が辺りの草木を揺らし、近くにいた鳥の魔物がザワリと色めく。そして羽音を高く響かせながら飛び立ち、大岩の傍からは他の生き物の気配が一切消えた。

風もなく、木の葉のさざめきもない森はしんとして、未だ鳴き声がするだけでその姿を現さない氷竜《アイスドラゴン》に対する警戒心が強まる。

咆哮が収まり、今度はガリガリ、パラパラとなんとも不可解な音が聞こえてきた。硬いものを砕くような、削り取るような、そんな音。断続的に聞こえるその音は大岩のほうから鳴っているようで、ソラはきゅうと目を細め、大岩へと視線を集中させる。

「あ……キレイ」

なんとも間の抜けた感想だが、ソラはそう表現する他ないと思った。ゆっくりと大岩の上へと爪を食い込ませながら這い上がってきたのは、真っ白な美しいドラゴン。鋭い手足の爪でガッチリと岩を摑み、ズリズリと大岩の上へと登っていく。

岩へ足をかける度にガリガリと音を上げながら岩肌が抉れ、そして剝がれた岩がパラパラと落ちる。なるほど、不可解な音の正体はこれだったのか。

自分を取り囲もうとする冒険者たちをその黒い瞳で睥睨しつつ、ドラゴンはぐるると低い威嚇音を発している。

王者のような風格で羽を広げる様は実に堂々としたもので、ソラはその美しさに見惚れながら、茂みからまじまじと観察した。

片翼だけで三メートルはありそうな大きな羽。体中を覆っている真っ白な鱗は艶やかで硬そうだ。長く太い尾はしなやかにしなり、岩をベチベチと打ち付けているが、傷一つつくことなく、むしろ岩のほうが少し傷付けられている。

頭から尾まで一本のライン状に生えた鬣《たてがみ》は、鱗とは違い少しだけ青みがかった白。

長い首は重量のある頭部を支えるために、とても太い。額から二本の角が頭部へ沿うように、後ろ向きに反り返って生えており、角の大きさはソラの二の腕くらいはありそうだ。氷竜《アイスドラゴン》の体自体がとても大きいため、そう大きな角には見えないけれど。

冒険者と氷竜《アイスドラゴン》が睨み合いを始めてから、数分。先に動いたのは冒険者のほうだった。

「つるあ……！」

ミゲルが地を蹴り、手にしていたダガーで氷竜《アイスドラゴン》へと斬りかかる。ダンダンッと岩を駆け上がる速度は速く、間合いを詰めて腹に目掛けて腕を振り下ろした。

反応の遅れた氷竜《アイスドラゴン》が慌てて体を庇うように前方に翼を広げると、腹ではなく翼に大振りのダガーが突き刺さる。翼の薄い膜部分に引っかかった刃が、ビィと嫌な音を立てて氷竜《アイスドラゴン》の羽を引き裂いた。

〔Ｇａａａａａ！〕

先程の威嚇音とは違う、苦しげな鳴き声を上げた氷竜《アイスドラゴン》は、ガン、ゴッと岩に体をぶつけながら、岩の上から地へと転がり落ちた。落ちた衝撃で翼部分から出た血液が岩にビシャリと付着する。

ミゲルはダガーを肩に乗せてニィと不敵に笑い、岩の上で一度コツリと義足を鳴らして氷竜《アイスドラゴン》を見下ろした。

片足が義足なのに大丈夫だろうか、なんてとんでもない。ミゲルはまだ現役だと言っても通用しそうなほどのスピードとパワーだった。心配が杞憂に終わり、ソラは驚きに目を瞠る。

地に伏せた氷竜《アイスドラゴン》に追撃をかけたのはリアムだ。ぐ、と地を踏みしめて駆け出した途端、リアムのいた場所に砂埃が舞った。ジリ！　と砂を蹴る音が一瞬遅れて聞こえたと錯覚するほどのスピードだ。

大剣を背からぬるりと引き出して、重さを全く感じさせない軽快な動きで氷竜《アイスドラゴン》へと詰め寄る。一瞬で間合いにまで入り込んだリアムは、大剣をぐっと両手で握り締めると、下から上へと刃を滑らせるように斬り上げた。

腹にそう深くはない傷がついて、氷竜《アイスドラゴン》がよろける。リアムはそれを見逃さず、引き上げた大剣をぐるりと逆手に持ち直すと、そのまま体重を乗せて上から刃を叩き込んだ。

リアムの衒《てら》いのない舞うような動きは見事で、五年間も冒険者稼業から離れていたとはとても思えなかった。

「よし、俺らも行くぞ！」

「おう！」

ミゲルとリアムの攻撃に続けとばかりに、左右それぞれから武器を持った冒険者たちが斬りかかった。

しかし氷竜《アイスドラゴン》もただでは転ばぬと、翼を勢い良く大きく開いて、斬りかかる冒険者たちを薙ぎ払った。ブワッとソラたちの隠れる茂みまで揺らすほどの風量が翼によって生み出され、ソラはきゅっと目を瞑る。払われた冒険者たちに大きな怪我はなさそうだったものの、皆、地面や木に叩き付けられて呻き声を上げていた。

「つぐぁ！」

「ぐっ……！」

リアムは上手くその翼から身を躱《かわ》し、距離を取って大剣を構え直している。

ホーンディーゼル戦の時とは比べ物にならない動きだ。あの時、余裕綽々の様子だった理由も今ならよく分かる。本当に、欠片も、微塵《みじん》も本気なんて出していなかったのだ。追い打ちをかけるタイミング、危なげなく攻撃を躱せるだけの間合いの取り方、その体から繰り出される技の全てが、まさに戦闘センスの塊であることを窺わせる。

リアムを購入した時に『鬼とは戦闘種族ですからね、ええ、ええ』と言っていたロドリゲスの言葉が蘇った。

ソラは離れたところから観察しているので、今回は全体像がよく見え、リアムの圧倒的な速さのカラクリに気が付いた。一挙一動、動く度に足裏に風が渦巻いている。恐らく風魔法を足に纏わせ、通常より速い速度で移動しているのだ。

045　ちょっとなにしてくれちゃってんの!?

ジェイクの仲間が氷竜《アイスドラゴン》に斬りかかる。鱗の隙間を辿るようにして上手くナイフを突き刺したが、氷竜《アイスドラゴン》はブルリと首を振った。

ジェイクの仲間たちがその太い首でバチンと弾き飛ばされた瞬間、ソラの直ぐ後ろで、ヒュン！という、風を切る音が三回鳴った。それはスカイラーの放った矢の音で、豪速の矢が無防備に曝け出された氷竜《アイスドラゴン》の首筋目掛けて飛び、しかしそれは鱗に阻まれ落ちる。三本の矢はほとんどダメージを与えられずに掠り傷を付けただけだった。

氷竜《アイスドラゴン》が首への刺激にギロリと目を眇めてこちらを睨んできたので、スカイラーは小さく舌打ちして慌てて茂みに身を隠す。

「どこ見てるの、こっちだ！」

氷竜《アイスドラゴン》の視線がソラとスカイラーのほうへと逸れた瞬間、ジェイクが背後から飛びかかった。

双剣を二本とも氷竜《アイスドラゴン》の羽の付け根に突き立て、そのまま体重をかける。氷竜《アイスドラゴン》はその痛みで首を擡《もた》げて絶叫した。

しかし、硬い筋肉と鱗に覆われた体に刺さった刃は直ぐに動かなくなり、ジェイクは氷竜《アイスドラゴン》の背に張り付いた状態で振り回される。ジェイクはあくまでも冷静に、その刺さったままの刃から氷竜《アイスドラゴン》の体に風の魔法を流し込んだ。

〔Ｇａｏ，Ｇｙａａａａ‼〕

刺さった刃の周囲の肉が、風を纏う刃に沿って抉れる形で削がれ落ちる。ジェイクは自由になった双剣を引き抜いて再び距離を取った。

「休ませない……！」

反撃など許さないとばかりにリアムがさらに攻撃を畳みかけ、大剣を氷竜《アイスドラゴン》の鼻先へと叩き込む。そのスピードと異様なパワーによってもたらされる大剣の一撃は重く、氷竜《アイスドラゴン》は頭を地面に沈めた。ズゥンと大地を震わせるほどの音と振動は、ソラたちのいる茂みにまで伝わってきた。

鼻先をリアムの大剣が縦に貫き、大地に縫い留められた形の氷竜《アイスドラゴン》が暴れ、地面がミリ、と危なげな音を出す。辛うじて動く口の端から、唸り声と共にゴボゴボと血が溢れてきた。

〔Ｇｕｕｕｕｕ，ｇａａ……〕

〈閃光秘める紫電、我が黄金を喰み、瞬きの間に糧として息吹を与えよ、刹那の輝き〉

〔Ｇｉ！　Ｇｙａａａａ‼〕

リアムは詠唱と共に、大剣を通して魔法を流し込んだ。雷の魔法は大剣の刃をバチバチと伝って、氷竜《アイスドラゴン》の口を直撃する。傷口が焦げてジジジと音が鳴り、プスプスと口端から煙が上がって、同時に鮮血が辺りに飛び散った。

リアムが言っていたとおり電流の攻撃には弱いようで、ビリビリと体を震わせている様子からして、今までの攻撃の中で一番ダメージを与えているようだった。

氷竜《アイスドラゴン》は苦しみに悶えながらもリアムを薙ぎ払おうとして、尻尾を無茶苦茶に振って応戦する。尾の先端が岩を掠めただけでその一部が砕け散る威力に肝が冷えた。その尾がリアムの体に叩き付けられそうになり、咄嗟にソラは叫ぶ。

「危ない……!!」

氷竜《アイスドラゴン》の口に食い込んで抜けない大剣に手間取っているうちに、リアムに尾が迫る。しかしその攻撃がリアムに当たることはなかった。

尾を受け止めたのはジェイクで、氷竜《アイスドラゴン》とリアムの間に体を滑り込ませ、双剣を十字にして勢いを殺しながら攻撃を防ぐ。ソラはほっと息を吐き、おそるおそる二人を視界に入れた。

「っ……は、ありがとう」

「どういたしまして。リアムが傷付くとそれ以上に傷付く子がいるから、……ねっ！」

遅れて氷竜《アイスドラゴン》の口から大剣を抜き取ったリアムが、後ろへ飛び退く。ガキン、と金属のぶつかる音を響かせながら、ジェイクも剣で尾を押し返し飛び退いた。着地したリアムとジェイクは、座り込むわけにもいかないが、それでも僅かながら体力を回復させようと、背をピタリと付けるとお互いに凭れかかるようにして呼吸を整える。

氷竜《アイスドラゴン》はそれを好機と見たのか、雷魔法で焦げた頭部を半ば力任せに持ち上げ、鋭い牙の並ぶ口をぽっかりと大きく開けた。鮮血を口端から撒き散らし、赤と白のコントラストがリアムとジェイクの視界を覆う。

咄嗟に剣を投げ捨てたジェイクがリアムを庇うように前に躍り出て、氷竜《アイスドラゴン》に手を翳す。

〈光よ、地に降り落ちし清浄なる輝きよ。厄災から身を遮断し、光の加護を〉

詠唱が完結するよりも一瞬だけ早く、氷竜《アイスドラゴン》が攻撃してきた。

大きく開いた口からパキパキ、ミシミシと氷の軋む音がして、氷雪の息吹が放出されたのだ。口から雪崩を吐き出しているかのような、ゴゥと音を立てて迫る氷竜《アイスドラゴン》のブレス攻撃は二人を直撃したように見え、ソラはビクリと固まる。

細かい粒子状になった小さな氷の欠片が空気中に撒布され、光を反射して辺りがキラキラと煌めいた。雪が舞っているようだ。

しかし、ひやりとしたのは一瞬で、直ぐ様それは安堵に変わった。ジェイクの翳した手を中心として、大きな円形の薄い光の膜が展開されていたのだ。氷竜《アイスドラゴン》のブレス攻撃は、その光の盾に全て弾き返されている。なるほど防御系の魔法かと納得する。

光、光と言っていたので、恐らくジェイクには光属性の魔法が使えるのだろう。

「っふぁー、あぶな」

「ジェイク、あとは俺が」

ブレスを吐き切った氷竜《アイスドラゴン》は、ぜぇぜぇと肩で息をしているように見えた。

ジェイクが翳していた手を下ろした途端にチラチラとまばらに消えゆく光の盾を横目で見ながら、リアムが前に飛び出す。

圧倒的。まさにリアムとジェイクは、他の冒険者たちとは一線を画していた。その的確な状況判断能力と戦闘能力は、側面からチマチマと攻撃を繰り出している他の冒険者たちとは全く違う。もちろん、他の冒険者たちの攻撃が効いていないというわけではないが、明らかに致命傷を与えているのはリアムとジェイクの攻撃だ。

ミゲルはもう勝てると確信しているようで、最初に氷竜《アイスドラゴン》を岩の上から叩き落としたきり、大岩の上でゆったりと鷹揚に見守っている。いや手伝えよ。

足を踏み出したリアムはあっという間にトップスピードになると、真正面から氷竜《アイスドラゴン》に突っ込んでいった。

低い姿勢で大剣を斜めに構え、懐に潜り込んだリアムが氷竜《アイスドラゴン》の心臓を大剣で貫く。ぐちゅ、と肉が裂ける音がしたかと思うと、そのまま雷の魔法を心臓に流し込んだ。

〔Gyaaaaaaaaaaaaaa……！〕

断末魔の叫びが響き、大地も空も震える。たっぷり数拍置いてから、その巨体をぐらりと傾けた氷竜《アイスドラゴン》は、そのままズシンと倒れ伏し、それっきりピクリとも動かなくなった。

「おわ、った……？」

「ああ、終わりだよ。アタシたちの勝ち」

ソラがぽそりと呟いた言葉に返事をしたのはスカイラーで、その声はツンとしているものの、どこか嬉しさも含んでいるように聞こえた。

リアムが氷竜《アイスドラゴン》の体から大剣を抜き去ると同時に、冒険者たちの熱い咆哮が轟いた。

「うおぉぉぉ‼‼」

「よっしゃあああ‼」

「倒した、やったぞぉぉ‼‼」

口々に歓喜の声を上げる皆を見たソラは、ホッとして茂みから立ち上がる。スカイラーも同じように立ち上がり、仲間の許へと歩き出した。ソラは慌ててその背中を追う。

遠目から見る限り、冒険者たちに致命傷になりそうな大きな怪我はなさそうでホッと胸を撫で下ろす。

「さて、素材もたんまりいただこうかね」

「等分って言ってましたよ、ミゲル爺」

スカイラーの言葉に応えながら歩き出して数歩、ソラのつま先にコツンとなにか硬い物が当たった。

「……ん？　なに？」

スカイラーは横目にソラをチラリと見たものの、立ち止まるソラには構わず先に歩いて行ってしまう。

茂みから足を引き抜いたソラは、その場にしゃがんで草の中に片手を突っ込んでみる。

がさがさと草を掻き回すと土の匂いが溢れ、指先がなにかつるりとした固いものに触れた。ソラは、そのつるりとしたなにかを掴んで持ち上げてみた。

「なにこれ、卵？」

しゃがんだままそっと手を開くと、それは薄い水色の小さな卵で、ソラはコレはなんなのかと目を見開く。

分厚い殻は晴れた日のような空色で、大きさはＬサイズの鶏の卵ほどだろうか。見た目に反してずっしりと重たく、ソラは壊さないように優しく持って立ち上がった。ふと視界に同じ色が映ったので、そちらに視線を流す。

少し先の木陰にも、ソラが持っている卵と同じような卵が二つ転がっていた。ただ、ソラが持っている卵とは違い、その二つはマンホールの蓋くらいはありそうな大きさだった。

これはなんなのか質問しようとリアムのほうを見ると、リアムもソラのほうへ歩いて来るところだった。空いた手でリアムにふりふりと手を振ると、リアムが急に焦った表情に変わった。

危機は去ったはずなのに、ただならぬリアムの様子に何事かと目を丸くすると、かなり前方を歩いていたスカイラーが、踵を返してソラのほうへと走り出すのが見えた。

「えっ、え？」

リアムの焦った表情も、スカイラーの唐突な逆走も、その全ての意味が分からずソラは素っ頓狂な声を上げる。

〔Ｇａａｏ!!〕

何事かをようやく理解したのは、咆哮が木々を震わせてからだった。

木の上からザザッという音と共に落ちてきたのは、リアムたちが倒したものよりふたまわりほど小さい氷竜《アイスドラゴン》で、あまりの至近距離にソラが固まる。

瞬く間に距離を詰めてきたスカイラーがソラのローブを摑んで、ぐるりと場所を入れ替えるようにして回転した。ソラのローブがふわりとまぁるく広がって弧を描く。

「悪ぃね、チビ」

すれ違いざまにそんな声が聞こえたけれど、ソラに返事をする余裕はない。遠心力で振られた先には氷竜《アイスドラゴン》がいて、ソラの体は、スローモーションのようにそちらに向かって飛んでいく。

氷竜《アイスドラゴン》の尾がぶわりと持ち上がり、ひゅんと風を切る音を出しながらソラに迫る。

「ソラ‼‼」

リアムの咆哮にも近い悲鳴が轟く。ボクッ、ゴキッ、という音がして、経験したことのない激痛がソラの全身を襲う。

あっという間に意識が暗転する中、ソラが思ったのは『一匹じゃなかったんかあぁい‼』ということ。そしてソラが最後に見たのはリアムの悲痛な表情だった。

046　確定演出

一日目。

酷い怪我だった。

もう一体の氷竜《アイスドラゴン》に気が付いて、走り出した直後に、ソラの身体はスカイラーによって氷竜《アイスドラゴン》へと放り投げられていて。

俺が助けに入る間もなく、ソラの身が尾で薙ぎ払われた。屈強な戦士とはあまりにも違うその小さく華奢な体軀は、まるでボールのように弾き飛ばされた。枝の折れるような音が響いて、ソラは動かなくなった。

二体目の氷竜《アイスドラゴン》は一体目より弱い個体で、俺抜きでも直ぐに仕留め終わったようだ。

パン！　と鋭い音が鳴ったのでそちらへ視線をやると、ジェイクがスカイラーの頰を強く叩いたようだった。『あの子で足止めしないとアタシがやられてた！』と叫ぶスカイラーの声が辺りに響き、さらに続いてゴチャゴチャとなにかを喚いているようだ。

俺は震えながらソラに近付くと、呆然とその体を抱き寄せる。なにも出来なかった。もし、もしソラが死んでしまったら、俺は――。

辛うじて上下に動く胸に、生きているということだけは分かった。

氷竜《アイスドラゴン》の尾で抉られた腹部からの出血、内臓が損傷していることを示す口からの出血。凄惨な有様だ。骨も間違いなく折れているだろう。それも複数か所。

どうにかしなくては。傷口を塞いで、怪我を治さなければ。

けれど、どうやって？　だって俺の主は、ここで眠っている。指示を出してはくれない。

肩を急に強く掴まれて、振り返るとそこには激怒したミゲルが立っていた。

ガッと鈍い音が響いて、同時に頬に痛みが走る。岩のような拳で殴られた視界の端で、喚くスカイラーが縛《しば》られているのが見えた。

『なにやってんだリアム！　さっさとポーション使え！』

殴られても醒《さ》めやらぬぼんやりとする頭でその言葉を聞いて、俺は震える手でソラのローブから何本もポーションを取り出す。いくつかは割れてしまっているが、ソラに破片は刺さっていないようだ。

ソラを抱き寄せているので片手しか使えず、口でコルクを抜いてはソラの腹部に服の上からかけた。

低級ポーションでは到底足りないと気が付いたのは四本目を空けたあとで、急いで腰のポーチを開いて中級ポーションを取り出した。それでも足りない。こんな量では足りるわけがない。

次々と周りに冒険者たちが集まってきて、支給された中級ポーションを惜しまず差し出してくれた。明るいソラの人徳だろうなんて、どうでもいいことが頭を過ぎる。

しゅうしゅうと音を立てているので恐らく治癒されつつあるのだろうが、明らかに怪我の具合に対し、中級ポーションでは不足だった。

ようやくこの辺りで俺の意識がハッキリとしてきた。こんなところで死を待たせるわけにはいかない。

『おい、ソラを担げ！　さっさとギルドに戻るぞ、この怪我は上級ポーションじゃねぇと』

ミゲルが言い終わるが早いか、俺はソラを背負って立ち上がる。腕に抱えて歩いていた時の重量感が感じられず、ゾッとした。間違いなく出血し過ぎている。

俺だけでなく全員が、来た時の何倍も速い速度で森を駆け抜けた。


ギルドで治療を受けたソラを宿屋に連れ帰り、ベッドに寝かせた。ミゲルが上級ポーションを惜しまず使ってくれたので、恐らくもう大丈夫だろう。

服を捲って腹部に触れてみるが、折れていた骨や破れた皮膚は既に治癒しているようで、どこにも怪我の痕はなかった。

ズタズタになった服を着替えさせて一旦ホッと息を吐くが、まだ意識が戻らないソラの傍に意味もなく寄り添う。

きっと血を流し過ぎたからだ。新たに血が作られれば目醒めるのだろうか。

落ち着くと、スカイラーに対して腸《はらわた》が煮えくり返るような報復衝動が湧き上がったが、それも直ぐに沈静化してしまう。ソラを心配する気持ちのほうが大きい。

理由は分からないが、根底に自分のせいだという気持ちがあって、それがどうしても拭えないからかもしれない。

俺が討伐に参加したいと言ったから……、俺が、俺のせいで……。自分の価値と同じ25万G《ゴールド》という報酬は、俺の目を眩ませた。これで、この一回でソラが俺のために払った金額を返済出来ると。

ソラお気に入りのローブは、裾が少し破れてしまっている。

「頼むから、早く起きてくれ……」

俺の声に返事をする者はなく、ソラの青白い顔が薄暗い部屋の中で目立つ。ベッドに横たわるソラが今の俺の全てだった。

＊＊＊

二日目。

ソラの手を握り締めたまま寝入ってしまったようだ。目を開くと既に朝で、外から差し込む光がソラの顔を照らしていた。昨日と変わらず顔色は悪い。

テーブルの下の木箱に、ソラが作り置きしていた低級ポーションがあったので、それを取り出した。

ソラの後頭部に手をやり、少し持ち上げてから口にポーションの瓶を付けて少量ずつ流し込んでみる。意識がなくともコクンと飲んでくれたのでホッとする。

効果があるかは分からないが、食べ物を摂取することが出来ないので、これ以外思い浮かばなかった。滋養強壮の成分が入っているなら、なにも口にしないよりはマシだろう。

それから、ソラの口や腹にこびり付いた血を濡れたタオルで拭ってやる。よかった、綺麗になった。いつもの可愛らしいソラに戻った。

全身を拭きながら、ソラが卵のようなものを握っていることに気が付く。手を開こうとしたけれど、しっかりと握り込んで離さないのでそのままにしておいた。

ソラのベッドに腰かけて、毛布を肩までかけてやる。


ぼうっとしながら想起されたのは、ソラと過ごしたこれまでのことだった。

ソラに買われて直ぐ、鬼としての本能が俺の中で暴れ回った。満たされた腹と、そして癒やされた体に呼応するように。

まるで冒険者時代に感じていたような、ソラ以前の主人の許にいた頃よりも激しい欲への渇望だった。脳を焼かれるような激しい性衝動を抑えようと、ベッドの中で必死に抗う。以前なら娼館に足を運んでいたが、今はそういうわけにもいかない。

多分我慢したのは一時間くらいで、跳ね除け難い劣情に苛まれた俺は、横で主人が寝ているというのに、情けなくも声を抑えて自慰をした。

ぐちゃぐちゃになったタオルを持って、興奮冷めやらぬままに浴室に手を洗いに行った。冷たい水で顔を洗うと、まだ燻っていた熱がさっと引いていく。

到底一度では足りないのだが、しないよりマシだし、これで一先ず落ち着ける。

身なりも整えて浴室から出ると、ソラが荷物を抱えて扉へ向かって歩いていた。小さく名前を呼ぶとおおげさなまでにビクンと体を震わせる。逃げようとしているのだ、と、瞬間的に感じ取った。だが逃がすわけがない。

こんな、理想的で優秀な——。

俺は咄嗟に気付いていないフリをして、なにをしているのかと問うた。この問い一つだって、俺からすれば勇気の要ることだったけれど。

奴隷から主人に問いかけるなど、あってはならないことなのだから。もっとも俺が問いかけても、ソラが怒りを見せたりすることは絶対にないのだが。

ソラは喉が渇いたと言っていたけれど、そんな言い訳で騙されるわけがないのに。

なんて愚かなのだろうと思うと同時に、幼い子供に対する愛しさのような感情が込み上げてきた。

逃げられないよう、ベッドに入り込むところまで見張って。ソラの寝息が聞こえてから、俺もゆっくりと眠った。ベッドの柔らかさが体に優しかった。

翌日ソラは起きて早々、俺に敬語遣いを止めるよう言ってきた。

なんでも敬語を使っている俺が奴隷だとバレるのが嫌らしい。だが、奴隷だとバレても困るのは俺であって、ソラではないはずなのだが。

ちょっと裕福な商人とかであれば奴隷を所有しているのは当たり前なのだから、奴隷の所有者イコール金持ちだと尊敬の目で見られこそすれ、偏見の目で見られることはない。汚らわしいと唾棄されるのは奴隷本人である俺であって、所有者であるソラじゃない。

もしかして、忠誠心を試されているのだろうかと注意深くソラの瞳を探る。ここで敬語遣いを止めると折檻されるのだろうか。

しかし、うんうんと唸りながら必死に言葉を紡ぐソラにそんな色は一切窺えず、必死に探りを入れる自分が馬鹿らしくなった。それが主の望みだというならば、応えよう。

だって俺は、気に入られなくては——。

アッサリと敬語遣いを止めた俺に複雑な表情をしていたけれど、それでもソラは満足そうで。この選択で当たりだったかとホッとした。

前日の夜の話を持ち出された時は、やはり自慰行為に気付かれていたのかとビクッとしたが、それに関しては鬼なのだから仕方ないとしか言いようがない。

ソラもそれを承知で俺を購入したのだとばかり思っていたのだが、どうやらそうではないらしい。ソラは皆が当たり前に知っている鬼の性質を知らなかった。鬼の使える忌々しい呪いのことも。

詳しく聞けば、ソラは全く別の世界から来たのだと言う。ソラの紡ぐ言葉を、口を挟まずに黙って聞く。

最初に思ったのは、『ああ、よく出来た話だな』という呆れ。その次に思ったのは、『もしこの話が本当なら』という可能性について。それにしても、あまりにもよく出来た話だった。

ソラがそこから来たという、科学やらが発展した世界は、生活のレベルがこの世界より数段高そうだ。科学は魔法よりもよっぽど便利そうだし、この話が本当ならばソラは随分とこの世界で不便な思いをしてきたに違いない。

お伽噺かなにかを、自分の体験したことのように錯覚しているのか。それとも、俺を騙そうとして意図的に嘘をついているのか。もしくは、ソラの話は全て本当なのか。

しばらく黙り込んで考えてみたが、別に本当だろうと嘘だろうと、どちらでもいいことに気が付く。

少なくとも生まれ育った環境のせいで、鬼については詳しくないようだ。そして、世情にも疎いらしい。

主を欺《あざむ》くことになる嘘を教えることは出来ないが、少なくとも黙っていることは出来る。

鬼の性については一度見せてしまっているし、このまま黙っているのも難しいので正直に話したが、鬼の呪いについては話さなくても良さそうだ。怖がらせないためにも、打ち明けないほうがいいだろう。

きっと知れば俺を――。

都合がいい。なんて都合がいいんだ。なにも知らない、無垢で可愛い俺の主。離せるわけがない、だってなにも知らないなら、ずっと俺の傍に。


その日のうちに、ソラは俺の首輪を外した。まさか奴隷という立場のままに首輪を外して貰えるとは思っていなかったので驚いた。慣れない首回りの違和感に何度も首を擦っていると、ソラは自分のことのように嬉しそうに笑った。

ソラが用を足しにいっている間に、先に一人で外へ出る。『先に出ていて！』と明るく言ったソラに他意はなさそうで、嫌がらせの類ではないと分かる。一瞬遅れて、ソラは鬼のことをなにも知らないのだと思い出した。角を出したままだと、間違いなく迫害されるということを、ソラは知らないのだ。

案の定、街の少年たちが俺に石をぶつけてきた。そりゃそうなる、と諦めの気持ちが湧き上がる。いくら見た目で奴隷だと分からなくても、この忌々しい二本の角のせいで鬼だということは直ぐにバレる。

この痛みも鞭打ちよりはマシだし、顔や頭を狙ってこないだけ優しいとも言えるが。彼らはあくまでも正義感で俺を攻撃しているのだ。

これは、俺が鬼である以上どうしようもないことで、彼らが悪いというわけではない。俺だって、逆の立場だったら同じことをしたかもしれない。

なのに。ソラが俺の前に飛び出して、代わりに石礫《いしつぶて》を浴びた。頭が真っ白になった。

鬼がいかに忌避されているのかは知らなくても、石がぶつかればどれほど痛いかは分かるはずなのに。こんな子供のように小さな体に守られて、自分が情けなくて死にそうになる。

俺が彼女に尽くすと決めたのに、実際はどうだ。与えられて、守られて、これ以上なにを貰うというんだ。

今回の件は洗礼で、始まりに過ぎない。今後、どこに行ってもこんな目に遭うというのに。放っておいてくれていいのに。俺の代わりに怪我なんて、してほしくないのに。

あっという間に少年たちを追い払ったソラは、自分のことはそっちのけで俺にポーションを使おうとする。こんな怪我、二、三日もすれば治るのだから、それよりも自分に使ってほしかった。

額から血を流すソラは、俺よりもずっと酷い怪我をしている。彼女を煩わせてはいけない、もっと、ちゃんと、25万G《ゴールド》の価値がある奴隷だと思ってもらわなくては。

ポーションを取り上げてソラに使うと、ソラはまた、困ったように笑った。

０４７　病みオーラ感じたので起きてみた、もっかい寝たい

三日目。

まだソラは目醒めない。顔色は少しだけ良くなっているだろうか。

大鷲亭の女将が、申し訳なさそうな顔で訪ねてきた。

『ごめんねぇ、ソラちゃんの意識まだ戻らないの？　もう宿泊日数を超えちゃってて……ああ、こんな時にお金の話してすまないね。いいんだよ、ソラちゃんが目醒めてからで。……おや、これソラちゃんのローブかい？　アタシが繕っておいてあげるよ』

宿泊費を払って欲しかったのだろうが、ソラの財布には勝手に触れられない。事情を察したらしい女将が寛容にそう言ってくれたので、素直に甘えることにする。俺は裁縫は傷口を雑に縫うくらいしか出来ないので、ローブも女将に渡した。

午後に、ジェイクが部屋に食事を運んできた。

『ちゃんと食べないと、リアムも倒れるよ』

温かい湯気を上げる料理は、大鷲亭の食堂で作ったものだろうか。いい匂いのする温かい料理なんて、ソラ以前の主の許では絶対に食べられなかった。なのに今は、食欲が欠片も湧き上がらない。

テーブルの上で冷めていく料理を放ったまま、今日もソラの手を握って一日が過ぎていった。


ソラから与えてもらった沢山のものの中で、一番高価だったのはワイバーンの装備一式だろうか。売ればかなりいい値になるのに、ソラは金銭にはあまり執着していないようで、あっさりと俺にくれた。それから、俺の角を隠すための布も。

ソラは、その見た目にちょっと不満があるようだったけれど、俺からすれば隠れさえすればなんでもいい。ソラはこうしてまた一つ、俺から足枷を取り去ってくれた。

その晩、ソラに金の価値と使い方を教えた。思いの外物分りが良く、一度教えただけですんなりと吸収してしまった。

足し算や引き算はもちろん、かけ算や割り算まで問題なくこなす。それも暗算に近い形で計算出来るようだ。

ニクジューシー《※2×9=18》やゴックンしちゃう《※5×9=45》ぞとか、なにか語呂合わせのようにして覚えているらしい。

十一歳で奴隷になったと言っていたが、それまでにある程度高等な教育を受けていたのだろう。

この世界で親が子に教えるのは簡単な読み書きと足し算引き算程度だ。

冒険者なんて、大人になってから仲間に算術を教わるという者も多く、俺は親からは教わらなかったから独学したので非常に苦労をした。

大手の商会の息子か、貴族とかの子供なら、或いはそのレベルの教育を……。だが、それにしては文字が一つも読めないというのは不自然だ。

なるほど、ソラが別世界から来たという話にも現実味が増してきた。信じてもいいのかもしれない。

釣り銭から計算すれば、貨幣価値を割り出すことも出来るのだということは、意図的に教えていない。全てを教える必要はない。もう俺は必要じゃないと思われたら、手放されてしまうかもしれないから。

俺は、なにがなんでもこの生活を――。

その日もベッドの中で声を殺して処理をした。あとになってトイレで処理をすればよかったと思ったがあとの祭りだ。

ソラに買われる前の奴隷時代は、与えられた粗末な寝床か、檻の中で自慰をしていた。トイレで排泄をする、処理をする、という当たり前のことすらほとんど忘れてしまっていて。ついまたその場でシてしまった。

一つ前の女主人の許では、処理すら制限されていたので、生理的な欲求を抑えなくてもいい環境にはまだ慣れない。様々なことを抑圧されていた五年間に染み付いた習慣は、そう簡単には消えてくれない。次からはちゃんとトイレで処理しなければ。

スッキリとしてから、スヤスヤと眠っているソラに近付くと、その寝顔は実にあどけなくて、十八歳だとはとても思えない。

じっと寝顔を見ながら、昨晩自慰のあとに逃げられそうになったことを思い出した。じんわりと不安が込み上げて、何度か深呼吸をする。

寝ている間なら触れてもバレないだろうか。

そっとベッドに腰かけ、不安な気持ちを収めるためにソラの手首を優しく摑んだ。このまま握っていれば、また逃げ出そうとされても気付くことが出来るから大丈夫だ。そう思うと、安堵が体中を駆け巡る。

ああ、やっぱりそんなことをしていいはずがないと思い直して自嘲気味に笑う。あともう少ししたら、自分のベッドに戻ろう。隣で動く気配があれば、どちらにせよ自分は起きるのだから。

そう思っていたのに、気付いたらソラのベッドで熟睡していた。

誰かの体温を感じながら眠るなんて初めてのことで、それがこんなにも心地いいものだとは知らなかった。

翌朝、早速逃げ出そうとしたソラを捕まえた。隣で動かれているのに中々起きなかった自分にも驚いたが、ギリギリのところで起きられて本当に良かった。ふむ、やはり抱き込んで眠るのは有効らしい。


ギルドに冒険者登録をしにいった。冒険者としてまた仕事が出来るとは思っていなかった。書類を書きながら、なんともいえない気持ちが湧き上がってくる。

ソラが俺の手元を物珍しそうに覗き込んでくるものだから、緊張して書く字がいつもよりしゃんとした気がする。書類関係は得意じゃないのだが、ソラにそれが露呈するのが怖かった。

ミスのないよう一文字ずつ丁寧に記入していくと、ソラが『これはなに？　こっちはなに？』と横から尋ねてくる。なんでも気になる様子のソラが可愛かった。

いずれ文字を教えてくれと言われたらどうしようか……。文字を覚えられたら、俺の存在意義が一つ減ってしまう。

まだ先の、未来の出来事に怯えて、未来を考えている自分にも怯えた。


ポーションの素材集めのために森に入り、ホーンディーゼルの群れに襲われた。

冒険者稼業からしばらく離れていたとはいえ、俺にとっては後れを取るべくもない弱い魔物だ。

だが、俺が咄嗟に考えたのは、あまりにも簡単に仕留めてしまってもいいのだろうか、ということだった。アッサリと倒して、俺の実力を理解させるべきか。それとも、ギリギリのところで助けることで、俺に対する依存心を増大させるべきか。

そんなことを考えていたせいで出遅れてしまい、ホーンディーゼルの的にされたソラに角が突き刺さりそうになった。慌てて足に風魔法を纏わせてソラを抱き込んだが、一瞬遅ければソラの腹に風穴が空いていたかもしれない。

薄汚くも打算的なことを考えていた自分に呆れて、それを見透かされていないかと不安になった。

だが、ソラの瞳には自分への全幅の信頼が見えたので困惑した。ソラを安心させようと微笑んだが、うまく笑えていただろうか。

そのあとは油断することなく残りのホーンディーゼルを仕留めたが、浅はかな思考を読み取られてしまいそうで、ソラとは目も合わせられない。

俺の一瞬の躊躇いはソラを危険に晒しかねない行為だったのに、ソラは全幅の信頼を寄せて、これが俺の仕事だと笑う。

その言葉にかつてないほどに安堵した。そう、これが俺の仕事。ソラを守っている限り、ソラに捨てられることはない。

報酬なんて要らない、全てソラが管理してくれればいい。

俺は金になる奴隷だと思ってくれれば、さらに――。


帰宅後、ソラが仕事をするのを初めて見た。ポーションを作るソラの背中を見るのは楽しい。小さな体でくるくると動き回って、汗を流しながら必死にポーション作りをしている。

冒険者時代に当たり前に使っていたポーションだが、作るのを見るのは初めてだった。

ソラに与えられた仕事は早々に終わってしまったので、腕立てをしながらソラに気付かれないようにその後ろ姿を見続ける。

火を点けるのは俺の役目で、ソラのためになにか出来ているのだと思うと喜びが湧き上がる。同時に、早く筋力を取り戻さなければと焦っていた。どんな些細なことでもいいから、少しでも、一つでも多くのことで役に立つ奴隷だと思って貰わなければ。

＊＊＊

四日目。

ソラはまだ目醒めない。日課になったソラのベッドのシーツ交換をした。一度俺のベッドに寝かせて、新しい清潔なシーツを敷いてやる。ソラのベッドに戻して毛布をかけると、ほんの少しだけ身動ぎした。

そろそろ目醒めてくれるだろうか。

女将が、繕ったローブを持って来た。

上手く当て布を使って補修されており、とても一度破れたとは思えないほど綺麗に仕上がっていた。ソラが起きたら、女将がやってくれたんだと言わないと。

今日もジェイクが料理を持って来た。手付かずの前日の料理を見て顔を顰めてから、俺に向かって目を吊り上げてこう言う。

『リアム、ソラが起きた時に君が使い物にならないとマズイだろう。ソラを思うなら食べて』

そう言われてしまえば、嫌々でも食べるしかない。前日の分の料理も一緒に食べたけれど、味がしない。ジェイクは時折ソラを撫でながら、俺が料理を全て平らげるまで部屋にいた。きっちり完食するまで監視するつもりのようだ。

ジェイクがソラに触れるのはなんだか嫌だったけれど、心から心配してくれているのが分かったので文句は言わなかった。

崖から落ちて助けを待つしかなかった時、寒そうにしているソラが痛ましくて、その矮軀《わいく》を抱き締めてやれば少しは暖かくなるだろうと思ったのだが、まさか向かい合って膝に座られるとは思ってもいなかった。

胡坐を掻いて座る俺の上に無防備に乗ったりして、そこまで俺のことを信頼するソラは、鬼の欲を甘く見ているのだろうと分かった。

必死に抗ったが耐えられたのは二時間。そのあとはもう、なし崩し的に理性が崩壊した。

目の前にソラがいて、触れて、触れられて。あまりにも興奮し過ぎていたのでよく覚えていないが、とにかく情けない姿を晒したということだけは覚えている。

最悪だ、最悪……。元よりカッコイイなどとは思ってもらえていないだろうが、好感度は間違いなく地に落ちただろう。

ソラが俺に触れてくれたのは、あくまでもソラの優しさと罪悪感からだ。俺はそのことを肝に銘じておかなければならない。

ソラは優しい。それは俺に対してだけでなく、誰に対しても。

そこから俺の不安は加速度的に増していった。

ソラが誰かと話すのも、触れるのも、その黒い瞳に映すのも、全てが不安で仕方がない。

今のソラはこの世界のことを知らないから俺を傍に置いてくれているが、もし俺に嫌気が差したら？　その時、ソラのことを丸ごと受け入れてくれる人間が傍に現れたら？　もし、呪いのことを知られたら……。

それが露呈したらきっと——。

ミゲルに依頼されたギルドクエストにソラと共に参加したが、明らかに俺の不安が態度に表れてしまっていることには、自分でも気が付いていた。

それでも自分の行動を止められなくて、ソラに近付く全ての人間を威嚇しまくる。ソラは嫉妬に取り憑かれている俺に気付いているのかいないのか、周りに愛想を振り撒いていた。

最初からこんなに愛想のいい子だっただろうか。気になり出すとそこばかりが目に付いてしまい、必死に『大丈夫だ、ソラは離れない』と自分で自分に言い聞かせるけれど、不安は一向に消えてなくならない。

特に、ソラに対するスカイラーの攻撃的な態度は初めから気に入らなかった。

きぃきぃと喚く甲高い声と、波打つ豊かな金色の髪が母親を連想させ、それがより嫌悪感に拍車をかける。『アンタなんて産まなければよかった』というあの声が脳内に蘇ってしまうのだ。

ソラが毎度俺から逃げ出そうとするのが本気でないということは分かっている。それなのに、もしかしたら。朝目醒めたら。一瞬だけ視線を逸らしたら。振り返ったら。いなくなってしまうのではないかと。馬鹿みたいなことがグルグルと脳内を汚染していた。

＊＊＊

五日目。

午前中にミゲルが訪ねてきた。氷竜《アイスドラゴン》討伐の報酬を持って来てくれたのだ。

『おう、報酬持ってきたぞ。ホントは駄目なんだが、代わりにお前に渡しといたってソラは怒りゃしねぇだろ。素材とかは今度な。ソラはどうだ？　まだ目ぇ醒まさねぇのか……。大丈夫だ、直ぐに起きてケロッとすんだろ。ところでスカイラーだが、アイツは冒険者ライセンス剝奪。他の奴らは……おいリアム、聞いてんのか？　……まぁ、この辺はソラが起きたら改めて話してやるよ』

なにやら雑務処理で忙しい中、時間を作って訪ねてくれたらしく、直ぐに帰ってしまった。訪問者の帰った部屋はしんとして、ソラの呼吸音だけが響いている。

受け取った報酬の入った袋を握り、少し考えてから大鷲亭の女将に未納の宿泊費を払いにいくことにした。

もちろん、奴隷が勝手に主人の金に手を付けるなどあってはならない。ソラは怒るだろうか、俺を奴隷商館に返してしまうだろうか。

だが、もしここを追い出されてしまうと、意識のないソラに野宿をさせてしまうことになる。それが原因で死んだりしたら……。

ゾッとする気持ちを抑えて部屋から出ようとドアノブに手をかけた。怒られたっていい、奴隷商館に戻されたっていい、ソラが生きていてくれるなら。

「っ、ぐ……ぅ……」

しかし、部屋から足を踏み出した瞬間、心臓を抉られるような痛みが胸に走った。誓約魔法で出来た蛇の形の痣が服の上からでも分かるほど黄色く発光していて、そこから焼けるような熱さを伴って全身に痛みが広がる。

ああ、これは。前の主人たちのところでよく味わっていた痛みだ。

なるほど、許可なく主人の金に手を付けることは誓約違反になるらしい。

廊下で膝から崩れ落ちて、木製の床がギッと音を立てる。体の生存本能がビリビリと警告音を発するような、そんな痛み。脂汗がぶわっと滲んで呼吸が荒くなった。

まだそう期間は空いていないというのに、この痛みを懐かしく感じてしまう自分に呆れる。今の生活が当たり前になり過ぎている。視界が滲みぼやけ、チカリと白んだ。

だが、『これでは支払いに行けないな』と頭で考えた瞬間に、今までの痛みはなんだったのかと思うほど、アッサリと波が引いていった。

ソラのためを想う行動の一つも満足に出来ないなんて、なんと役立たずか、無様なことか。今までなに一つとして、打算抜きにソラのために行動したことなんてないのに、初めてがコレだ。

部屋に戻って金の入った袋を乱暴に放り投げてから、ソラのベッドに腰かけた。

「ん……」

「……ソラ？」

ソラが小さく呻いた声が聞こえて、俺はゆっくりと体を動かす。

急《せ》く心とは裏腹に、なぜか緩慢な動きしか取れずにソラの顔を覗き込んだ。ぎゅうと目をキツく閉じていたソラが、その瞼をうっすらと開いてボンヤリ宙を見詰める。

「んん……、リアム、もう朝？」

寝惚けている様子のソラは、ふぁ、と一度大きく欠伸《あくび》をしてから生理的な涙を滲ませた。

何日も出していなかった声は出し辛いのか、掠れていて喉が痛そうだ。ソラは上半身を起こし、手の甲で両目を乱雑に擦る。

「ああ。……ソラ、ソラ……ソラ、よかった」

乞い願っていたソラの目醒めなのに、俺の気持ちは暗く沈んだまま。
俺は何度も何度もソラの名前を呼びながら、潤む目もそのままにソラを抱き寄せた。

048　お腹空いたし卵食べたい

「えっ、ちょっとリアム！　どうしたの？　お腹空いた!?　泣くほどお腹空いたの!?　というかなんだこの卵……!?」

「……っ」

急に抱き寄せられたソラが驚いてタジタジになるのにも構わず、俺はソラをぎゅうぎゅうと抱き締める。

ずっと寝ていた体は温度が下がっているようで、冷たいくらいに感じた。抱き寄せた体は薄くて小さくて、俺が少し力を入れたりしたら、冗談抜きで背骨が折れてしまうのではないかと心配になるほどだ。氷竜《アイスドラゴン》の一撃だけで瀕死の重傷を負うのも当然だ。

この、小さな小さな女性が、俺の主。

握っていた卵をソラが枕にぽいっと投げるのが視界の端に映った。

「俺……っ、俺、は……ごめんなさい、いつも……」

「うん……？」

ついに、涙腺が決壊して壊れた蛇口のように涙が溢れ出した。初めの一粒がホロリと落ちると、あとはもうとめどがない。

口から溢れる音のほとんども嗚咽で、ソラは泣いている俺に気が付くと一瞬ギョッとする。

しかし、直ぐに俺の背中に腕を回し、小さな手の平で優しく撫でてくれる。その手付きが優しくて、子供をあやすようで、涙がさらに量を増した。

「俺、いつもっ……、自分のためだけにっ……。ソラが、っふ……ぅ、ソラが俺のためにやってくれても、俺は、自分のことだけしか……怪我だって、ソラの心配より先に、自分のこと考え……て……っ」

「うん」

最初から、ずっと。ソラの行動は俺を想ってのものばかりで。傷を治すのも、温かい食事も、まともな服も、敬語遣いを止めさせたのも。装備を与えてくれたのも、角を隠してくれたのも、首輪を外してくれたのも。

それら全てを、俺のためにしてくれたのに。なのに、俺は。

「う、ぁ……ごめん、っごめん、なさい……商館に、戻されるかもって……っ」

強い力で抱き締められたソラは少し苦しそうで、腕を外さなければと思うのに体が言うことを聞かない。

五年間耐え続けた痛みを取り去って貰ったのはついこの間のことなのに、この健康な体が既に当たり前のようになっていることが怖い。

五年間まともに与えられなかった食事を、毎日取れるようになったことが怖い。

椅子に座るのが怖い。

毎日服を着替えることが怖い。

どうしようもないことで笑ってしまうのが怖い。

敬語で話さなくてもよくなったのが怖い。

人間らしく生きることが当たり前になりつつあって、それが怖い。

そして、それらを失うのがなによりも怖い。今の生活は全てが怖くて、怖いのに手放したく無かった。

全て、自分起点の考えで行動していた。身勝手で、浅ましい考えでソラの機嫌を取ろうとしていた。彼女のためを思っての行動なんて、一つも無かったのではないかと。

――こんな理想的で、優秀な主を手放すわけがない。

――だって俺は、気に入られなくては、また商館に戻される。

――知ったらきっと、俺を捨ててしまう。

――俺は金になる奴隷だと思ってくれれば、さらに依存してくれる。

――それらが露見したら、軽蔑される。

――もし、もしソラが死んでしまったら、俺はまた奴隷商館に戻されるのか。

なんて狡賢くて、下劣で、見下げ果てた思考だろう。そんな自分に反吐が出そうなほどの嫌悪感が湧き上がってくる。今までの行動の全てが、自分が捨てられないためのものだなんて。

ソラは俺に強く抱き締められて苦しいはずなのに、それでも俺の要領を得ない話にしっかりと耳を傾けてくれていた。幼い子供を寝かし付ける母親のように、背中をゆっくり、トン、トン、トン、とリズミカルに叩きながら。

「リアム、大丈夫だよ。落ち着いてね」

ソラの優しい声色が俺の耳に届き、それをぼんやりとした意識が掻き消していく。何度も「大丈夫、大丈夫」と紡がれるその言葉は俺の心にじんわりと染み込んで、罪悪感や劣等感、その他の憫《びん》然《ぜん》たる感情の全てを端から少しずつ拭い去ってくれる。

真っ黒な心にポトポトと桃色の絵の具を落としたように、少量ずつ面積を増やしていく別の感情。心を書き換えられるその感覚がたまらなくて、小さな肩口に濡れた目頭を押し付けた。グスグスと鼻から漏れる音は水っぽく、歯の隙間から零れる嗚咽と混ざって溶ける。鼻の奥が痺《しび》れて痛み、瞼を瞬く度に水滴が外に押し出された。水浸しの視界に映るのは慈愛に満ちた表情のソラの顔。

その優しさの塊のような表情や手付きに、そしてずっと俺を守ろうとしてくれたこの小さな姿に、今までとは全く違う気持ちが込み上げてきた。

払拭されつつある黒く汚い感情が、感じたことのない桃色でほぼ全て塗り替えられた。温かくて、甘やかで、穏やかで、それでいて情熱的で、ほんのちょっと苦しい、吸い寄せられるようなこの感情は――。

ああそうか、これは。

大の男がみっともなく泣き縋る情けない姿なのに、ソラは閑《のど》やかな様子で呆れた素振りなんて欠片も見せない。細い指先で俺の背を撫で、肩を撫で、ぐるりと腕を回して髪も撫でる。慈しむようなその手付きの心地良さに、俺は少しずつ意識を薄れさせていく。

ソラが起きた安堵からか、心情を吐露した安堵からかは分からないが、張り詰めた糸が切れる音が聞こえた気がした。

「心配かけちゃって、ごめんね」

「……ソラ……俺は……」

ダメ押しのように呟かれたソラの優しい言葉を最後に、俺はソラに抱き着いたまま眠ってしまった。

今まで恋人なんて一人もいたことがなくて、知らなかった初めての感情に戸惑う。

こんなふうに自覚するものなのか。俺はソラを、愛おしく感じている。

その言葉を伝えるのは、今はまだ難しいけれど。

＊＊＊

ソラは眠ってしまったリアムを未だによしよしと撫で続けながら、仏のような慈悲深い笑みを浮かべて気まずさを誤魔化す。

寝起きでいきなりカツ丼を出されたような、胃もたれを起こしそうな重さだ。

（いや、全っ然大丈夫じゃないんですけどね！）

ソラはリアムの話を聞きながら、自分が意識を失った時のことを思い出していた。

確か、氷竜《アイスドラゴン》の討伐に、半強制的にとはいえ、のこのこ付いて行って、それで。ああそうだ、スカイラーに身代わりにされ、尾で弾き飛ばされて意識を飛ばしたのだった。

だが、目醒めたソラの体は痛くもなんともなかったので、治療を施されたのだろうと察する。恐らく傷跡も残っていないと思われるが、ソラを抱き込んだまま眠ってしまった大男のせいで、自分の腹部を見ることは叶わない。

(なんだこれは何事だ……)

床に落とすように溜息を一つ吐いて、ソラはリアムの腕から逃げ出そうともがく。しかしガッチリと背中に回された腕はほどけず、ソラが暴れたせいで体勢を崩したリアムがソラの上に倒れてきた。

「わ、っ、!」

ベッドに押し倒される形になったソラは、もう一度溜息をついた。これではリアムが起きるまで動くことは難しそうだ。

それにしても、本当に驚いた。

起きて直ぐにリアムの顔を見るとなんだか悲痛そうで、なにが起きたのかははっきりしないものの、ああ、心配をかけてしまったんだなぁと申し訳なく思っ……たのは一瞬だった。ソラが眠っている間にどういう心境の変化があったのか、リアムは完全にぶっ壊れていらっしゃって。

玩具なら即修理に出すレベルである。何事か。情緒不安定か。

なにがなんだか分からないうちにボロボロと泣き始め、十近く年上の男の涙にドン引きしつつ優しく声をかけてやると、勝手に謝って勝手に反省して勝手に納得して寝てしまった。

全く以て、ソラにはリアムになにが起きているのかが分からない。

どうしたリアム、なんなんだリアム。ソラの心は混乱して嵐のような状態になっていた。

ソラの横で眠るリアムの顔には疲労の色が見える。やはり起きて直ぐの直感通り、心配をかけてしまったのは間違いないようだ。

目の下の濃い隈は一日二日で出来るようなものとは思えないし、自分が何日も眠っていたことに気付かされた。ここ最近は毎日綺麗に剃り上げていたリアムの顎には無精髭が伸びていることからも、なかなか目醒めぬソラの横で、この大男はずっと不安だったのだろう。

リアムの目元に指を這わせたソラは、隈と涙で皮膚が赤黒くなっているその部分を、慈しむように何度もなぞった。

リアムの厭世的なものの見方は、犯罪奴隷なら仕方ないのかもしれないが。違和感には気付いていたのに、話したくなれば話すだろうと放っておいたのが良くなかったと、ソラは猛省する。

支離滅裂でなにが言いたかったのかは分からないけれど、断片的な言葉を繋ぎ合わせてみれば、恐らく。ソラに媚びていたことに、リアムは罪悪感を抱いているのだろうか。ただ、ソラはそんなこと当たり前ではないかとも思う。

ソラも奴隷だった時は主に媚びていたから。叩かれたくなくて、食事が欲しくて。それのなにがいけないというのか。

こんなに憔悴《しょうすい》してしまうなら、強引にでも話を聞き出しておけば良かった。

でも、過去のことばかり考えていても仕方がない。とソラはリアムがおかしくなり始めたＡＢＣに救助された時を思い出していた。

今後は気を付けてあげよう、と気を取り直した途端、ソラのお腹が盛大に文句を垂れる。

「それにしても、お腹空いたなぁ……」

ああ、そういえば、と枕に手を伸ばしてゴソゴソと探った。リアムが腹に乗っているのであまり頭上を視認出来ないが、指先にコツンと当たった感覚は一度感じたことのあるもので、迷いなくそれを摑んで引き寄せてみる。

薄い水色の小さな卵はソラが意識をなくす時に持っていたものだ。先程リアムに抱き着かれて、咄嗟に枕に放り投げる前まで、ずっと握り込んでいたらしい。まだ、ソラの手の温度が移った卵は冷えていない。温くなった卵をじっと見る。

「美味しいのかな」

ソラがそう呟くと、卵の中身がフル、と震えた気がした。

０４９　さっさと食え、こっち見んな

ヤバイ、やっぱりリアムの様子がおかしい。ここ何日かの間、ソラはずっとそう思っていた。

あのあと、ソラは再び寝入ってしまい、起きてからリアムと共に食事を取ったのだが、それから今日のこの瞬間に至るまで、一切途切れることなくリアムのおかしさは続いているのだ。

病み上がりだからとクエストの受注や採取はリアムに禁止され、この数日は部屋で大人しく中級ポーション作りの練習に励んでいるのだが、リアムが妖怪ベタベタ男に変身してしまったのだ。

ソラが食事をしようとするとスプーンを持って食べさせようとしてくれるし、着替えようとすれば服を持ってくる。水を飲もうとすればコップが出てくるし、部屋から一階の食堂までの短い移動距離でも必ずソラを抱えて移動する。ソラがなにかしようとする度に、リアムが手助けしてしまうのだ。それもなんだか異様なほど楽しそうに。

湯浴みの際に一緒に浴室に入って来ようとした時には、流石に殴った。全力で。グーで。もちろん、痛かったのはソラの拳のほうで、リアムはノーダメージだったけど。

そしてなにより一番怖いのが、毎日の例の処理の時間が倍になったこと。恐ろしいことこの上ない事態である。

「……コワイ」

「どうした？」

「いや、別に」

過保護さが怖い。正直言ってここまでくると介護されている老人の気分だ。

どこか吹っ切れた様子のリアムは、今まで感じていた遠慮や距離感、窺うような様子を少しずつ取り払っていた。

いや、それはいい。畏《かしこ》まられたりへりくだられたりするのはソラの本意ではないし、遠慮のない関係のほうがお互いに楽だから。

ただ、日課の処理が終わってリアムが寝る際に、自分のベッドには戻らずにソラのベッドに侵入してくるようになったのは、いいとは言えない、極めていただけない事案である。

一日目、二日目と朝一で逃亡しようとして、敢えなく失敗。三度目の正直とばかりに逃げ出した三日目の朝は廊下に出るところ迄は上手くいった。が、建物からは出られずに確保された。

もうほとんど諦めてはいるが、今夜にでももう一度、自分のベッドで寝るように説得するつもりだ。

もうとっくに元気な体なのに外出も行動も制限され、逆に不健康になりそうなほどである。

お陰様で、今までどうしても上手く処理出来ずに駄目にしてしまっていた中級ポーションの素材を上手く処理出来るようになってきた。成功への道はまだ遠そうではあるが。

「ソラ、そろそろギルドに行こうか。まだ報酬の素材を貰ってないんだ」

「ああ、そっか！　そうだね、ミゲル爺にお礼も言いたいし」

大鷲亭の食堂から朝食を運んで来たリアムが、テーブルに食事を並べながら優しい声色で提案する。ソラはコクコクと頷いて、フライング気味にフォークを掴みながらテーブルに着いた。

自分の傷が中級ポーションでは治せないほど酷く、ミゲルが身銭を切って上級ポーションを使用してくれたのだと聞いたのは、ソラが二度目に起きた時。尤《もっと》も、ソラが起きた時には傷痕は綺麗さっぱりと消えていたので、そこまで酷い怪我だったという自覚はない。痛みだって忘れてしまったくらいだ。

上級ポーションがいくらなのかは知らないけれど、決して安いものではなかっただろう。なにも返すことは出来ないが、お礼の一つくらいはきちんと言っておきたい。

ソラはベーコンを口に突っ込みながら、今日の行動予定を頭で組み立てた。リアムもニコニコしながらこっち見ていないで、さっさと食え。

＊＊＊

「良かったなぁ。俺ぁ、ソラが薙ぎ倒された瞬間、絶対に死んじまったと思ったよ」

「生きとるわ。そもそもミゲル爺が無理矢理同行させたのも悪いと思うんだけど」

カラリと明るい様子で話すミゲルを、ソラはリアムと同じ目線から見下ろすようにじっとりと睨む。

もちろん、今日も今日とてソラの定位置はリアムの腕の中だ。頼んでも降ろしてはくれないので、ギルドにいる人たちの注目を集めまくっていていたたまれない。せめて顔バレはしないようにと、いつも以上にフードを目深に被っていた。

ミゲルの口調は軽いものの、その赤い目の奥には後悔の色が灯っていて。だからこそソラも冗談交じりの口調で答えている。

「いやぁ、弱いのは分かってたが、ソラは運動や反射神経はからっきし駄目なんだな」

「ほっとけ。あ、ミゲル爺、上級ポーション使ってくれたんだよね。お陰様で助かりました、ありがとう」

「ああ、いいよ。もっと気を付けて見てやりゃあよかった。すまなかったな」

ソラはペコーンと上半身を折ってお礼をした。リアムに抱き抱えられたままというのは格好がつかないが、ミゲルは気にした様子もなく嬉しげに目尻を下げて笑う。

「はい、それじゃあそろそろ俺も会話に参加していいかな？　ミゲル爺、スカイラーの話だろう？」

と、ここまで空気だったジェイクがそう言いながらパンパンと二回手を叩く。どうやらミゲルに呼ばれていたらしく、たまたまここで一緒になったのだ。

「そうだったそうだった。ソラたちにも関係のある話だからよ、奥行くか」

ミゲルはカウンターの一番端の木材を跳ね上げると、首をくいと動かして中に入るよう促した。

胡桃色《くるみいろ》のカウンターがキキと小さく軋り、一人分の通行路を作り出す。

ギルド職員たちが忙しなく働いているカウンター内。ソラはそこに足を踏み入れることに緊張感を隠せなかった。

実際に足を踏み入れるのは抱き抱えられたソラではなく、ジェイク以上に空気なリアムだけれど。

＊＊＊

どっから話すかなぁ、とそんな言葉から始めて、ミゲルはジェイクの仲間であるスカイラーたちについての話を始めた。

通されたのは応接間のような重厚感のある部屋で、ソラはギルド内にこんな部屋があったのかと驚いていた。背の低い重たそうなテーブルに、革張りのソファ、壁面を使った本棚。パーテーションで区切られた奥側には、ミゲルの執務机が置かれているようだ。大きなランプが天井から吊り下げられており、それはギルドの受付にあったのと同じデザインだった。

「リアムには既に軽く話してあるんだがな。スカイラーの冒険者ライセンスを剥奪した」

ミゲルが重い声で紡いだ言葉に、ソラとリアムは揃って目を見開いた。いや、なぜリアムまで驚くんだ。

「えぇっ!?　ってなんでリアムまで驚いてんの？　先に聞いてたんじゃないの??」

「いや……、聞いたような気もするが、あの時はソラが目醒めないんじゃないかという不安でいっぱいいっぱいだったから……」

「続けるぞ。魔獣に向かって他の冒険者をぶん投げるなんて、絶対にあっちゃいけねぇことだ。ギルドとしては以前から、最近の冒険者たちの質の低下を危惧していてだな。……まぁ、この事態をかなり重く見た結果としての、ライセンス剥奪だ」

ソラはふむふむと分かり顔で頷きながら聞いているが、ギルドや冒険者のそういった事情には詳しくない。話を聞くジェイクもリアムも神妙な面持ちなので、ソラも合わせて神妙な顔を作っているだけだ。

ミゲルはソファの上で上半身を前に屈ませ、両膝に肘をついて指を組んだ。

「犯罪奴隷にしたほうがいいって意見もあったんだが……。改心して欲しいって意味も込めて、今回はこの措置にした。んで、ジェイク。お前の残りの仲間二人だが、あいつらはライセンス剝奪まではしない。だが、Dランクへの降格と、ジェイクをパーティーから抜けさせるように命令した。勝手に悪ぃな」

「サルとジョーズだっけ……」

「バルとジョージね」

ソラが思い起こしながら言った名前は即座にジェイクに訂正された。やっぱり興味のない人の名前を覚えるのは苦手だ。これ以上話の腰を折ることのないよう、ソファの上で大人しくしていることにする。

「そうか、だからアイツら大鷲亭に戻って来なかったんだ。スカイラーはともかくとして、バルもジョージも姿を見ないから不思議に思ってたんだ」

ジェイクは綺麗な青い瞳を床に落として、顎に手を当てながら得心がいったというようにそう呟いた。急にソロになってしまって思うこともあるはずなのに、ジェイクの表情はあまり変わることがなかった。

「ミゲル爺、迷惑かけてごめん。今回は俺も、流石にスカイラーがあんなことをするとは思わなくて……。当然の処置だと思う。文句はないし、俺がパーティーを抜けるのにも異論はないよ。ミゲル爺が言わなくてもそうするつもりだったから。……ソラ、俺の仲間が君に酷いことをしてごめん……」

「うん、……まぁ、起きたら治ってたし……ちゃんと処罰されたなら私は別にいいよ。二度と会いたくはないけれど。ジェイクが悪いわけじゃないしね」

リアムは、スカイラーに対する処罰がライセンス剝奪だけだということに、納得のいっていない様子であるが。

「さて、アイツらの話はこんなもんか。質問あるか？」

「はいっ！　ええと……ライセンス剝奪してもまた登録出来ちゃうんじゃ？　リアムも剝奪されたけど登録出来たし」

「ああそれか。リアムの場合は奴隷だろ。ソラが所有者として面倒見てるから、お前さんの許可がありゃあ、もう一度登録することは出来る。だが、スカイラーにはそういった、責任を持って面倒を見てくれるような主人はいねぇからな。まぁたとえそんな相手が現れても、ギルドが剝奪したライセンスは戻させねぇけど」

「なるほど……」

「リアムの冒険者ライセンスだって、言わば期間限定みたいなもんだ。ソラがリアムを奴隷商館に売った瞬間に、ライセンスは効力をなくすんだぞ」

「ええ!?　そうなの!?」

ここに来て出た新事実に、ソラが声のボリュームを上げる。ミゲルはニヤニヤと笑って、無精髭を撫でながら頷いた。

リアムはそれを知っていたようで澄ました顔をしているが、登録する時に教えてくれればよかったのに。

「他に質問がなければ、次だ。約束していた鍛冶屋の紹介だが……ちぃと今の時期は忙しいみてぇでなぁ。依頼は待ってくれって連絡が来てた。帰りに所在地と連絡先を書いた紙を渡すから、繁忙期は外して行ってやってくれ。それと……」

０５０　やっぱり食べちゃ駄目らしい

ミゲルは立ち上がって、応接間の隅に足を運ぶ。纏めて置かれていた新品の袋を掴むと戻ってきて、ドンッと重たい音を響かせてそれをテーブルの上に置いた。

袋の数は一、二、三、四袋。それら大小の袋にソラは興味深そうな目を向けた。

「これがお前らの取り分の素材だ。ＬＡ《ラストアタック》がリアムだったから、ちょいとサービスしておいた」

ミゲルが一番小さい袋の口を開いてテーブルの上にひっくり返す。巾着のような形の袋からコロコロ、ポロポロと転がり出て来たのは、何本かの牙と鱗、多分爪っぽいけどよく分からないなにか、骨っぽいけれど知りたくないなにかで、全て真っ白でキラキラと輝いていた。

「わ、すごいね、キレイ」

初めて氷竜《アイスドラゴン》を見た時と同じ感想を口にしながら、鱗を一枚摘んで持ち上げた。

室内灯に反射して輝く鱗は割れてしまいそうなほど薄いが、ソラはこの鋭利な鱗がとても頑丈だということを知っている。身を以て知っている！

透き通る美しい鱗はひんやりと冷たく、持っている指先が冷えてしまったのでそっとテーブルに戻した。

「んで、残りの袋は全部氷竜《アイスドラゴン》の肉だ」

「えっ……」

ミゲルが明るい口調で告げた言葉にソラは驚いた。

氷竜《アイスドラゴン》を討伐したのは、約十日前。この世界に冷蔵庫があるのかどうか知らないが、明らかに常温の部屋の隅に置かれていたと思われる肉。

ゾンビがうっかり仲間だと勘違いしそうな腐敗具合のはずである。今のところ嫌な臭いは漂ってこないが、ソラは緊張してゴクンと唾を呑み込んだ。

「肉を多めに欲しいって聞いてたからな、ザックリとだけど、他の奴らより多めに用意しといたぞ」

そう言うとミゲルは、アッサリと袋の口を開いた。流石にひっくり返して出すことはしないが、ソラたちにもよく見えるように傾けて中を示す。

袋からぶわ、と煙が出て来て……。いや、これは煙ではない、冷気だ。本来なら凍っている物からふわふわと這うように出てくる冷気が、凍っていないはずの肉からじんわりと放出されている。

凍っていないように見えるが、ここに来るまでは冷凍されていたのだろうか。まぁ、これはあとでリアムに聞こう。

氷竜《アイスドラゴン》から噴き出した血は確かに赤かったが、上手く血抜きされた肉はほぼ真っ白で、これまた美しくも不思議な食材に、ソラは前のめりになって袋を覗き込んだ。

「ちょいと量が多いが、持って帰れるか？」

「ああ、俺が持つから問題ない」

肉が大量に入った大きな袋は三つ、それを問題なく持てると言うのだから、やはりリアムはゴリラだとソラは思った。

因みに、ここ何日かはリアムが狂ったように筋トレをしているので、ソラはこれ以上力を強くしてどうするつもりなのかと呆れている。

「素材はどうする？　いらねぇ分は買い取ってやるけど」

「ううん……。リアム、素材ってなにに使えるの？」

「装備品に加工したり……。装飾品に加工したり……だな」

「これでリアムの装備品作れる？」

「いや、量が少ないから難しい」

「そっか、ならいいや。ミゲル爺、全部買い取りでお願いします！」

ソラはアクセサリー類にそう興味もないし、リアムの装備品にもならないのなら、持っていても仕方がないと思った。必要のないものはさっさと換金してしまうに限る、とソラは素材の入った小袋を、ミゲルのほうへ指で押し返した。

ミゲルは一瞬キョトンとしたが、ニッと歯を見せて笑うと頷いて受け取った。

「ああ、分かった。帰り際に換金して渡す」

「それと、借りていた大剣を返すよ。部屋の入り口に立てかけてある」

リアムが部屋の扉を親指で差して、そう言った。

「ああ、あれか。……構わねぇよ、あれは持って行け。遺品でもよけりゃな。スゲェいいモンではないが、リアムは得物持ってねぇんだろ？　あれでもないよりマシなはずだ」

ミゲルは大剣を見て目を細めると、気前良くリアムにその剣をくれると言う。

ソラは武器に詳しくないが、刀身と柄も込みで百七十センチはありそうな巨大な剣。リアムは軽々と揮《ふる》っていたけれど、ソラでは引き摺ることすら難しそうなほどの刃の厚みだった。

「……構わないのか？」

「いいぜ。ソラに怪我もさせちまったし、迷惑料だと思ってくれ」

「ありがとう」

「おかしいなぁ⁇　怪我したのは私なのに、貰うのはリアムなの⁇　でもよかったねぇリアム！」

僅かに異議を唱えたい気持ちはあるものの。貰えるもんはとりあえず貰っとけ、とソラの意地汚さが発動したところで、ソラはハッと思い出したようにポケットに手を突っ込んだ。

「あっ！　そうだ、ジェイク、ミゲル爺。これなにか分かる？」

ポケットでぬくぬくと温めていた生温いソレを取り出して二人に見せると、ミゲルは険しい顔で固まり、ジェイクは不思議そうな顔をした。

「私が氷竜《アイスドラゴン》の尻尾でプチッてされる前に見つけて、ずっと握ってたみたいなの」

「これ……卵？　綺麗な水色だね」

「うん、多分ね、卵。リアムもなんの卵か分からないみたいで、食べようとしたら『拾い食いしちゃいけない』って怒られたから……」

「そ、そう……」

ジェイクは若干引き気味の表情ではあるものの、ソラの手の中の卵をマジマジと見詰めてくる。

ミゲルはフイと視線を逸らしてソファに深く座り直してから、重たげにその口を開いた。

「そりゃ恐らく、氷竜《アイスドラゴン》の卵だ」

「マジカヨ」

ソラは驚きのあまり片言になり、手の中の卵を取り落とす。ポスンとソラの太腿に着地したので良かったが、数センチズレて床に落ちていたら割れていたかもしれない。あわあわともう一度大切に抱き込む。

「俺らはな、討伐した氷竜《アイスドラゴン》の回収は一切せずに、一旦ソラを連れてグロッソまで戻ったんだ。……危ない状態だったからよぉ」

「それは……お手数をおかけしました……」

「で、一日明けてから改めてドラゴンの回収に向かったんだ。生態調査も兼ねてな。前も言ったと思うが、氷竜《アイスドラゴン》は本来、雪国に生息する魔獣だ。この辺りに出るのはかなり珍しいことなんだよ」

「ほうほう……」

「で、軽く調査してみたんだが、氷竜《アイスドラゴン》がこっちのほうまで来ちまった理由は分からなかった。分からなかったが、どうやら産卵してたらしくてな。ホラ、ソラのことふっ飛ばした小さいほうの氷竜《アイスドラゴン》いたろ。アイツがオス。俺らが最初に倒したほうがメスだったみてぇだ」

「へぇ。……あ、そういえば……氷竜《アイスドラゴン》の尻尾攻撃の前に、確かに卵みたいなのいくつか見たかも」

「ああ、それはもうギルド側で回収済みだ」

「でもミゲル爺、確かに色は似てるけど、私が見たのはもっと大きいサイズの卵だったよ。こーんな！　こーんなおっきかった！　これみたいなちっちゃい卵じゃなかったよ？」

ソラが腕を広げて大きな輪っかを作り、見た卵の大きさを説明する。

木陰に隠すように落ちていた卵はマンホールの蓋ほどのサイズで、ソラの手の中の六センチほどのコロコロとした可愛い卵とは大きさが全然違った。恐らく数百倍はあったはずだ。

「あー、大きいほうが本来の氷竜《アイスドラゴン》の卵のサイズだ。恐らくだが、これは小さく産まれて……。未熟児……ってぇと言い方がアレだけどよ。こんなチビじゃ孵化するかも分かんねぇし、産まれたとしても野生で生きていくのは難しいだろう。育てる気がなくて捨て置いたのを、ソラが見付けたんだろ」

「あぁ、なるほど……。じゃあもうこの卵は、温めて貰ってなかったから駄目なんだね」

食料にもならない、生まれて来ることもないとなるとなんだか寂しいもので、ソラはしゅんと肩を落とす。

「いや、そうでもないだろう。氷竜《アイスドラゴン》の卵なら可能性はあるんじゃないか」

それに待ったをかけたのはリアムで、どういうことかとソラはリアムの顔を見上げた。

「元々、氷雪地帯の魔獣で、親がずっと守り温めるわけではない種族だ。孵化の条件は熱ではないと思う」

「ああ、リアムの言うとおりだ。温めなくても産まれるはずだな。ドラゴンの卵の孵化条件は研究中だからあまり詳しくは分かってねぇ」

「ドラゴン種は生命力が強いからね。もしかしたらこのサイズでも生まれて来るかもしれないよ」

ジェイクが横から手を伸ばし、人差し指で卵を優しくツンと突いた。卵はソラの手の中でくるんと一回転して止まる。ソラはほぅと息を吐き、改めて卵を見詰めた。

「まぁ、もし孵ったとしても、そのサイズだと野生で生きていくのは難しいだろうな。大して成長もしねぇだろうしよ、攻撃性がなけりゃ育ててやってもいいんじゃねぇか」

「攻撃性があるかどうかなんて生まれてみないと分かんないよ！　あったらどうすればいいの？」

「そりゃあ……、……、……。そん時に考えりゃいいだろ」

ミゲルは途中から考えるのが面倒になったのか、すんと鼻を鳴らして嘯《うそぶ》く。

ソラは卵から視線を逸らさずにじっと見詰めたまましばし思案し、それからコクンと頷いた。卵を包むように手できゅっと握り、そして再びポケットに仕舞う。

「うん……、そうだね。孵ったら、とりあえず育ててみようかな」

「そんなもんか。じゃあ質問が無けりゃ、今日は解散だ」

051　多分コンテスト的ななにか

解散！　というミゲルの声を合図にして、ソラとリアム、そしてジェイクはギルドをあとにした。

もちろん、素材の換金をしてもらって、鍛冶屋についての詳細情報が書かれた紙も貰ってから。

リアムはお肉を沢山抱えているので、帰り道はリアムに抱き抱えられることなく自分の足で歩くことが出来るのが、ソラは地味に嬉しかった。ギルドから大鷲亭までは大した距離ではないけれど、それでも久しぶりに歩く距離だ。

「ソラ、改めて俺の仲間が本当にごめん」

「あっ、ううん。確かにスカイラーに対しては、アスファルトの上でミミズみたいに干からびればいい！　……ってくらい腹立ってたけど、もう怒りは鎮火してるし。なにより、ジェイクが悪いわけじゃないんだから気にしないで」

リアムとジェイクはソラに歩調を合わせてくれているようで、三人で並んで歩く。ジェイクの落ち込んだ声に対して、ソラはブンブンと首を振ってそう言った。

「あすふぁ……、ミミズ？」

「つまり、土の上でボボガみたいに干からびればいいのにってことだよ!!」

「ああ、なるほど……。いや、けどソラに突っかかってた時点でもっと厳しく諫《いさ》めるべきだった」

「本当にな」

ソラはいい意味でも悪い意味でも後腐れがない性格なので、既にスカイラーのことはそう気に留めていない。それでも深く反省していたジェイクは、その反省をリアムにサラッと肯定されてムッとしていた。どうやらリアムには言われたくないようだ。

「……リアムこそ、こういう時にこそ使うべきじゃないの？　ソラに怪我させたスカイラーをのろっ——」

「今回のことは俺も……悪かったから、いい」

リアムの嫌味に対し、ジェイクもなにやら嫌味で返しているが、リアムがそれを遮って言葉を被せる。だが、遮ったつもりでも、ソラにはしっかりと聞こえてしまっていた。

思えば最初から、リアムと一緒にいることを人から心配される時に出てくるキーワードは〝呪い〟だった。靴屋三兄弟も、ジェイクも、皆一様に〝呪い〟という言葉を口にしていた。

だが、リアムはソラに気付かれたくないようで、ソラもそれが分かっているのでなにも知らぬフリをして話を続ける。

「うーん……多分ね、あそこでもっと強く窘めてくれたとしても、スカイラーの怒りの矛先はさらに私へ向いていたと思うから……。きっと結果は変わらなかっただろうし」

「……そうかな」

「そうそう。だから何回でも言うけど、ジェイクが悪いわけじゃないから謝らなくていいよ」

ジェイクは、そっか、と小さく呟き、全く気にしていない様子のにこにことしたソラに向き直った。そして同じようにソラに優しく笑いかける。どうやら憂いは取り払えたようだ。

リアムはそんなほんわかと笑い合うソラとジェイクが気に入らないようで、二人の間にぬっと巨体を割り込ませてきた。

「ソラ、改めて俺もすまなかった。……俺がもう少し早く気付いていれば、あんなことにはならなかったはずなのに」

「いやいや、それも仕方ないよ。たらればの話をし出したらキリがないし、今元気だからもういいの。スカイラーもちゃんと罰を受けてるし。ていうかなに、どうしたの二人とも。急に反省グランプリ始めるのやめて！」

「反省グランプリ……」

二人から謝り倒されるなんて居心地悪いことこの上ない、とソラが茶化して空気を変えようとする。

男二人が物哀しげな様子で女の子に付いていく姿も、周りにはかなり奇異に映っているようで、街の人々の視線が痛い。

「もう、頼むから謝らないでね」

ソラがリアムとジェイクの顔を交互に見ながら強く念押しすると、二人は神妙な面持ちになって頷いた。

＊＊＊

「リアム、私、旅がしたい」

「旅？」

その日の夜のこと。部屋の灯りを落とし、ベッドに入った直後。

今夜もソラのベッドに侵入しようとしたリアムを説得し、なんとか自分のベッドに戻って貰うことには成功していた。非常に不満そうな顔をされたが。

ソラがリアムになにか頼みごとをすると大抵受け入れてくれるので、不満そうな顔をされるのは初めてだった。その初めての表情の理由が、ソラのベッドに侵入出来なかったからというのはいただけないけれども。

やはり、この間のリアム号泣事件以来、少しずつ表情のヴァリエーションが増えている気がする。ソラにはリアムの気持ちの全てを推し量ることは出来ないが、リアムの中でなにかが決定的に変わったことは分かる。なにが変わったのかまでは分からないが、いい方向に転べばいいと願うばかりだ。

ソラがポツ、と呟いた言葉に直ぐに返答があり、まだリアムが起きていたことを知る。ソラは毛布を口元まで引き上げて、くぐもった音で話を続けた。

「うん、旅。まだ、どこに行くかも決めてないんだけど……。この世界のあっちこっちを見てみたいなぁ」

「……そうか。俺も？」

まだ見ぬ景色を夢想して柔らかくそう告げたソラは、リアムの言葉にギョッとする。まさか、ここに置いていかれるとでも思っているのだろうか。

「置いて行くわけないよっ。まぁ……たまに捨てたくなるから説得力ないかもだけど……。リアムが嫌じゃなければ、一緒に旅しよう。それとも、リアムはどこかに拠点を構えて腰を据えるほうがいい？」

「いや、俺は……」

きっと、リアムと二人で回る旅は楽しくなるだろうが、もし、リアムがどこかに落ち着きたいというなら、それはそれでもいい気がしていた。

リアムは言葉に詰まりなにかを考えているようだったが、直ぐに考えが纏まったようで口を開く。暗がりでリアムの表情が読めない中、どちらを選ぶのだろうとソラは身構えた。

「俺は……。俺は、ソラの傍に置いてくれるならどこでもいい。ソラが旅に出たいなら、俺も一緒に行く。ソラの傍が俺の居場所だよ」

「……！」

リアムの口からサラリと紡がれた言葉は異様な甘さを含んでいて、内容はソラの望む回答であったのに、その言い方や声色がなんだか色っぽい。

なんだなんだなんなんだ、と困惑する脳とは裏腹に、ソラの心臓はトクトクと優しく脈打った。

ソラはそのむず痒い感覚に戸惑い、いつもより明るい口調で返事をする。

「うんっ！　じゃあそろそろグロッソを出て旅しようか！　どこに行こう？」

「……」

「リアム？」

ソラの返答を聞いたリアムはなにか思うところがあるのか黙り込んだので、ソラは暗がりに呼びかけた。

「いや……、なんでもないよ。そうだな、鍛冶屋は今、忙しいとミゲルは言っていたが……とりあえずそっち方面へ行くか？」

「ああ、そうだね！　それいいね、そうしよう！　リアムの頭の角隠し、作って貰わなきゃ。すっごく楽しみ！　のんびり向かえば、繁忙期も終わるかなぁ。鍛冶屋さんの街なんだよね？　ええと……なんてとこだっけ」

「鍛冶の街、アルマ」

「そうそう、それそれ。アルマかぁ。グロッソからはどれくらいの距離なの？」

直ぐに決まった行き先に、ソラはテンションを上げてベッドの中で寝返りを打つ。ふわふわと柔らかく体を包む寝台がキ、と小さく軋んだ。

なにも見えないが、それでもコロリとリアムのほうへ体を向けて、ニコニコと嬉しげに話しかける。リアムもどこか声色が柔和で、ソラはまだ見ぬ街に思いを馳せた。

「地図を……見てみないと分からないな。明日、アルマまでの道程を確認しよう」

「うん、分かった！　……じゃあ出発は一週間後かな。それまで軍資金になるお金を稼いで、旅の装備揃えて……って感じでどう？」

「あぁ、それでいいよ」

喋喋喃喃と話す二人の空気は温かく、一つ一つ内容を組み立てながら予定を決めていくのは楽しい。リアムに任せれば危険なルートは避けてくれるだろうし、氷竜《アイスドラゴン》との戦いぶりを見ているから、リアムになら安心して護衛を任せられる。

明日からは旅の準備だ。なら少しでも早く寝ようと、ソラは冴えてしまった目を閉じて小さな声で呟いた。

「じゃあ、明日予定立てようね」

「ああ、ソラ、おやすみ」

遠足前の子供のように寝付けぬものかと思ったが、瞼を閉じて数分もしないうちに、ソラはゆるゆると眠りに落ちていった。

０５２　時既にお寿司

翌朝、起床して直ぐに、二人は旅の準備に取りかかり始めた。

まず最初にやったのは、地図の確認。ソラは地図が読めないので知らなかったが、どうやらこの地図はここらへん一帯のことしか載っていない簡素なものらしい。どうりで値段が安かったわけだ。

『これじゃあ、あちこち旅をして回るのには向かない。新しいものを買おう』とリアムに言われた。

よって、まずは新しい地図を手に入れることになった。

グロッソには地図の専門店もあるらしい。流石は商人の街だ。

どうやらその地図専門店には、名物オジサンがいるらしく、「〇〇地方の〇〇村の地図を」と言うと、どんなに辺鄙な村の名前を言ってもスゥッと地図を出してくれるらしい。素晴らしい知識量だ。

ただ残念ながら、ソラとリアムが求めるのは世界地図なので、名物オジサンの特技を見ることは叶わなかったが。

完全版の世界地図は質のいい紙を使っており、９５００Ｇ《ゴールド》とかなり値が張った。だが、必要経費なので出し惜しみはせずに買った。

地図を手に入れたその足で、ソラとリアムは森の浅い部分に入った。

資金を稼ぐために作るポーションの素材採取のためだ。ソラは昼前から夕方までたっぷりと時間をかけて採取した。

リアムもソラを手伝いつつ、時折出る魔物を討伐していた。もちろん、こちらも大切な資金源になるので素材として売却するつもりである。

今日の収穫はホーンラビット、ホーンディーゼル、ホーンマウスと、全て鋭い角のある魔物ばかりだ。流石はリアム、いずれも危なげなく倒してくれたので、ソラは安心して採取に集中出来た。


その夜、宿に戻ってから直ぐに地図を確認した。

グロッソから鍛冶の街アルマに行くには、いくつかのルートがあるようで、ソラはリアムとよく話し合った。

行商の荷馬車に乗せてもらって約十日、徒歩で街道を進むのなら約一ヶ月半、徒歩で森を抜けて近道をするなら約三週間。荷馬車に乗せて貰うのには、一人一日3000G《ゴールド》ほどらしい。十日間二人で6万G《ゴールド》は大きい金額だ。

徒歩で街道に沿って歩いて行くのは、安全だが時間がかかり過ぎる。成人男性の足で一ヶ月半かかるなら、恐らくソラの足ではさらに時間がかかるだろう。

結果としてソラたちが選んだのは森を抜けるルートだ。リアムが地図をよく見ながら、比較的安全なルートを選んで森を抜けることに決まった。森の深層部にあまり踏み込まなければ、リアムもいるし、そう危険な目に遭うことはなさそうだ。

野営に必要な道具をリアムが書き出していくのを横目に、ソラは採取した素材の処理をする。そして時折、読めもしないのに横からリアムにちょっかいをかけた。リアムは怒ることもなく、優しく笑ってソラを撫でた。


そして翌日は低級ポーション作りに勤しむ。ソラは丸一日かけて鍋四つ分のポーションを作り上げた。

全部で小さな瓶、四百八十本分。これをギルドまで運ぶのは大変そうだ。

ソラがポーションを作っている間、リアムは大鷲亭の外の井戸の傍で、氷竜《アイスドラゴン》の肉のほとんどを燻製と干し肉にする作業に当たってくれた。

この量の肉を二人で消費するのは難しいので、半分は宿屋の女将に献上する。ソラの大切なローブを繕ってくれたお礼も兼ねて。

これで旅の道中のメインの食材が決まった。

そういえば、とソラが思い出したのは、肉の腐敗問題だ。ソラたちが肉を受け取った時点で討伐から十日ほど経っていたというのに、腐った様子が一切見られないことをずっと疑問に思っていた。

その疑問をリアムにぶつけてみると、『氷竜《アイスドラゴン》は肉が冷凍並みに冷たいんだ。だから腐敗もかなり遅く、保存が利く食料なんだよ』と丁寧なお返事をいただいたので納得した。

劣化の遅い食材とは、これまた旅にぴったりである。一割ほどの肉は生で残してもらったので、旅の最初のほうの食事はステーキになるだろう。ソラは今から楽しみで涎がじわじわと……。

リアムは空いた時間を見付けては、こまめに筋トレをしているようだ。

腕立てや腹筋、背筋と基本的な筋トレから始まり、片足を椅子に乗せて行う不思議なスクワットなど、ソラが見たこともないようなトレーニングも交ざっている。やはり短期間で筋力を戻そうとするのは並大抵のことではないようで、まだまだ時間がかかりそうだが、リアムは『地道にやれば筋肉は応えてくれる』と仰っておられた。筋肉と友達だと思われても仕方がない発言である。

こうして、採取&処理↓調合↓販売↓採取&処理↓調合↓販売↓採取&処理↓調合↓販売……というルーティーンが出来上がった。ソラの作ったポーションとリアムの討伐した魔物の売却は、ソラが想像していたより遥かに速いペースで売れていったので、直ぐに纏まった金が貯まった。

＊＊＊

そして現下。明日にはグロッソを発《た》つという状況で、ソラとリアムは揃って旅支度の買い物に出かけていた。

「あ、リアム。忘れないうちにこれ渡しとくね」

「なんだ?」

今日も今日とて、ソラはリアムの腕の中から街を見下ろしている。とっくに脱病み上がりなのに、リアムはソラを抱えて歩くことを気に入っているのだろうか。

グロッソの商人たちの熱い客引きの声も既に耳に馴染んだもので、もう見納め、聞き納めかと思うとなんだか寂しい。

ソラは肩がけ鞄から紺色の革で出来た巾着袋を取り出して、リアムに押し付けるようにして渡した。リアムはそれがなにか分からないようで、ソラが押し付けた袋の口を太い指でちんまりと摘んで受け取った。ソラが袋から手を離すと、重力に逆らわずに垂れた革の中でジャリと音が鳴る。

「金貨25枚入ってる。これはリアムが氷竜《アイスドラゴン》討伐で稼いだお金だから……」

「……ソラ、これは……俺は受け取れないよ」

リアムは驚きに眼を見開いて、ソラの手に袋を返そうとクイクイと押し付けてくる。

リアムの眉尻が下がっているのを見て、ソラは左右に首を振ると手をグーの形に握り締めて断固として受け取らない姿勢を見せた。

「だめだよ、こないだみたいに私になにかあったときのために、少しはお金持ってないと。それに、リアムも自分の欲しいものが出来た時に、お金がないと買えないし」

「だが……、本来、俺の稼いだ金は全て主人が管理して……」

「ちゃんとした待遇の奴隷はお給料だって貰うでしょう？　私がリアムにあげたいの。いつもあげられるわけじゃないし、金額も多いわけじゃないけど……。受け取って欲しい」

「……分かった。じゃあ、ありがたく貰っておくよ」

「うん！」

ソラの強い主張を聞いたリアムは、少し躊躇ってからベストの内側に革の巾着袋を仕舞った。いつもならここでソラを探るように見てくるのだが、そういう素振りを見せないリアムに些か面食らう。だが、納得したなら良しとしよう。

そうこうしているうちに到着したのはアウトドア用品の専門店で、入店する前にリアムの腕から降ろしてもらう。

流石に抱き抱えられたまま買い物をするのは恥ずかしいから降ろしてもらったのだが、降りるときに店員とガラス越しに目が合ったので、物凄く無駄な気もした。

リアムはソラを離すと、ボトムスの尻ポケットから折り畳まれた紙を取り出す。必要なものをメモしてあるので、それを見ながら買い物をするのだろう。

「いらっしゃい！」

店員の元気な挨拶を受けながら、ソラは店内に足を踏み入れた。

053　準備完了釘バット！

店内に入った二人は、棚に並ぶ商品を見ていく。リアムが必要なものを次々と選んでいく横で、ソラが大きな声を上げた。店員が不審そうにソラをちらりと見遣る。

「リアム、これ、これ！　私これ欲しい‼　釘バットみたい！　カッコイイ‼‼」

リアムの服の裾を千切れんばかりにグイグイと引っ張りながら、興奮してそう言うソラの指差す先に、木製の殴打用合成棍棒《こんぼう》が置かれているのを見て、リアムは顔を顰める。

持ち手にはぐるりと布が巻き付けられ、手にフィットするように作られたソレをソラは嬉々とした表情で眺める。球状の頭部から複数の棘が飛び出した柄頭は、ソラのイメージする釘バットに近いものだった。

「これは、……くぎばっと？　ではなく、モーニングスターという武器で……」

「へぇー！　すごいね、カッコイイ！」

「いや、なぜこの店でこんなものを売って……あ、ソラ、駄目だ、買わないよ」

ソラがモーニングスターに手を伸ばしたのをリアムが慌てて遮り、手をきゅうと握り込まれる。

「えぇー……欲しい……」

触ることすら叶わなかったモーニングスターを名残惜しそうに見詰めるソラは、未練たらたらと不満げな声を上げた。それに焦ったのはリアムで、ソラの目になぜコレが格好良く映ったのかは分からないが、こんな色物武器をソラに持たせるわけにはいかないと、手に持っていたコップをソラに差し出した。

「それより……、どっちの色がいい？」

リアムが差し出したのは、白地に可愛らしい赤い幾何学模様の施されたコップと、白地に淡い緑色のタイル柄のコップだ。リアムの大きな手の中に小さなコップが二つ納まっている。どちらも見た目に可愛らしく、ソラの意識は一瞬でそちらに向いた。

「わ、両方可愛いね！　リアムはどっちがいいの？」

「アウトドア用の食器類だな。ソラが好きな色を選ぶといいよ」

リアムが手に持っているのはコップだけだが、どうやら食器類のセットになっているようで、棚にはオーバル型のプレートや小さなボウルも置かれている。

プレートは深さもあるのでカレーやパスタも入れることが出来そうで、使い勝手は申し分ないだろう。この世界にカレーがあるのかは知らないけれど。多分ない。

「ええと……このプレートとボウルとカップ。二つずつでワンセットなの？」

「そうみたいだな」

「そっか、めっちゃコンパクトで便利だねぇ。私ならこっちの薄い緑色のほうがいい。好き、可愛い！」

「……もう一回言ってくれるか？」

「え……？　コンパクトになって――」

「そのあと」

「すき、かわいい？」

「……分かった、じゃあこっちにしよう」

コホンと小さく咳払いをしたリアムは、くるりと背を向けると棚から品物を取った。疑惑の目を向けるソラのことを、リアムはしれっとした態度で無視する。

二つずつの食器を、小さなお弁当ケースのような四角いの袋に仕舞えるようになったディッシュウェアセットは、流石はアウトドア用だけあって非常にコンパクトに纏まっていた。揃いのカトラリーセットも、少しギチギチになるが一緒に袋に収まる造りなので、そちらも購入することにする。

自分の望みの言葉を言わせて照れながらも、リアムはソラの意識がモーニングスターから逸れてホッとしていた。

「他にはなにを買うの？」

「調理器具はシェラカップとまな板。あとは寝具かな」

「ふむふむ……」

リアムは店内に視線を巡らせ、使い勝手の良さそうなものを探しているようだった。

こういうものに詳しくないソラは隣を付いて歩くことしか出来ないが、時折リアムから好みの色や形を聞かれてそれに答えるのは楽しい。リアムも表情が柔らかいので楽しんでいるようだった。

「テントは……、あると便利だがどうする？」

「テントって……重くない？」

「俺が持つから、別に構わないよ」

「えぇと……そうだなぁ……。とりあえずはいいや、旅してみて不便そうならそのうち買おうか」

テントがいくつか展示されている前に佇み、ソラとリアムは真剣な顔で検討していた。かなり小さく纏まる造りではあるが、やはりアウトドア用品の中でもかなり大きい。

要らないと判断したソラにリアムが頷き、代わりに横に積まれている毛皮をバサと風を起こしながら開いた。

「じゃあ、代わりにこっちを」

「これ、なんの毛皮？」

大きさはソラがスッポリと被れるくらいで、リアムが使うには少し小さいかもしれない。ふわふわと毛足の長いベージュの毛皮で、触ると柔らかい。

「これはスノークローフォックスという魔物の毛皮だ。雪国の魔物の毛皮だから温かい。値段は張るが、今後どこへ行くのにもこの毛皮を被って寝れば寒さは凌げるな」

俺も冒険者時代に使っていた、と続けながら、リアムは懐かしそうに目を細めた。ソラに値札は読めないが、おおよその所持金額を把握しているリアムが薦めるのなら、高過ぎるということはないだろう。

「じゃあ、私とリアムとで二枚かな。大丈夫？　リアムには小さくない？」

「まぁ……、多分大丈夫だろう。店で一番大きいのはこのサイズのようだから、これでいいよ」

「そっか、分かった！」

＊＊＊

順調に、一つずつ必要なものを集めて、ほぼ丸一日を使ってソラとリアムは買い物を終えた。

帰り際に保存の利く果物や乾燥パン、香辛料なども買い揃えたので、野営の際の食事も一先ず大丈夫だろう。もちろん、食事のメインは氷竜《アイスドラゴン》の肉である。道中に出会した魔物の中で食べられるものは、リアムが積極的に狩ってくれるそうなので、それらを調達しつつの旅ならば食料のことは気にせずに行けそうだ。

帰宅したソラは、出立の準備を整えるべく部屋の中で背負い鞄に荷物を丁寧に詰めていく。リアムは日課の長い長い入浴中だ。

リアムの背負うリュック型の鞄に野営の際に使う品を入れ、ソラは自分の背負う鞄にポーション作りのための鍋や木ベラを押し込んだ。食材はそれぞれの鞄に分けて入れ、もしはぐれても食事を取れるように配分した。これはリアムの案だ。

服やタオル、ポーション素材といった細々としたものを入れるとソラの鞄はパンパンで、リアムの余裕のある鞄が少し羨ましい。

もちろん、リアムの背負う鞄はソラの持つ鞄の二倍以上あり、入れてあるものだって重たいものばかりなので、比べるまでもなくリアムの負担のほうが大きいのだが。

最後に、クルクルと丸く巻いて畳んだ毛皮をそれぞれの鞄の上部に括り付け、準備は完了である。

風呂上がりのリアムに、十全に整った鞄を部屋の入り口に置いて貰い、明日着る服は枕元に置いておく。

「ついに明日だねぇ」

「そうだな」

「この街を出るのはちょっと寂しいなぁ」

「ああ、分かるよ」

「明日はジェイクとミゲル爺にも挨拶しなきゃ」

「……それは別に」

「おん？」

「そうだな、世話になったからな」

「だよね。あー、寂しいけど楽しみ。変な感じ！」

「そうか、俺もだ」

「ふふ、リアム」

「……ん？」

「おやすみ」

「ああ、おやすみ、ソラ」

リアムがランプの隙間からふっと息を吹きかけて消し、部屋が暗がりに包まれる。燃え終わった焦げ臭い匂いを吸い込みながら、ソラとリアムは眠りについた。

０５４　左右からパァン！

ソラはブーツに足を突っ込み、下から順に編み上げの紐をキツく縛っていく。一番上までしっかり強めに締め上げると、蝶々結びにして満足そうにフンと鼻から息を吐き出した。見事なまでに美しく縦結びになった紐を見て、リアムが呆れた顔でソラの足元に跪き靴紐を結び直す。顔に似合わず、こういう細やかな面を持つリアムが、ソラは好きだった。完成した靴紐は美しく横に向き、踵を床に当てるとコンと音を鳴らして蝶々結びがふわりと揺れる。

腰のベルトにポーチとナイフシースを通して、それを背面に滑らせた。キュッとウエストをしっかりと縛り、ベルトを締めると気も引き締まる。

ボウイナイフを背側のナイフシースに挿すと、仕上げにトレードマークのローブを羽織り、首元でしっかりと留めてフードを被った。ローブの一番大きなポケットに卵を入れて、ソラの準備は完了である。

「準備完了！」

リアムはワイバーンの防具一式をベッドの上に並べ、まずは膝当てを手に取った。曲げた状態の膝に当ててベルトを締めると、撓《しな》ってキキキと小さく音が鳴る。金具が朝日に反射してチカリと光った。

腕当てにスポッと腕を通し、手首を曲げて邪魔にならない位置で固定する。ボトムスにベルトを通し、ポーチも一緒に装備した。

フード付きのベストを上から着込み、額隠しの布を巻いて。ブーツを締め上げて、最後にソラを真似るようにフードを被り、リアムも準備を終えた。

「ああ、俺も準備完了だ」

二人して顔を見合わせ、ニィと口元だけで笑い合う。

ソラはいつもの肩がけ鞄を掴んで斜めにかけ、さらに前日から準備しておいたリュック型の背負い鞄に腕を通す。グッと後ろに引っ張られるような重量感は、重過ぎず、軽過ぎずで心地いい。

「じゃあ行こうか！」

リアムも入り口に立てかけてあった質素な大剣を背負うように背中に装備し、さらにその上から背負い鞄も背負った。そしてソラの言葉に頷くと、二人は部屋をあとにした。

＊＊＊

「女将さん、お世話になりました！」

「ありがとう、快適だった」

ソラとリアムが口々に礼を告げると、女将はニッコリと人好きのする笑みを浮かべながら頬に手を当てる。ソラが差し出した鍵を受け取り、そして準備してあったのか、カウンターの内側から大小二つの包みを取り出した。

「あらぁ……。長く泊まってくれてありがとうね！　これ、道中お腹が空いたら食べなさいね」

包みは風呂敷に包まれた角ばった形のもので、ソラがカウンターに置かれた包みに手を伸ばしてみると、まだ温かかった。手元に引き寄せると香ばしい匂いがふわりと漂う。

「これ……？」

「サービスだよ、またグロッソに来たら、絶対うちに泊まっておくれね」

「わぁ、ありがとう！　はい、また絶対泊まります！」

ソラがリアムにしゃがむようにジェスチャーすると、リアムが身を低く屈めてソラと目線が合うほど顔が近くなる。ソラはするっとリアムの背中側に回り、背負い鞄を開くと貰った包みを中にそっと仕舞った。

気持ちのいい清潔な宿で、ソラが寝込んでいる間も置いてくれ、ソラの大切なローブも繕ってくれた。こんな素敵な宿なら、次に来た時も間違いなくここに泊まるだろうと思いつつ、ソラはリアムと共に宿屋を出た。

＊＊＊

「ソラ、待って！」

「ん？　……ジェイク！」

大鷲亭から出て三歩歩いたところで声をかけられたので振り返ると、ジェイクがいた。ニコニコとしながらジェイクに駆け寄ろうとしたソラの鞄をワシ、とリアムが摑んだので、ソラはそれ以上進めずバランスを崩しそうになった。ジェイクはその様子を見て苦笑を浮かべている。

「ぐっ……ぅ、リアム、苦しい」

「ソラは……いつも人との距離が近ぃ。ここから話せばいい」

首だけで振り返ると眉間に皺を寄せたリアムが強い目で見下ろしていて、ソラはひぇっと情けない声を上げる。

「な、なんだよぅ……。ジェイク、よかった、部屋にいなかったから……。街を出る前に会えて！」

「うん、俺も会えてよかった。ここで待ってたんだ」

「前の村からの分も合わせて……、お世話になりました！」

「こっちこそ、ソラを連れて歩くのは楽しかったよ」

ジェイクが柔和にふわんと笑って、その笑顔が出会った時の優しい顔付きと重なる。そう、この笑顔を見て、ソラはジェイクに護衛を頼むことに決めたのだ。

「もう行っちゃうんだね」

「うん、あっちこっち回ってみるつもり！　ギルドにも寄るつもりだったんだけど、思ったより時間が押してて……ミゲル爺に、お世話になりましたって伝えてくれる？」

「ああ、それはもちろん任せて。伝えておくよ。…………ねぇ、ソラ、もし……もし、この広い世界でまた、どこかでまた会えたら、その時は……」

ジェイクの表情が真剣なものに切り替わった瞬間、リアムが焦った様子でソラの耳を左右からパァン！　と両手で挟んで塞ぐ。痛くは無かったものの、耳元で乾いた音が大きく響き、ソラは目を白黒とさせてリアムを覗き見た。

「ん、ん？　え？　なに？　なんて？」

リアムがジェイクをキツイ眼光で見下ろすのとは対照的に、ジェイクはやれやれといった呆れ顔でリアムを見ている。まるで「子供か」と突っ込んでいるような表情だ。

リアムの、恥も外聞もかなぐり捨てた捨て身の戦法は上手くいったようで、ソラは一切の音を遮断されていた。

試しにリアムの腕を摑んで左右に引っ張ってみたが、当然外れるわけもなく、リアムは臆面もなく堂々とソラの耳を塞ぎ続けている。

ジェイクはそんなリアムに一つ小さい溜息をつくと、寛容にもそれを受け入れて降参とばかりに手を上げて肩を竦めてみせる。

「分かった、分かったよ。でも次に会った時は手加減しないから。……まぁ、俺もしばらくはソロを楽しもうかなって思ってるけど」

ジェイクは上げた手を下ろすと剣の柄に腕を乗せて斜に構え、これ以上なにも言う気はないと意思表示した。

「……駄目だ、他を当たれ」

「えー？　なんてー⁇」

そんなジェイクへ大人気なくさらに追い打ちをかけるリアムと、一切の話から置いていかれたソラで場は混乱気味である。

「逆に聞きたいんだけど、リアムは他を当たれって言われて、すんなりハイって言えるの？」

「…………」

ジェイクの正論にうぐ、と言葉に詰まり黙り込んだリアムは、地面に視線を落として考え込んだ。

「ねぇー！　なにー？　なんてー!?」

そして一切の話から置いて行かれたソラは（以下略）

「だろ？　じゃあ俺に一方的に言うのは筋が通らないんじゃないかな。……ってかそろそろ、ソラがむくれちゃうよ」

「あ、……ソラ、悪い」

「もー!!　なんなの！　私除け者！　あなた無視する！　スクラビングバブルもビックリな仕事ぶりだよ！」

リアムに手を離して貰ったソラはぷりぷりと怒って見せ、両の肩を寄せて吊り上げ、拳を下に突き出す。申し訳なさそうなリアムを置いて、ソラは改めてジェイクに向き直った。

「ええと……それで……なんだっけ？」

「ううん、道中気を付けてねって言っただけだよ」

ジェイクの誤魔化すような表情にソラの疑いの視線が突き刺さるが、ソラもそれ以上追及するつもりはなく、ふむと少しだけ首を傾げてからニッと歯を見せて笑うと、ジェイクに手を振った。

「うん、っ……！　ありがとう、ジェイク。またね」

「うん、またいつかね。リアムもまたね」

さよならはなぜか言いたくなくて、またねという言葉を使ったソラに、ジェイクも同じように返して手を振った。

「あぁ……ジェイク、サヨナラ」

ソラとジェイクとは対照的に、リアムは複雑そうな表情でしっかりと別れの言葉を告げる。そして、ソラとリアムは揃って街を旅立つ。

二人の旅を応援するような爽やかな風が吹き抜けて、ソラのローブを揺らす。

天候までもが、旅人たちの味方をしているようだった。

あとがき

（あとがきとは何かを考え出した結果、半日熱を出しました）

このあとがきを読んでくださる方がどの程度居るのかな、なんて真っ先に考えた私は、今読んでくださっているあなた様のお察しのとおり、今まで本は読めど、あとがきはほとんど読まずノータッチで来た人間です。ですから、そんな私の書くあとがきが、面白くウィットに富んだものになると期待してくださっている方はほぼ皆無でしょう。きっと。

そう思えばあとがきへのハードルが些か低くなりますので、安心して書き始められます。

何しろ題にもあるとおり、あとがきに何を書けばいいのか分からず、そもそもあとがきとは何なのかと哲学的なことを考え始めたせいで半日熱を出した、蚤の心臓を装備した私なのですから。

今回、初めて本の編集作業に携わりましたが、中でも印象深いエピソードがありますので一つ、宜しければ暇潰しがてら、目を通してくださると嬉しいです。

実は、PCの扱いがてんで苦手な私なのですが、深夜にゆっくり、ポチポチと原稿の修正作業をしておりました。

PCは苦手なものの、夜型の私にとって起きていることなど苦にはなりません。とは言え、ずっとモニターを見続けているのも疲れてくるので、途中で休憩がてら紅茶を淹れて、熱々の紅茶をお供に修正作業を続けておりました。

……そう、それは、忘れもしないあのシーン。ソラがリアムの前で生足を曝け出すシーンに差し掛かった時です。

一息入れようとマグカップを掴んだ手がツルリと滑り、セクシームービーばりにスローモーションで（そう見えた）正面から紅茶を被りました。咄嗟に「ふあっちゃぁぁっ!?」と叫び声を上げて、そしてとうに紅茶が冷え切っていた事実に驚愕しました。何故、人は水を被ると咄嗟に熱いと言ってしまうのか。永遠の謎です。

叫び声に驚いた我が家のイッヌが何事かと亜音速で駆け付けてきて、その後ろでは、ネッコがゴミを見る顔で扉の隙間から様子を窺っていました。

ペットが紅茶を踏んでも舐めてもいけませんので、私は左手でイッヌの猛攻を必死にガードしながら、足でティッシュを取り、真夏のホラー番組に時々現れる四足歩行の幽霊のようなポーズで床を拭きました。その間、奇声を上げてイッヌを威嚇しましたが、左手で遊んでもらっていると勘違いしたイッヌに益々じゃれつかれ。死ぬ気でガードしていた左手の肌が、まったく水分（紅茶）を弾いていないのを見て老いを感じる始末でした。まさに現場は地獄絵図です。

その後、唇を噛み締めながらシャワーを浴びてから作業を再開しましたが、作業中、何も言わずそっとお尻を引っ付けてくるイッヌとネッコのお陰で余計に惨めな気持ちになりました。特にイッヌ、お前のせいやで……。

とまぁ、こんなトラブルがありつつ、無事に「どれ鬼」を本という形に出来たのでホッと胸を撫で下ろしている次第です。

そもそも、ファンタジーなんていう非現実的なものが大好きなのにも関わらず、その中に最大限の現実的な要素を落とし込んでいく作業もこの上なく大好きで、設定一つ取っても深く考え込んでしまい中々筆が進みませんでした。よく考えれば、暇な時間を潰すために執筆を始め、今まで碌に文章の一つも書いたことがない私にとっては、物語を作るなんていう行為はハードルが高すぎました。

ただ、元来非常に飽きっぽく、かつ冷めやすい私が何故こんなにも執筆活動を続けられているのかと言いますと、一つは読んでくださっている皆様のお声が近くで聴けること（SNS便利すぎワロタ）、そしてもう一つは、執筆を楽しめていることが大きいのかと思います。


担当編集様には随分とご迷惑をお掛けしたと思うのですが、当初指定されていた文字数を大幅に上回り、それでも「キリがいいここまではなんとか入れていただけませんか……！　なんとかぁぁ……!!」と我儘をとおしていただいたので、全448ページという超大作になりました。調整しつつ捩じ込んでくださって、出版社様にも、担当編集様にも感謝しかありません。

最早、軽い武器です。有事の際にお手元にあれば、攻にも防にも使える厚みです。担当編集様からも「ちゃんと鈍器です！笑」とお墨付きをいただいた厚さ3センチです。

また、小説の挿絵やコミックスを担当してくださった斎藤岬先生には、「もっと、もっとリアムのガタイを良く……！」と要望し、これでもかと筋肉を盛っていただきました。その希望を叶えてくださり、素敵な絵でイキイキとしたキャラクターが見られてとても幸せです。斎藤先生にも心より感謝申し上げます。


執筆にあたり、ご協力いただいた皆様へ改めまして感謝を。そして、ここまで読んでくださった読者様、誠にありがたく厚くお礼申し上げます。大好きです、んーまっ、ちゅっちゅっちゅっ!!

そして、今後は私も、あとがきまでちゃんと読もうと思います……。

元奴隷ですが、鬼の奴隷を買ってみたら精力が強すぎるので捨てたい……

2021年8月31日　第1刷発行

著者　天晴《あまはる》にこ

イラスト　斎藤岬

本書の内容は、小説投稿サイト「ムーンライトノベルズ」(https://mnlt.syosetu.com/)に掲載された作品を加筆修正して再構成したものです。
「ムーンライトノベルズ」は(株)ナイトランタンの登録商標です。

発行人　石原正康

発行元　株式会社 幻冬舎コミックス
〒151-0051　東京都渋谷区千駄ヶ谷4－9－7
電話 03 (5411) 6431(編集)

発売元　株式会社 幻冬舎
〒151-0051　東京都渋谷区千駄ヶ谷4－9－7
電話 03 (5411) 6222 (営業)
振替 00120-8-767643

デザイン　鎌田麻友香 (grower DESIGN)

本文フォーマットデザイン　山田知子 (chicols)

製版　株式会社 二葉企画

印刷・製本所　大日本印刷株式会社

ISBN978-4-344-84916-7 C0093 Printed in Japan
幻冬舎コミックスホームページ https://www.gentosha-comics.net